화학교수의 글엔 뭔가 특별한 것이 있다!

글바람난 화학교수 2

| 한병희 수필집 |

화학법칙처럼 복잡한 삶의 이야기들을 재미있게 풀어쓴
괴짜교수 한병희의 시트콤 같은 인생 보고서!

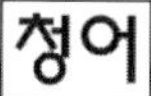

청어

글 바람난 화학교수 2

한병희 지음

발행처 · 도서출판 **청어**
발행인 · 이영철
영   업 · 이동호
기   획 · 최윤영 I 김홍순
편   집 · 김영신 I 방세화
디자인 · 김바라 I 오주연
제작부장 · 공병한
인   쇄 · 두리터

등   록 · 1999년 5월 3일(제22-1541호)

1판 2쇄 인쇄 · 2011년 11월 1일
1판 2쇄 발행 · 2011년 11월 10일

주소 · 서울시 서초구 서초동 1588-1 신성빌딩 A동 412호
대표전화 · 586-0477
팩시밀리 · 586-0478

블로그 · http://blog.naver.com/ppi20
E-mail · ppi20@hanmail.net
ISBN · 978-89-94638-26-1 （03810）

그바람난
화학교수2

차례

머리말

화학교수가 웬 수필집이냐? 그 시간에 연구를 하거나 논문을 써야지?
자투리 시간에 쓴 글이 쌓여 모아 엮어본 것이라고 변명해보지만, 해명이 될 수는 없을 것 같다. 정년을 앞둔 마무리 시점에 웬 색다른…….
『글 바람난 화학교수』란 수필집을 펴낸 경험이 있는데도 책을 내는 마음이 무거운 것은 '내면에 얼어붙은 바다를 깰 수 있는 도끼는 아니다' 라는 생각이 들기 때문이다. 활자화된 책을 보면서 아쉬움이 컸고, 이런 느낌은 어쩔 수 없는 일이라고 자위하면서 뻔뻔스럽게 또 책을 펴낸다.

사람들은 저마다 서로 다른 삶의 갈래 속에서 크고 작은 과제들을 이기고 견뎌내면서 살아간다. 때로는 나와 같이 어려운 고생길을 스스로 택한 경우도 있다. 그런 삶은 예기치 못한 일들이 닥칠 때 돌이킬 수 없는 후회와 좌절의 갈림길에서 헤매기도 한다.

시골 청양에서 태어나 부진한 성적을 배경으로 화학을 선택하여 공부하던 옛날 생각이 고개를 든다. 화학은 시험공부 마지막 자투리 시간에 공부하던 과목이었다. 고3 때 영어나 수학보다 질문 없는 화학 선생이 가장 편할 것 같다는 단순한 이유로 사범대 화학과를 선택하였기에, 갈등의 능선은 남달리 높아 호된 대가를 치렀다.

지적 욕망을 뿌리치지 못하여 교사를 사직하고 무모하게 택한 유학길은 내 인생 최대의 고비였다. 투명한 눈물이 고여 책상다리를 타고 흐를 때, 난 그 순간부터 고집스런 나와 싸워 나를 이겼다. 자갈밭 같은 빈 머리에 화학을 심은 것이다. 그 과정에서 얻은 교훈은 겸손이었으며, 혹독한 시련과 경험을 통하여 인간은 무한한 가능성을 지닌 '소우주' 임을 체험하였다. 콩을 심으면 콩을, 보리를 뿌리면 보리를 거두게 되는 것이다.

나의 발자취를 잘게 토막 내 돌이켜보면, 역경을 이겨내면서 인간의 고귀한 액체인 피와 땀 그리고 눈물을 남달리 많이 훔친 시간이었다. 시냇물이 아름다운 소리를 내는 것은 돌멩이가 있기 때문이다. 삶도 마찬가지다. 들쑥날쑥한 돌멩이 같은 장애물을 오히려 발판으로 삼아 부딪치고, 이기고, 극복하는 과정이 얼마나 아름답고, 멋있고, 스릴 있고, 역동적인가. 빈 배는 짐을 실은 배보다 훨씬 위험하다.

나는 부족하고 모자란 사람이다. 그러나 그 여백은 오히려 기쁨의 샘이 된다. 창조적인 삶은 언제나 위험부담으로 가득하다. 난 지금도 영혼의 자유를 막는 기성의 틀을 깨트리고 새로운 영역을 개척하는 모험가, 인생의 창조자로 아무도 가지 않은 길을 걷고 싶다. 훤하게 내다보이는 삶은 싫다.

선생이라는 외길을 걷다 보니 훈장 냄새가 나고, 식견이 좁다 보니 편견을 자인한다. 지금 나의 처지는 마치 황혼에 머무는 기분이다. 맑은 날 낙조의 바다와 하늘을 보면 온통 붉은색으로 불타오른다. 난 감히 내 인생이 붉게 타는 황혼 빛으로 빛나고 싶다. 늙음이 낡음이라면 삶은 '죽어감'일 뿐이나, 늙어도 낡지 않는다면 삶은 나날이 새롭지 않겠는가!

여생이 타다 남은 초라한 식은 초 도막은 아니다. 확 불을 되살려 소진하련다.

교정이 보이는 연구실 창가에서

글·바·람·난·화·학·교·수·2

인생은 B와 D 사이의 C다

나는 삶을 **낙천적**이며 긍정적으로 보았기 때문에 만점이다. 나대로의 해석이 나 같아 좋다. 잠을 자면 꿈만 꾸지만 지금부터 **노력**하면 그 꿈은 이루어질 것이다. 인생을 누가 일장춘몽(一場春夢)이라 했나. 꿈을 이루고 꿈같이 살고 싶다.

인생은 B와 D 사이의 C다

나는 이따금 화학 강의시간에 학생들에게 썰렁하고 엉뚱한 질문을 한다. 화학과는 전혀 관련 없는 질문 말이다.

이번 학기 강의시간에도 예외는 아니었다.

"인생은 B와 D 사이의 C다. B, D, C는 무엇인가?"

지금까지 나대로 풀이한 답을 말한 학생이 없어 아쉽다.

지난 달 종강 후 며칠이 지났을까. 한 학생으로부터 문자 메시지가 왔다. "화학 강의하신 내용은 기억나지 않는데 교수님께서 말씀하신 '인생은 B와 D 사이의 C다'라는 그 말은 평생 간직하고 살겠습니다.""저는 오늘도 종합비타민을 하루에 한 알씩 먹고 있습니다. 그래서인지 피곤하지 않습니다. 평생 먹을 것입니다. 감사합니다." 또 다른 학생의 문자다.

자동차는 연료가 부족하면 붉은색 경고 불이 켜지지만 우리 몸은 부족한 자양분을 모르고 지랄 떨며(?) 살기에 혈기왕성한 젊은이들도 때론 나른하고, 피곤하고, 투통을 느낀다. 그 이유를 아는가? 효소 구성성분인 미량원소(양적으로는 거의 미량이지만 생물의 존재에 있어서 없어서는 안 되는 금속원소) 말하자면 셀레늄(Se, Selenium), 주석(Sn. Tin), 게르마늄(Ge, Germanium), 철(Fe, Fer, Iron), 몰리브덴(Mo, Molybdenum), 아연(Zn, Zinc), 동(Cu, Copper), 망간(Mn, Manganese), 코발트(Co, Cobalt), 칼륨(K, Kalium, Potassium) 등 희귀금속들의 부족 때문이다. 음식을 통하여 그 많은 원소를 골고루 섭취한다는 것은 거의 불가능하다. 젊어서부터 하루에 필요한 미량원소를 포함한 종합비타민(A to Z 원소까지)이 있는데, 당장 사서 평생 먹으면 건강을 유지할 수 있다.

강의한 내용이 공감대를 형성한 것 같다. 나는 단지 한 학생에게 문자 메시지를 받았지만 더 많은 학생이 비타민을 사 먹고 있으리라 믿고 싶다.

나는 이 문자를 받은 후 화학을 잘 가르쳐주셔서 고맙다는 문자가 없는 내가 화학교수 맞나 자문하면서 이번 강의 절반은 그런대로 성공했다고 자위해본다.

인생이란 '태어나 B(Birth)' '꿈에 D(Dream)' '도전하는 C(Challenge)' 전 과정이라 함축하여 말할 수 있다. 내가 생각해봐도 참으로 멋있는 말이다. 특히 꿈이 꿈틀거리는 젊은 때는 도전의 시기인 것이다. 사람은 죽는 순간까지도 못 이룬 꿈을 갈망하면서 세상을 하직한다. 이룬 일도 많지만 못다 한 일, 아쉬운 일 또한 많은 게 사실이다.

일생을 도전적으로 철저하게 촌음을 아끼면서 살다 간 버나드 쇼(George Bernard Shaw, 1856~1950) 같은 사람도 "우물쭈물하다가 내 이럴 줄 알았다(I knew if I stayed around long enough, something like this would happen)."라고 했는데 나처럼 허송세월한 시간이 많은 중생의 후회가 오죽들 하겠는가 짐작이 간다. 이것저것 하고 싶은 '꿈' 이 많았는데 이루지 못한 아쉬움을 그는 탄식한 것이다. 원문 해석이 맘에 안 들어 나대로 번역하고 싶지만 묘비명이라니 그럴 듯하다.

내가 지금 무엇에 도전한다면 비웃음거리다. 정리할 나이에 무슨 중국어, 댄스스포츠, 매직을 배운다고 법석을 떨고 있으니 가관인 것이다. 그러나 새로운 시작에는 항상 도전과 시련이 있기 마련이며, 이를 즐길 줄 아는 사람이 현명한 사람이다. 난 미래가 훤히 내다보이는 틀에 박힌 생활을 거부한다. 언제나 새로운 길만을 택하여 고난의 능선을 타고 넘어왔다. 스릴과 감동을 만끽하면서 말이다.

촌놈이 성공했다는 말을 들을 때면 천사 같은 어머니 생각이 난다. 어머니 덕택에 오늘의 내가 있기 때문이다.

최근 자료에 의하면 성공한 사람들은 네 가지 공통점이 있다고 한다. 그렇다면 나도 네 가지 공통점을 갖고 있어야 된다는 등식이 성립된다. 네 가지 공통점은 예상과는 다르게 극히 기본적이면서도 누구나 할 수 있는 것들이다. 그러니까 이 네 가지를 지키면 누구나 성공할 수 있다는 결론이다. 성공한 사람들의 공통점은 꿈을 가지고 있고, 겸손하고, 근면하고, 솔직하다는 것이다. 그렇다면 "너는 꿈을 가지고 있는가? 겸손한가? 부지런한가? 솔직한가?"라고 자문해보면 할 말이 없다. 자갈밭 같은 머리에 화학이라는 학문을 심느라 눈물깨나 흘린 것은 사실이지만 이 순간 내 머리엔 잡념과 잡풀만이 무성한 느낌이다. 그래도 아직 못다 한 꿈만은 뇌리에 꿈틀거리면서 매일 맴돈다. 꿈에 대한 도전은 아직도 나에게는 현재 진행형이다.

우리의 꿈은 정원과 같고, 우리 모두는 정원사와 같다. 게을러 잡풀이 무성하게 되든, 부지런히 거름을 주어 아름다운 정원이 되든, 이 모두는 우리 자신의 의지와 실천에 달려 있다. 그러니까 우리는 꿈의 재료인 것이다. 실천도 못하는 놈이 잔소리는 그럴듯하게 한다는 생각이 드니 피식 웃음이 난다.

매사추세츠 주립대 농과 대학장이던 윌리엄 클라크(William Smith Clark) 박사가 일본에 일 년간 파견 근무를 마치고 1876년 떠나면서 한 말은 "청년들이여 야심을 가져라(Boy's be ambitious)."이다. 즉 포부, 야망, 희망, 생각, 계획, 이상 등을 가지라는 뜻이다.

"사람의 미래는 그의 재능에 의하여서가 아니라 그가 마음속으로 생생하게 그리는 꿈에 의하여 결정된다." 호텔 왕이라 불리는 콘래드 힐튼(Conrad Hilton, 1887-1979)이 한 말이다. 그는 전 세계에 250개가 넘는 호텔을 세운 사람이다. 그는 호텔 벨 보이로 시작하여 1949년 '콘래드 힐튼'이란 가장 큰 호텔의 주인이 되었다. 훗날 호텔 왕이 된 후로 사람들이 그에게 성공 비결을 물어올 때마다 다음과 같이 답하였다. "성공함에 있어 가장 중요한 것은 '꿈꾸는 능력'이다."

인간은 이 세상에 태어나 죽을 때까지 꿈을 꾸면서 살아간다. 그러니까 꿈과 희망을 가지고 살아간다. 그 소망을 달성하고자 발버둥 치면서 평생을 보낸다. 인생은 'B(Birth)'와 'D(Dream)' 사이의 'C'라면 C는 또한 무엇인가? 대부분의 학생들은 '선택(Choice)'라 말한다. 그러면 나는 즉시 "어떠한 자격과 능력을 가지고 있기에 선택한단 말인가? 지금 당장 자네들의 이력서를 써보라."고 한다.

졸업하여 취업할 때 이력서 학력 란에 '충남대학교 화학과 졸업'이란 단 한 줄을 쓰기 위하여 4년을 고생하는 것이다. 또 다른 무엇을 쓸 수 있는가를 생각하면 정신이 아찔한 것이다. 이래서야 무슨 경쟁력이 있으며, 갖춘 것도 없는데 직장을 선택할 자격이 있느냐는 것이다. 자기투자를 열심히 하여 영어회화가 원어민 수준이라든가, 중국어·일본어가 수준급이라든가, 줄줄이 적힌 이력서를 쓸 수 있다면 이런 사람이야말로 선택할 권리도 발탁될 기회도 많다. 어떤 학생은 어학연수를 일 년 다녀왔다고 말한다. "그럼 지금부터 영어로 말하자." 하면 대부분 창피하게도 기대 이하다. 돈만 낭비한 꼴이니 오히려 불리하다.

C를 '기회(Chance)'나 '변화(Change)'라고 말하는 학생도 있었다. 그럴듯하다. 선택한 어떤 삶에서 기회를 잡고, 변화를 통하여 다시 기회를 잡아 선택하는 것을 끊임없이 반복하는 것이 우리네 인생이다.

화학책 머리글에 화학(化學)이라는 학문의 정의가 이렇게 쓰여 있다. 변화를 공부(Study for Change)하는 학문. 얼마나 멋있나! 변화하는 학문을 배우고 가르치면서 자신도 변할 줄 알아야 하는데, 변화를 죽기보다 더 싫어하니 문제다.

선택(Choice)도 좋고 기회(Chance)도 좋고 변화(Change)도 좋다. 그러나 점수로 말하면 부분점수에 해당된다. 5점 만점에 3점 정도 주고 싶다. '도전(Challenge)'이야말로 특히 젊은이들에게는 어울리는 말로 만점에 해당된다. 꿈(Dream)을 세우는 과정이 도전(Challenge)인 것이다. 특히 젊은 시절에는 말할 것도 없다. 꿈이 없는 젊은이, 무엇이 되고 싶다는 포부나 야망이 없는 젊은이는 상상만 해도 짜증이 난다. 마치 망망대해에 조타기가 고장나 떠 있는 배와 같기 때문이다. 삶에 목표가 있는 사람은 좁은 길을 걷든 곡선을 걷든 가는 방향이 변하지 않는다. 다른 것이 보이지 않고 옆에 있는 것에 곁눈질할 여유가 없게 된다. 물고기 눈 같이 바라보는 그곳 하나밖에 안 보인다. 그러므로 자기투자에 최선을 다하여 열심히 공부하게 되는 것이다. 꿈은 삶의 등대인 것이다.

성공한 사람들의 나머지 공통점은 겸손하고, 근면하고, 솔직하다는 것이다.

겸손할 줄 모르는 사람이 성공한 경우는 지금까지 본 적이 없다. 겸손은 성공하기 위한 첫 번째 열쇠이다. 86세 된 한 연구자가 60년 동안 많은 연구결과를 발표했는데 연구의 공통점은 놀랍게도 '겸손'이라고 말했다는 것이다. 과학이라는 학문을 연구하는데 결과의 공통점이 겸손이라면 연결이 안 된다. 연구와 겸손, 연구결과와 겸손, 60년 동안 연구한 연구자와 겸손, 연구과제와 겸손이 무슨 관계가 있다는 것인가. 한동안 이해할 수가 없었다.

그러나 반대로 거만한 사람이 연구를 한다면 위험하다는 생각이 든다. 자만하여 이룩한 결과에 자축만 하고 있으면 60년 동안 그 많은 연구 결과를 얻지 못했을 것이다. 감사하고, 고맙고, 복 있고, 남들이 도와준 덕택이라 생각하였기에 가능했던 것이다. 왜냐하면 이런 사람은 연구결과를 부풀려 속일 수가 없고, 없는 결과를 있다고 할 수도 없고, 생기지도 않았는데 만들었다고 거짓말을 할 수도 없는 사람이기 때문이다. 요즈음도 심심찮게 허위논문 기사가 보이는 것을 보면 근원적으로 겸손의 결핍이 원인인 것이다. 연구결과에 대한 자만에 빠져버린다면 지속적인 연구는 불가능한 것이다. 감사와 겸손의 자세로 연구하지 않고는 60년 동안의 연구는 불가능했을 것이다.

꿈을 실현시키려면 부지런해야 하며, 솔직한 꿈일 때 그 꿈은 알차며, 그러한 꿈을 세우는 과정이 아름다운 것이다. 나는 믿는다. 우리는 하나의 소우주이기 때문에 누구나 마이너스(−)를 플러스(+)로 바꿀 수 있는 능력을 지니고 있다고. 그러니까 우리는 누구나 좋은 카드를 이미 잡고 있는 거나 다름없다. 문제는 자신이 손에 잡고 있는 카드를 잘 쓰는 데 있는 것이다. 젊은이들은 특히 젊은 이 시기에 자기투자를 소홀히 해서는 안 된다.

무식한 사람은 탄로 나게 마련이다. 우연히 인터넷에 찾아보니 나의 말이 짝퉁이 되고 말았다. 인생은 B(Birth)로 시작해서 D(Death)로 끝난다고 사르트르(Sartre, 1905~1980)가 말한 것이다. 모든 사람은 태어난 순간부터 한시도 멈추지 않고 죽음을 향해 돌진하고 있다. 죽음 앞에 우왕좌왕 절망할 수밖에 없는 우리에게 천만다행인 것은 선택(Choice)할 권리가 있다는 것이다.

갑자기 우울해지는 느낌이다. 그의 말대로 삶이 이렇다면 선택을 아무리 잘한들 죽음이란 올가미는 피할 수 없는 처지에 놓인 것이 인생이며, 인생은 결국 죽음을 피하려 이것저것 선택하며 발버둥 치다가 결국은 죽고 마는 슬픈 존재로 낙인찍힐 수밖에 없다. 여기에 무슨 꿈이 있고 도전이 있는가! 사르트르 말의 참뜻은 인생을 탄생(B)과 죽음(D)—나서 죽음—으로 보고, 그 사이는 수많은 선택의 연속이라는 것이다. 즉, 삶에 있어 선택의 중요성을 강조한 것이다.

"인생이란 태어나 B(Birth) 꿈에 D(Dream) 도전하는 C(Challenge) 전 과정이다."라는 나의 말과 사르트르의 말을 비교하여 점수를 주자면 5점 만점에 3점을 주겠다. 나는 삶을 낙천적이며 긍정적으로 보았기 때문에 만점이다. 나대로의 해석이 나 같아 좋다. 잠을 자면 꿈만 꾸지만 지금부터 노력하면 그 꿈은 이루어질 것이다.

인생을 누가 일장춘몽(一場春夢)이라 했나. 꿈을 이루고 꿈같이 살고 싶다.

결실의 기쁨

옷깃을 스치는 바람이 제법 서늘해서인지 약간의 한기가 가슴 속까지 스며드는 것 같다. 바람 속에선 가을 내음이 더욱 물씬 풍긴다.

아! 가을이다. 문득 바라본 하늘엔 엊그제 본 뭉게구름은 오간데 없고 고기비늘 같기도 하고 새털 같기도 한 하얀 구름이 저 높은 파란 하늘에 그려져 있는 것을 보고 늦게나마 사색의 계절, 가을이 왔음을 실감했다. 별나게도 가을에는 좁았던 내 마음이 열리고 더 넓어지고 겸허해지면서 단출해지는 것 같다. 이러한 느낌은 매년 되풀이되지만 올해는 더욱 유별나다. 아무래도 가을이 정감이 가는 이유는 높푸른 하늘과 깊이가 있는 햇살, 알차게 익어 굽어 있는 열매 때문일 것이다.

그래서 가을에는 덩달아 무언가 부족이 메워지고 성숙해지는 것 같고, 맑고 고요하고 깊어지는 것 같다. 무심코 바라보면 열매는 열매일 뿐이다. 우리는 그 열매가 던져주는 무언의 교훈을 볼 줄 알아야 한다. 알찬 열매에는 자연의 깊은 진리가 숨겨져 있다. 열매는 아무 데나 열리는 것이 아니다. 봄에 화사한 꽃이 피고 진 바로 그 자리에 어린 열매가 갖은 시달림을 극복하고 드디어 알찬 열매로 풍성한 결실을 맞이하게 되는 것이다.

열매를 맺으려면 성장 과정을 거쳐야 한다. 성장은 뿌리와 줄기와 잎의 상호 역할을 자율하면서 균형 있게 길러 양분을 끌어 모아 저장하는 씨앗 생산 과정이다. 그러나 성장과정은 풀벌레와 비바람과 병충해를 이겨내야 하기 때문에 결코 순탄하지 못하다. 성장만 계속하면 웃자라고 너무 커서 무게에 못 이겨 떨어지고 노출되어 표적의 대상이 되기도 하고 병들기도 쉽다. 이런 나무는 열매는 떨어지고 시들고 말 것이다.

나무는 성장을 적당히 조절한다. 그만큼 자연현상과 자연이 주는 의미는 다른 어떤 문명이나 문화 현상보다 더 깊이 젖어들어 내 생활의 내면을 지배한다. 느림은 게으름이 아니라 꾸준함이요, 진지한 안식의 여유와 성찰인 것이다.

성장을 멈추게 하고 성숙하게 하는 계절이 바로 가을임을 자연은 알고 있다. 그리고 가을에는 여름내 무성하였던 잎들을 미련 없이 하나 둘 떨어낸다. 불필요한 것이기에 떨구어내는 것이다. 열매를 맺는 데 꼭 필요한 것만 남기고 버리는 그 노련한 성숙함은 보이지 않는 지혜의 꽃이다. 열매가 향과 예쁜 색깔로 눈에 확 띄게 분장하는 것은 동물들에게 먹혀 자손을 널리 퍼뜨리자는 심산이 있기 때문이다.

예를 들어 풋고추가 잎과 같이 녹색인 것은 엽록체 탓으로, 어린 고추를 보호하면서 잎이나 줄기에만 의존하지 않고 조금이나마 스스로도 광합성을 통하여 양분을 만들어보겠다는 의지가 있기에 어느 열매나 어려서는 푸르고 꼭지는 굵다. 성장함에 한시도 게을리 하거나 주어진 환경을 불평하지 않고 최선을 다하여 꽃을 피우고 열매를 키운다. 비로소 가을에는 생장을 멈추고 엽록체를 스스로 파괴하고 카로틴과 안토시아닌과 같은 붉은 색소들을 겉으로 드러내면서 씨 주머니인 고추를 아름다운 진홍색으로 바꾸고 날 데려

가라고 우리를 유혹하고 있는 것이다. 같은 붉은 색깔의 고추라 해도 덜 익은 고추를 따는 데는 힘을 주어야 한다. 익은 고추는 나무가 알아서 꼭지를 떨구는 작업을 시작하기 때문에 따기가 아주 쉽다.

이렇게 자연은 나를 보라는 듯이 계절에 순응하여 변화를 알고, 그칠 줄 알며, 버릴 줄도 아는데 자칭 만물의 영장인 우리 인간은 왜 스스로 통제력을 잃고 그 평범한 삶의 이치를 깨닫지 못하고 온갖 핑계와 게으름을 피우면서 촌음을 무시하고 채우려는 마음으로 깊어 가는지 부끄럽기만 하다. 계절은 순환과 그 변화를 보이면서 내 마음을 애무하나 칼날 같은 마음은 박제된 인간처럼 탈바꿈을 거부하니 당연히 그 삶이 팍팍해질 수밖에 없는 것이다.

사실 인생의 열매도 결국은 마찬가지다. 고독이라는 꽃, 노력이라는 꽃, 땀의 꽃, 인내의 꽃, 눈물의 꽃이 진 다음에 마음 아픔이 사라지고, 바로 그 절망이 머물렀던 자리에 소박하고 조그만 열매가 맺히고 자라는 것이다. 참으로 대자연은 지칠 줄 모르는 우리의 영원한 참 스승이며, 특히 가을은 여신이 다가와 안겨주는 값진 선물과도 같다.

진정으로 가을을 안다는 것은 인생을 안다는 것이다. 곧 여름과 겨울의 성장과 죽음을 넘어선 또 하나의 새로운 삶을 안다는 것이다.

"욕심은 마치 몸에 상처를 내는 것과 같다." 부처님의 말씀이다. 가을의 물들임이 제시해주는 비움이 채움이라는 이 단순한 진리를 깨우친다면 삶은 한결 청결하고 고아하고 멋있고 투명해질 것이다.

씨를 뿌리고 가꾸어 땀 흘린 보람의 결실로 빈 곳간을 채운 농부, 열심히 공부하여 그 대가로 바라던 학교나 직장에 들어간 학생, 복종으로 오히려 지배하여 따르게 함을 터득하고 슬기롭게 가정을 다스리는 주부, 자신을 희생하면서 묵묵히 이웃을 도와주고 행복을 찾고 좋은 생각만을 키워가는 사람…… 누구나 자기의 결실을 하나하나 소중히 여기며 기쁨으로 살아간다. 이렇게 우리 모두에게는 결실의 기쁨을 창조할 책임과 의무가 있다.

살며시 찾아온 가을은 허둥대는 우리에게 "당신이 이 가을, 결실의 계절에, 수확한 것은 과연 무엇인가?" 라고 묻고 있는 것이다.

가을 단상

문을 두드리는 소리에 창문을 열어보니 아무도 없었다. 바람에 진 낙엽이 문을 두드린 것이다. 아! 그 순간 스치는 바람에 지나치는 선선한 바람, 드디어 가을이 온 것이다.

늘 찾아오는 가을이지만 왜 그런지 금년에는 센티해진다. 내 나이가 황혼기에 접어든 탓일까. 황금 같은 시간이 더없이 아껴진다. 지지한 논문도 마무리 지어야겠고 읽다 남은 책들도 이제는 끝내야겠다. "책 속에 길이 있다."라는 말은 젊은 날 어렴풋이 지나친 글이었으나 자주 책을 대하다 보니 어느 순간 '아, 이것을 말하는구나.' 느끼는 순간에 나는 바빠지기 시작한 것이다.

시골이 고향이라는 구실이어서라기보다는 원래 전원생활을 동경하고 지금도 시골 풍경이 아른거린다. 지금의 도시는 만원이다. 사람이 그렇고, 건물도 그렇고, 시공간이 그렇다. 피곤한 육신의 피로를 풀고자 찻집을 찾거나 숲을 가도 역시 한가롭지 않다. 오가는 사람들의 발걸음이 내 인생을 재촉하는 것 같다. 뒤따라오는 사람이 날 재촉하고 나 또한 앞서 가는 사람을 놓칠세라 따라간다.

생각하면 나도 이제는 많이 살았다. '인생은 육십부터' 라는 말은 꺼져가는 삶에 용기를 불어넣어주기 위한 거짓말 같다. 어째서 인생은 육십부터인가. 무엇인가 해보려고 책상머리에 앉아도 좌불안석이며 머리는 한동안 떠돌아다니니 심오한 사색은 거리가 멀다.

건강에는 꽤 자신이 있었다. 절제를 잠시 게을리 하였더니 이제는 여기저기 삐걱거리는 소리가 들리기 시작한다. 육신이 걱정된다. 즐기던 테니스도 이제는 힘이 많이 떨어져 에이스가 되는 일이 드물고, 스매싱도 받아 넘어오니까 옛날 우승하던 때가 그립다. 더구나 무릎이 뜻대로 말을 안 들으니 스트레스 또한 말이 아니다.

인생의 하향 길이 과연 이렇게 시작되는구나 생각하니 허무하다. 마음과 몸의 조화가 깨지기 시작하고 있는 것이다. 가을에는 풀잎도 떨고 있듯이 나의 인생도 흔들리는 것이 아닌지. 아무래도 가을에는 무슨 일이 일어날 것만 같다. 바람도 시간도 매정하게 몰아쳐 끝내 말없이 돌아가야 할 시간이 왔기 때문일까? 바람은 텅 빈 들에서 휘파람을 불며 붉게 물들기 연습을 시키는 것 같은 느낌마저 든다. 누가 무엇을 더 많이 떨쳐내는지 시합을 하는 것일까? 그렇다면 일등은 당연히 많이 버리는 사람의 몫이다. 그러나 사람은 그 반대를 향하고 있다. 참으로 우스운 일이다.

그러나 한편으로는 따뜻한 손길로 날 잡아줄 사람을 만날 것 같은 느낌도 있기에, 버림은 맞이할 준비 단계가 아닌가 하고 막연하게 기대함도 부정할 수 없다. 누가 뭐래도 파란 하늘이 좋고, 시원해진 바람도 좋고, 길가 코스모스의 손길이 좋고, 누런 황금빛 들녘이 좋다.

마음이 참 변덕스럽다는 말에 수긍이 간다. 엊그제는 시원한 바람이 좋더니만 이제는 옷 안에 깃드는 따뜻함이 좋으니 말이다. 낮에는 고추잠자리 줄을 지어 날고 길가의 코스모스가 들바람에 애처롭게 한들거린다. 높아진 하늘가에 흰 구름이 정처 없이 떠 있고, 밤이면 창가에 귀뚜라미 소리 처량하게 들리니 더욱 삶이 석연해진다. 고향집 마당에 고추멍석을 뒤적이는 어머님의 바쁘신 손과 추녀 및 늘어진 가지에 홍시가 눈앞에 아롱진다. 만물이 자라나는 성장의 계절이 여름이라면 가을은 열매가 익어가는 성숙의 계절이다.

예수님은 나무 잎만 무성한 무화과나무를 질책하였다. 헌신이 없고 자기 십자가가 없는 사람은 이파리만 무성하고 열매가 없는 나무와 같다고 비유하였다.

버림도 자기희생이고, 봉사도, 베풂도, 나눔도, 가르침도, 모두 자기를 떠난 몸짓이다. 이해타산이 앞서면 무엇을 할 수 있을까? 아무것도 할 수 없다. 인생을 길게 보면 인내와 희생이다.

보수를 묻지 말고 열심히 일하면 그 대가가 바로 자신에게 온다. 엉성한 나뭇가지 사이로 하늘을 볼 수 있는 것은 잎을 떨어 버렸기 때문이라는 단순한 논리를 인간에게 적용해보면 간명한 해답이 나온다. 생활을 단순화할 필요가 있다.

이것저것, 여기저기 간섭하다 보면 자기도 모르게 말은 많아지고 몸은 자기를 떠나버려 침착하려는 마음이 방해받는 것이 사실이다. 가을! 사색의 계절이다. 그러나 잡념은 그림자처럼 잠자지 않고 번거로움은 자꾸 휘몰아친다.

시계추 같은 판에 박힌 삶을 떠나 상쾌한 자극이 될 수 있는 뭔가 색다른 아이디어를 구상해보는 것도 좋겠다.

허둥지둥 갈피를 못 잡고 방황하던 순간을 뒤로하고 계곡의 물소리, 산새 소리, 서걱거리는 갈바람 소리의 의미를 냉정하게 되새겨 보아야겠다.

잠 못 드는 사람에게 밤은 깊어라
피곤한 사람에게 길은 멀어라

바른 법을 모르는 어리석은 사람에게
아! 생사의 밤길은 길고 멀어라

『법구경』에 나오는 시다.

지붕이 엉성하면 비가 새듯이 마음이 엉성하면 온갖 잡념과 번뇌와 번민이 스며든다. 그러기에 잠 못 이루는 밤은 길고 멀다. 번민의 모두는 자업자득인 경우가 대부분이다. 심신이 피곤함도 때론 사서 고생할 때가 많다.

괜히 화를 불러들인 어처구니없는 경우가 사람을 험한 길로 몰아세운다. 십 리 길도 천 리 길 같이 느껴진다. 마음먹기에 따라 원근의 느낌이 다르게 된다. 즐거운 시간은 길어도 벌써 지나간 것 같고 곤욕스런 시간은 짧지만 길게 느껴진다.

천고마비(天高馬肥, 가을 하늘이 높으니 말이 살찐다)의 어원은 두보(杜甫)의 조부인 두심언이 흉노족을 막기 위하여 참군으로 변방에 나가 있는 친구 소미도에게 보낸 시에 있다.

영정요성락(雲淨妖星落)
추고한마비(秋高塞馬肥)
(구름이 맑아 요성도 사라지고
가을은 높아 요새의 말도 살찐다)

구름이 맑다는 것은 전쟁의 흔적이 사라지고 전세가 조용해졌다는 뜻이며, 요성은 재해나 전란의 징후로 나타난다는 미신의 별이니 그 별이 사라졌다는 것은 이제 변방이 조용해질 조짐이란 말이다.

　등산길을 돌아보니 이미 절은 단풍 속에 묻혀 보이지 않는다. 나는 어떻게 마음을 열고, 어떻게 마음을 바꾸고, 어떻게 마음을 닦을지를 알 것 같은 기분이다.

　심호흡을 크게 해본다. 솔 향이 가슴 가득 스며든다. 바람이 일었다. 상쾌하기 그지없는 날씨다. 맑은 삶을 위해 이제부터는 일 년에 한 번씩이라도 이런 마음 닦기를 해야겠다. 바람 속에선 산 내음이 더욱 물씬 풍긴다.

봄은 왔는가!

얼었던 대지가 풀리고 마른 나무에 움이 트는 생장활동을 누가 어떻게 막을 수 있단 말인가. 이 땅에 계절의 변화가 있는 것은 참으로 고마운 일이다. 겨울을 보내면서 내내 봄을 기다리는 마음은 마치 차를 타면서 종점을 연상함이요, 살면서 죽음을 생각하는 것과 마찬가지로 항시 진행형이다.

봄을 기다림은 어머님을 기다림과도 같은 마음이다. 마치 바로 저 모퉁이에 있는 것 같음은 떠나신 어머님이 그리워서인지도 모른다. 봄은 시작과 끝이 분명한 매우 바쁜 계절이기도 하다. 죽어 있던 겨울에서 초록의 이상을 걸치기 시작하며 생명의 신비를 통해 인간의 의욕을 새삼 일깨워주는 소생하는 계절이다. 그리하여 서성거리는 겨울의 흔적을 여기저기서 바쁘게 지워가고 있다.

나에게 봄은 새내기들을 맞이하면서 시작되지만 마음의 봄은 왠지 냉랭하다. 그러나 절기는 어김이 없어 봄은 움터 깊어만 가고 있으니 이 얼마나 놀라운 질서인가.

사계절에서의 봄은 생동감을 주고 무엇인가 떠내 보내는 출발의 뜻이 담겨 있기도 하다. 새봄이 온다고 해서 어떤 기대나 희망이 있는 것은 아니지만, 추위 대신 따뜻한 햇살이 부드러운 바람과 함께 드리우니 정감이 간다. 자연의 봄은 팍팍한 우리 일상에 가장 청결한 기쁨을 안겨준다.

영국의 근대시인 엘리엇(T. S. Eliot, 1888~1965)의 「황무지」에서 "사월은 잔인한 달"이라고 했다. 오늘의 현실을 똑바로 보고 비평한 예언의 글이다. 텅 빈 껍데기 인간들의 몰락해가는 문명을 예리하게 비판한 이 몇 글자가 우리의 심근을 울린다. 인간은 마치 박제된 동물과 같이 제 모습을 탈피하지 못하고 구태의연한 채로 자연을 지배하려고 한다. 정말로 구제 불능이다.

시작에 끝이 있고 끝에 시작이 있음에, 자연의 생명력은 계절을 알아보고 어김이 없이 소생하는 데 비하여 인간은 말할 수 없이 초라하다. 4·19 혁명이나, 링컨 대통령, 마틴 루터 킹 목사의 저격사건들은 사월을 피에 물든 잔인하고 삭막한 달로 기억하게 한다. 이러한 일들은 인간들이 인간에 의해 인간에 대하여 저지른 잔인한 사건들이다.

그러나 황무지와도 같은 죽은 땅에서 라일락을 피워내고 기억과 욕망을 뒤섞으며 봄비로 잠든 뿌리를 뒤흔들어 새싹을 내미는 봄이 오는 소리를 듣지 못하고 우리는 방황하고 있으니, 인간은 살아 있되 죽어 있는 것 같지 않은가. 사월은 부활의 계절이나 인간에게 사월은 가장 잔인한 달인지도 모른다.

이것은 진정한 의미에서 봄은 아니다. 한 톨의 씨앗이 싹을 틔우기 위하여 두꺼운 껍질을 깨고 나오듯, 나 자신도 고정관념의 틀을 깨야 한다. 이 봄이 우리 모두에게 조그마하고 단단한 해묵은 껍질로부터 탈피하는 새로운 원년의 봄이 되기를 고대한다. 이것이 삶의 중심이요, 가치의 존재 아니겠는가.

우리 모두가 헛된 욕심이나 허영, 나만 알고 내 것만 내세우는 마음, 밝음과 어두움을 바로 보지 못하는 온갖 아집과 편견들을 버리고, 몸과 마음도 거듭거듭 새로워지는 진정한 너와 나의 새봄이 되기를 갈망해본다.

그리하여 여유와 웃음이 함께하는 봄, 진리의 여신이 깃든 마음의 봄이 우리 모두에게 다가올 때 진정 엄마의 가슴 같은 따스한 봄을 맞이하고 보낼 수 있으리라 본다.

봄을 맞이하는 사람들의 마음은 각각 다른 데가 있을 것이나, 인생의 봄을 멀리 흘려보낸 나는 지금 자식이나 제자들의 한창 피어나는 인생의 꽃봉오리를 바라보며 만족의 웃음으로 이 봄을 맞이해야겠다.

봄이 스쳐 간 뜰에서

봄비가 겨우내 움츠리고 있던 뿌리를 뒤흔들며 연푸른 새싹들이 텅 빈 양지 뜰을 메운 것이 엊그제 같은데, 꽃은 이미 피고 지고 기다린 듯이 벌써부터 열매 키우기에 한창이니, 잔인한 세월의 무상함에 인생이 속절없음을 느낀다.

작은 뜰에서도 이름 모를 풀들이 온갖 벌레나 새들과 싸우면서 해마다 포기를 늘려가며 많은 꽃을 피워내는 모습을 보고 감탄하였다. 나를 보고 짧은 인생에 때가 중요한데 너는 지금 왜 게으름 피우고 있느냐며 질책하는 것 같아서다.

그렇다. 한 그루의 푸나무를 보라. 씨앗이 두꺼운 껍질과 메마르고 척박한 땅을 뚫고 나와 저 빛나고 따뜻한 햇살 아래 자라난다. 연한 줄기가 뻗어나 단단하게 굳어지고 파란 잎이 달리기 시작하면 벌써 작은 그늘을 마련한다. 과연 이 땅에 찾아왔던 봄은 죽어 있던 자연을 소생하게 하여 초록의 이상을 걸치게 하고, 생명의 신비를 통해 인간의 의욕을 새삼 일깨워준다. 만물이 생명을 얻는 달이기도 하다는 인디언 사월은 이 뜰에도 어김없이 찾아와 온갖 추억을 뿌리고 말없이 사라져 아련해진 지 오래다.

부정할 수 없는 엄연한 사실은 시간은 정지를 거부하고 마구 흘러간다는 것이다. 생의 기쁨을 느끼게 하는 신록의 계절 5월의 싱그러운 햇살에 한 톨 같은 이 몸에도 새 생명이 움터 커가는 기분이다. 떨어진 곳을 탓하지 않고 불평 없이 적응하면서 메마른 그곳에 터를 잡고 뿌리 내리는 풀포기를 보면서, 기특한 생명력이 던져주는 강렬한 무언의 메시지에 감동받았다.

한 곳에 머물러 명상을 하거나 침묵의 날을 정하여 삶을 추스르는 일은 자신을 잡는 과정으로 필요하다. 간디(Gandhi, 1869~1948)는 월요일을 말하지 않는 날로 정하여 외국을 방문할 때에도 월요일에는 공식행사를 미루고 묵상했었다. 달라이 라마(Dalai Lama, 1935~)도 일 년에 두 번, 길게는 한 달 정도 반드시 외출을 금하고 명상에 들어간다고 한다.

침묵은 봄과는 거리감이 있으나, 한번은 하루를 정하여 일체 말을 안 하는 날로 지내본 적이 있다. 그 긴 하루를 보내는 동안 나 스스로 그동안 얼마나 쓸데없는 말을 하여 화를 자초해왔는지 말로 표현할 수 없는 후회를 했었다. 구시화문(口是禍門, 입은 재앙의 문이다), 새삼 와 닿는 말이다. 잘난 척하면서 내뱉은 말에 스스로 구속당하기 마련이다.

낮은 곳에 물이 고이듯 기준을 낮추면 바로 거기에 행복이 찾아든다. 굽혀야 할 때 굽히고, 쓰러져야 할 때 쓰러지고, 돌아가야 할 때 돌아가는, 연한 것이 강하다는 지혜가 있어야 한다. 그래야 제각기 지고 가야 할 고통의 등짐을 어떻게 벗어버릴 수 있는지를 알 수 있다. 이가 강하다지만 혀보다 먼저 상하지 않는가! 행복한 가정은 비슷하지만, 불행한 가정은 이유가 모두 다르다. 중생이 슬픈 존재일지라도 따지고 보면 사람은 마음먹기에 따라 천당과 지옥의 마음으로 살 수 있다고 믿는다.

돌이켜보건대, 꼴이 이 지경에 이르게 된 것도 원인은 대체로 밖이 아니라 내 안에 있었던 것 같다. 인심의 각박함을 원망하고 외로움을 호소한다. 그러나 나 자신, 언제 남을 위하여 무엇을 얼마나 했는가를 자문해본다. 만약 스쳐 간 봄이 변화를 약속하지 않는다면 스스로 변화를 일으켜야 할 것이 아닌가. 그것은 아마 내 안으로부터 시작되어야 할 것이다.

코코아의 두꺼운 껍질을 송곳 같은 새순이 뚫고 나오듯, 나 자신도 굳어진 틀에서 벗어나야 한다. 쓸데없는 것을 다 떼어내니까 유명한 조각 작품이 된 것이다. 때늦은 각오지만 이제부터라도 경쟁자를 인생의 동반자로 여겨 유연성을 가지고 의식구조를 개혁하여, 껍질마냥 조그마하고 단단한 나의 허황된 자기 보호적 울타리로부터 해방되는 일부터 시작해야겠다.

불쑥 힘겹고 짜증나는 일이 또 생겨도 풀줄기의 생명력을 변신의 축과 지렛대로 하여 힘과 용기의 근원으로 삼아야겠다.

새봄에 새 출발을

나의 기록에 의하면 지난해 왕매미 우는 소리를 마지막으로 들은 날은 10월 17일이었다. 예전에는 9월이 가면 덩달아 잠적하더니 2년 전에는 10월 9일까지 매미 소리를 들을 수 있었다. 이러한 신호탄은 분명 온난화의 덕택(?)이다.

새봄에 눈치가 빠른 까치가 집을 짓기 시작하면 봄소식을 전하리라 마음속으로 속삭였는데, 이렇게 빨리 봄 편지를 쓰게 될 줄은 미처 몰랐다. 하기야 새해를 맞이한 지도 먼발치이니, 가는 세월을 생각하면 쌀쌀맞고 냉정하며 언제나 우리를 기다려주지 않고 주저없이 밀어제친다. 마치 달리는 말을 문틈 사이로 보는 듯이 스치고 지나가는 기분이다.

사실 모든 것이 찰나에 불과하며 세상에 무상(無常)한 것은 하나도 없는 줄 알지만 세월이 너무나 거칠게 나를 할퀴고 몰아치니 허전하여 허망한 느낌이다. 올봄도 예외는 아니어서 우물쭈물하다 또 다시 봄을 맞이한다. 이제껏 찾아오는 봄을 마중 나가 맞이해본 적이 단 한 번도 없으니 언제 철이 드나 한심하기 짝이 없다. 계절에 밀려 세워지는 삶이 아니라 스스로 똑바로 서는 삶의 자세가 중요한데 말이다.

봄맞이 놀림의 분주함을 보면 모든 것이 신기하고 갸륵하며 기특하다. 이름 모를 씨앗도 겨우내 움츠리고 숨어 있다가 겨울의 잔재를 지워가면서 터를 잡아가고 있는데, 너는 봄이 온 줄도 모르고 씨앗 없는 빈손으로 우왕좌왕하고 있느냐고 질책하는 느낌이 마음에 와 닿아서 잠시나마 게으르고 고집스런 나를 돌아볼 수 있는 시간을 갖기도 했다.

봄은 뜰이나 양지바른 산기슭에서부터 오는 줄로만 알았는데 젊은이들의 옷차림에서부터 오는 것 같다. 쌀쌀한 날씨는 아랑곳없이 어느 사이 투박한 옷 대신 맵시 나는 옷에 발걸음마저 사뿐해진 것을 보니 봄은 진정 온 것이 틀림없다.

농부는 풍년을 기약하며 씨앗을 뿌릴 준비로, 어부는 만선을 기대하며 그물을 손질하는 것으로 봄을 맞이하듯이, 나는 새내기들을 맞이하면서 계절의 창인 봄을 연다.

나는 젊은이들을 볼 때마다 기분이 그렇게 좋을 수가 없다. 마음이 흡족하여 터질 것만 같다. "당신은 이 세상 누구를 가장 사랑하는가?" 물으면 나는 서슴없이 "이 시대에, 이 순간에 거친 숨을 쉬고 있는 젊은이들"이라고 말한다. 그들은 봄과 같이 꿈이 있고, 희망이 있고, 무엇인가 해낼 수 있는 능력이 있는 소우주이기 때문이다.

잔인한 학문은 언제나 시련만을 강요하는 것을 아는지 모르는지 입학의 축하보다는 염려가 앞선다. 이는 씨앗을 손에 쥐고 뿌릴 곳을 찾아 두리번거리고 있는 농부의 심정과도 같으리라. 한 톨의 밀알이 새싹을 틔우기까지는 인내가 필요하다. 수분을 흡수하여 소화도 안 되는 두꺼운 껍질을 팽압으로 터뜨려 뿌리를 깊게 내린 후에 새싹을 땅 위에 내밀기까지는 시간이 필요하기 때문에 기다려야 한다.

교육의 관점에서 볼 때 봄보다 큰 참스승은 없을 것 같다. 씨앗의 입장, 땅의 입장, 새싹의 입장, 농부의 입장, 자녀·부모님·선생님·학교의 입장과 같은 서로의 입장에서 희망을 갖고 참으면서 정성으로 가꾸어가는 과정이 중요한 것이다.

최선을 다한 결과는 겸허하게 수용하면 되는 것이다. 대자연은 이렇게 땅과 씨앗을 예로 들어 이 단순하고 명쾌한 진리를 친절하게 가르쳐준다. 씨앗도 자신을 버리고 싹을 틔우고 그리하여 열매가 익을 때까지 기다리는데, 만물의 영장이라 자칭하는 우리는 자녀 교육에 왜 그리 조바심 방아를 찧어대는지 안타깝기만 하다. 너무나 짧게 보고 서두른다는 얘기다. 교육도, 인생도 길게 보면 결국은 희생이고 참음이며 겸손 그 자체다.

이러한 삶이 결코 회피의 삶은 아니다. 고난이 심할수록 내 가슴은 더욱 요동친다. 풍파 없는 항해는 건조한 삶과 같다. 그러나 바람과 파도는 언제나 전진하는 자의 벗이다. 가장 바람직한 투자는 무엇인가. 그것은 말할 나위 없이 교육투자이다. 교육은 미래를 내다본 인내의 장기투자이며 설계가 필요한 지식투자인 것이다. 그러하기에 사계절에서의 봄이 우리에게 던지는 메시지는 계획의 기간, 준비의 기회를 준다.

봄을 맞이하는 입장은 누구나 다 다르다. 그러나 남녀노소, 직위 고하를 막론하고 해야 할 공통분모는 새봄, 새 출발이다. 새로운 것을 보는 것도 중요하지만 더욱 중요한 것은 새로운 눈으로 사물을 바라볼 수 있는 혜안을 갖는 것이다. 알을 깨듯, 껍질을 터뜨리듯 이제는 자존심이나 겉치레, 거품이나 허세를 버리고 홀가분한 마음으로 새 삶의 새 틀을 짜야 한다. 인생은 철저한 현재진행형이다. 과거는 완료되어 그 결과를 간직한 채 미래를 향하여 한번 스쳐 지나간다. 언제까지 이 꼴로 끌고 갈 것인가 말이다.

새로운 각오로 맞이하는 이 봄이 막 모퉁이를 지나는 전 생애의 위대한 전환점을 새 출발점으로 삼아 확 트인 새 세상을 바라보는 희망의 새봄, 삶의 질을 한 단계 높이는 도약의 새봄이 되기를 갈망한다.

여름과 독서

찌는 듯한 더위만이 지배하는 여름은 확실히 난폭한 계절이다. 봄과 같은 따스함이나 선선한 가을에서의 사색 같은 여유는 조금도 용납하지 않는 마치 무식한 폭군과도 같다. 그래서 감정도, 지성도 무지하게 짓밟는 여름의 햇살은 무조건 피하고 싶은 심정이다. 지난해의 폭염을 생각하면 올해도 어쩔 수 없이 원수를 외나무다리에서 만난 기분으로 한바탕 씨름해야 하는 비운의 생명을 지탱해야 하는 슬픈 생물이란 느낌마저 든다.

한편, 계절이 주기적으로 찾아오는 현상을 파동의 개념으로 본다면 여름은 파동의 마루에 타고 올라 있는 리듬에 있으며 겨울과는 정반대이다. 어떻게 보면 칙칙하고 끈적거리게 눌어붙는 지루한 계절이라기보다는 치고 타고 뛰고 달리는, 신나고 동적인 철이기도 하다. 이러한 면에서 여름은 남성의 계절이고 개방의 계절이라 기운이 닫힌 공간을 싫어한다.

난 여름이 싫다. 힘든 세상에 계절까지 가세하여 성가심을 견디면서 살아가야 한다면 그 자체가 짜증나는 일일 뿐더러 인간의 고귀한 액체의 하나인 땀을 일도 하지 않는데 가짜로 흘려야 하니 아까운 생각이 들 때도 있다.

그리하여 피서는 어쩔 수 없는 가난한 선택이다. 젊은이들은 동적인 바다의 물을 찾아간다면 중장년층은 출렁이는 동적인 바다보다는 정적인 산의 녹음을 찾는다.

책이란 여름엔 침묵으로 남아 흔히 실내의 액세서리가 된다. 더구나 여름철의 독서는 다 그렇지만 특히 시원한 녹음 아래에서 책을 읽노라면 곧잘 졸린다.

계곡에서의 독서는 양면성이 있어 좋다. 동적인 물이 있고, 정적인 녹음이 있어서다. 발을 물에 담그고 책을 읽노라면 굳이 해변까지 갈 이유가 없다. 물도 즐기고 그늘도 있기에 즐겁다. 해변에서의 독서는 동과 정이 교차하는 지점이라 집중이 불가능하다. 숲 없는 물가는 한시적이라 물에서 나오면 그늘을 찾기 마련이니 멋있고 낭만이 깃든 수평선이 보이는 잔잔한 바닷가 그늘 밑에서의 독서가 제격이다.

독서로 여름을 보낸다면 이것은 궤변이요 어울리지 않는 눈물나는 소리다. 그러나 한여름에 독서로 즐거움을 느끼는 사람이 있다면 행복한 사람이다. 객관적이기보다는 주관적인 심정으로 주어진 환경에 만족하고 사계절에 순응하며 삶을 즐기는 그 속에 진정한 행복이 있다 하겠다. 사색을 허용하지 않는 찌는 여름에 독서란 완전히 거세된 우리의 감정과 이성을 사색으로 회복시키려는 몸부림으로 무지한 여름에 대한 무모한 도전이 아닐까 생각해본다.

연륜을 말해주는 이끼의 가장 아름다움을 볼 수 있는 계절 역시 여름이라면 인생의 가장 깊은 비밀을 캐내는 계절 또한 뜨거운 여름이기에 독서로 더위를 식힌다.

21세기 어머님의 위상

인생이 아무리 어려운 가운데 있다 하더라도 모든 사람이 어머니를 모실 수 있다는 점만은 그 무엇보다도 행복한 일이다. 만일에 '어머니' 라 하는 이 아름다운 분이 없으시다면 대체 이 세상은 어떻게 되겠는가? 가정의 등불을 밝혀주고 심장이 되고 젖줄이 되어 저 우주 무한대의 거룩한 감정, 애정, 자비, 동정, 연민, 절대적 희생이 자취를 감춘 세상, 그러한 세상에서 자식은 살 수가 없을 것이다.

그러나 성장하면서 겪는 청소년기란 방황이 꿈틀대는 시기로 어머니의 은덕을 모를 수도 있다. 이것은 우리가 지금 20세기와 21세기에 걸쳐 사는 시대에 태어나 시대와 시대, 문화와 문화, 물질만능주의로 변한 현대화로 가치관이 퇴색된 사회에서 가치와 가치 사이의 괴리를 승화시키기 어려운 상황에서 하루하루를 보냈기 때문인지도 모른다.

어머니의 인격이 강하고 엄격할수록 이들의 반항은 커져 때로는 모정을 흐리기도 하고, 어머니를 철저히 뿌리치고 떨어져 나가려고 애쓰기도 한다. 이리하여 어려서는 어머니의 치마를 밟더니만 커서는 가슴을 아프게 짓밟기도 한다.

(어머님! 이보다 더 큰 슬픔이 있을 수 있나요? 혹시 혈육으로 맺은 인연으로 집착이 크고 자녀에의 투영으로 스스로의 뜻을 이루

려 하지는 않으시는지요?)

하지만 모정과 애정이 서린 자식농사는 방정식대로 비례하지 않는 것은 큰 아쉬움이나 어쩔 수 없는 엄연한 사실이다. 자신의 뜻은 이룰 수 있어도 자녀의 뜻은 마음대로 할 수 없음을 아시는 빈 마음이 절실하다고 하겠다. 요즘 젊은이들의 사고나 생각이 어머니 세대와 가치관의 차이가 큼을 인식하지 못하는 한 자식으로의 투영이 단지 반사될 수밖에 없음은 슬픈 일이다.

자식의 합격, 불합격 또는 만족스럽지 못한 성적 그 이전에 어머니의 시대관과 가치관이 바로 정립될 때 자식들은 보다 행복하고 적극적이고 희망적일 것이라 확신한다. 옛날을 잊어야 한다. 지금은 자녀교육에 인내와 관용이 절실히 요구되는 시기다.

(어머님! 그러나 가령 어떤 일의 마지막 순간에 이르게 될 때 과연 자식은 누구를 찾아 부르겠습니까? 분명한 것은 아직도 자식들은 꺼지지 않는 불씨를 간직하고 언젠가는 불태워 당신의 얼어붙은 마음을 녹여드릴 것입니다. 그들은 아직도 건실하고, 건전하고, 미래 지향적이며 목표가 있습니다. 그들은 미래가 있고, 젊은 피가 흐르고 굽힐 줄 모르는 열정도 있습니다.)

지나칠 정도로 걱정스런 학생들이 최근 학생 본연의 자세로 많이 돌아오고 있다는 사실은 부모님의 입장에서는 밝고 기쁜 소식으로 천만다행이다. 분명한 사실은 내가 성공을 했다면 그것은 오직 천사와 같은 내 어머니의 덕분이다.

나는 젊은이들을 사랑한다. 특히 여학생들을 사랑하고 아낀다. 왜냐하면 그들이 머지않아 어머니가 될 것을 생각하면 위대해 보이기 때문이다.

어머님의 정성

그토록 꿈틀거리던 유년시절은 유수와 같이 흘러 불현듯 두 아이의 아버지가 된 지 십 년이 지난 지금, 현대 핵 가정을 이루고 있는 나 자신의 위상을 늙으신 어머님과 돌아가신 아버님과 비교할 때 저절로 고개가 숙여지고 숙연해진다.

지난 5월 8일 어버이날에 직장을 핑계로 꽃 한 송이 성스런 어머님의 가슴에 달아 드리지도 못하고 그저 전화로 인사 올리고 말았다. 이 달이 채 가기도 전에 어머님에 대한 그 애틋한 정이 어느덧 마음속에 희미한 자국으로 퇴색되어가고 있는지, 어찌하여 이내 마음이 이다지도 가늘고, 얕고, 간사한지 안타깝기만 하다.

야위신 얼굴에 주름진 모습, 굵으신 손마디 사이에 딱딱하게 굳어버린 보리방아(?) 멍, 그래서 지난번 아버님 제사에 그 뜨거운 고깃국을 안 뜨겁다고 손수 정성껏 운반하시었다. 어머님의 모습이 그리워 상상해보노라면 뒤엉킨 실타래같이 복잡한 마음이 잔잔해지며 고요해진다. 내 자신 평화로워짐이 마치 순진한 어린아이를 안고 있을 때 그 맑고 투명함에 순화되어 관조의 세계로 가는 듯 홀가분해진다. 더욱이 지난번 생신날에 뵌 어머님의 웃음과 눈빛에서 나는 새 광명을 읽을 수 있었다.

어머님의 일생은 신음소리를 삼키시며 견뎌낸 눈물과 고난과 상처투성이의 역사다. 아픔을 기억해주지 않은 그 가냘픈 마음을 위로는커녕 더 깊이 쑤시고, 파내고, 후비곤 했다. 그 헌신, 외로움을 생각하면 지금도 눈물이 앞을 가린다.

지혜와 고난이 새겨져 있는 주름에서 위엄을 느낄 수 있었다.

생명의 위협을 무릅쓰시면서 어린 핏덩이를 낳아 보살펴주신 지 벌써 사십여 년. 나의 오랜 유학 기간에는 더욱 촛불처럼 자신을 불태워서 자식을 멀리서 밝히고 온갖 정성으로 한결같은 사랑과 희생으로 철없는 것을 성숙한 인간으로 길러내시며 훌륭한 자식이 되어주기를 간절히 염원하신 어머님. 그 어머님의 마음은 아직도 한없이 깨끗하고, 따뜻하고, 사랑스럽고, 거룩한 것이리라.

끝없는 인내에 무한한 기다림의 연속, 자식에 대한 그 고귀한 희생의 나날들, 속을 애태우게 해드렸던 철부지 없었던 어린 시절, 그 때문에 허리가 더 굽으셨는지도 모른다.

삶과 죽음, 새싹이 썩어짐의 밑거름으로 거듭 태어나듯 자신 스스로 평생을 헌신과 봉사로 살아오신 어머님의 옥체 만수무강을 빌고 또 빌며, 건강하시게 보살펴드림에 소홀함이 없기를 5월을 보내면서 다시 또 한 번 다짐해본다.

그리운 어머님

나는 지금까지 살아오면서 아슬아슬한 위기를 슬기롭게 이겨 내기도 했고, 때로는 생사의 위험한 고비를 겪기도 했다. 하지만 어느 순간이건 내가 어머니의 목소리를 듣지 않을 때가 없었다. '어머니' 란 세 글자는 내 삶의 영원한 갈망이요, 목표 그 자체이다. 내가 추구하는 모든 지향과 노력이란 모두 어머니를 내 속에 넘실 거리도록 하기 위해서, 아니 내가 어머니에게 가 닿기 위해서 애쓰는 것이었다.

문득 오늘을 '당신의 날' 로 정함은 언제나 큰 불효를 저지르고 사는 나로서는 다시 한 번 용서를 비는 날이기도 하다. 당신의 피로 만들어져 이 세상을 얻고 당신의 육신을 먹고 맨 처음 엄마를 안 이후 뒤늦게 깨우치고 이토록 한없이 그리워한들 마음만 무거 워질 뿐이다.

당신의 생각이 꽃그림자로 드리워질 때 당신의 사랑은 라일락 향기처럼 짙다. 아카시아 꽃처럼 소담스러워 꾸밈이 없고 등나무 처럼 무성하고 짙다. 장독 가에 심어놓으셨던 백합꽃, 함박꽃, 목단 꽃처럼 곧고 우아하며 포근하다. 뭉게구름으로 피어 폭포수처럼 내리기도 한다. 당신의 따사로운 눈빛은 사계절이 되어 우리의 지혜가 되기도 하고 잔잔한 미소는 수선화로 피어 마음의 고향이 되었다.

언제나 주저 없는 희생은 온 우주로 변하여 우리의 생명이 되었으며 우리를 길러오는 동안 고난의 무게와 고독의 깊이는 더구나 모를 일이다.

당신은 얼마나 숭고하고 자애로운 존재인가. 크고 넓은 용서와 아량을 무엇으로도 다 표현해 말할 수 없다. 수고와 희생과 인내와 사랑으로 우리를 낳아 키워서 가르치신 공로를 치하하는 것, 이것만으로 당신을 기리기에는 아직도 부족한 당신에 대한 그 무엇이 남아 있다.

어머니의 품은 인간의 고향이자 곧 인류의 고향이기도 하다. 원근의 그리움을 동시에 느끼고, 아직도 희미해지지 않는 그리움은 원초적 태생의 본능 때문일 것이다. 늘 새롭고 신선하며, 언제나 기적 같고 언제나 내게만 허락되는 특별한 은총 같은 것을 느낀다.

아름다운 여성의 시기는 짧고, 훌륭한 어머니의 시기는 영원하다. 알몸 그대로의 의지로 숨김없이 다 보이시던 솔직함, 어디까지나 겸허하고 당당하고 진실하셨던 고생에 비하여 낙이 적으셨던 어머님, 당신의 날인 오늘 당신의 핏빛 사랑을 일컬어 당신의 가슴에 빨간 카네이션을 달아드리고 싶다.

"어머니라는 말만 들어도 눈물이 난다."

어머니를 일찍 잃은 아브라함 링컨(Abraham Lincoln, 1809~1865)이 따뜻한 어머니의 정이 그리워 한 말이다.

어머니의 젖은 우리에게 있어 육체가 자라기 위한 영양 그 이상의 것이며, 실로 어머니의 말할 수 없이 깊고 따뜻한 모성애의 전부를 의미한다. 단순히 우리의 배를 불리기 위한 젖만 주신 것이 아니라 스스로 사랑의 줄기도 되어주셨으며, 열매를 맺어주는 끝없는 사랑은 하나의 인간으로서 모성애가 무엇인가를 보여주셨다.

글·바·람·난·화·학·교·수·2

창가에서의 단상

무능을 알면서 핑계가 많고, 게으름에 변명하고, 의욕 아닌 욕심이 육신에 톡 차 있음은 인욕(忍慾)이 부족함이리라. 그러하니 물과 같이 흐르려는 마음의 기(氣)가 외면할 수밖에 없지 않은가.

삶

20세기 최고의 물리학자 아인슈타인(Einstein, 1879~1955)은 다음과 같이 말했다.

"인생에는 두 가지 삶밖에 없다. 한 가지는 기적 같은 건 없다고 믿는 삶, 또 한 가지는 모든 것이 기적이라고 믿는 삶. 내가 생각하는 인생은 후자이다."

사람은 어느 누구나 일상적인 삶 속에서 슬픔과 괴로움을 맛보는가 하면 즐거움과 기쁨을 맛보며 그 교차 틈 속에서 살고 있는 슬픈 존재라는 느낌이 든다. 이 세상에 태어나는 순간을 보면 무지의 땅에 벌거벗은 채 울음을 터트리면서 손을 움켜쥐고 태어났으니 갈 때는 손을 펴고 알몸으로 가는 것이 인생이 아닌가 생각된다.

알렉산더 대왕(Alexandros the Great, B.C.356~B.C.323)도 타계하기 전 부하를 불러 손을 펴 보이면서 무소유를 말했다. 정벌, 정복으로 주름잡던 시대, 야욕의 꿈을 실현하고도 막상 삶을 마감하고 하직할 때는 허무함을 느꼈으리라.

법정스님이 말한 무소유의 뜻은 무엇인가. 예를 들어 결혼을 하면 자유공간이 줄어든다. 그러나 결혼은 가정이라는 좁은 문으로 들어가 스스로 구속되지만 행복도 주고 삶에 가속력도 준다. 무소유도 행복을 주겠지만, 유소유도 행복을 주는 것이다. 다만 그 소유가 최소의 유(有)가 아니라 과욕에 의해 병적인 개념으로 치닫는 것이 문제이기에 무소유를 천명하고 있는 것이다.

달팽이 꼭지 위에서 금방 떨어지는 줄도 모르고 아귀다툼하면서 싸우다 가는 인생이 남이 아닌 바로 자신임에도 그 누구도 인정하려고 하지 않을 것이다. 왕릉이 지금 어디에 있는지 모르는 판에, 조상의 묘에 왕릉같이 상석과 비석을 세운 그 큰 뜻(?)을 잘 모르겠다. 사람은 참 묘한 동물이다.

묘한 동물들끼리 사는 것이라면 삶은 생각하는 것보다 훨씬 복잡한 것이다. 이러한 사회에 적응하고 순응하면서 어떤 수준의 삶을 영위하기 위한 노력은 현대인에게는 필수적인 과제다.

유토피아의 세상에서 아무 걱정도 없고 불안도 없는 무사 안일한 삶이란 그 삶 자체의 의욕이나 투지를 감소·퇴화시킬 뿐, 삶의 보람과 기쁨, 즉 만족감이나 목적에 대한 성취감은 없을 것이다. 오히려 삶이 지니는 쓰리고 괴로운 기간에서 때로는 진정 인생의 참 가치를 찾아볼 수 있다. 어느 인생이든 고통과 고난은 따르기 마련이다. 어차피 당하는 고통과 고난이 값진 것이냐 아니면 헛된 것이냐가 문제일 따름이다. 삶을 테마 있고 값어치 있는 삶으로 만드는 것이 중요하다. 살아 있는 것은 모두 흔들리기 마련이며, 삶을 떨어뜨리는 것은 자신의 삶 그 자체다.

순탄한 길은 평범하나 모험과 스릴이 없어 매력이 없다. 그러한 삶은 마치 산에 비교하면 이름 없는 산이나 작은 언덕에 비유할 수 있다. 사람들이 즐겨 오르내리는 산은 대체로 높고 험하고 폭포나 기암절벽도 있어 자칫하면 다치거나 생명을 잃을 수도 있다. 그런데도 사람들은 위험을 마다하고 유명한 산이라며 골라서 찾아간다. 지금까지의 내 삶도 따져보면 남이 가지 않은 개척의 길, 앞이 내다보이지 않는 길을 걸어왔기에 참 보람을 느낀다. 자신을 아는 것이 중요함을 알면서도, 아직도 남이 가지 않은 험한 길을 걷는 자신이 초라해보일지라도 거기에 자위하면서 살아간다.

누구나 어떤 길이의 잣대를 가지고 삶을 영위해간다. 남의 잣대가 길건 짧건 간에 그 자체를 인정하고 무작위로 섞인 잣대의 아름다운 조화를 볼 줄 아는 사람이 현명한 현대인이 아닐까 한다. 짧거나 아니면 길기만 해도 그 어떤 아름다운 조화도 창출할 수 있는 것이다. 단지 관점의 차이다. 어떻게 보면 이것은 자연의 섭리일 수도 있다. 그런데 흔히 대부분의 사람은 괴로움과 곤란함에서 극복의 보람을 찾으려는 노력보다는, 그 삶 자체를 부정하고 포기하고 어려워하고 마치 넘지 못할 험한 산으로 착각한 채 삶의 균형을 잃는 경우를 쉽게 본다.

냇가에 둥근 돌을 보면서, 추녀 밑에 움푹 파여진 시멘트 마당을 보고 감탄하면서, 남이 가지 않은 길을 택하고, 안일보다는 도전의 길을, 평탄한 길보다는 험하고 위험한 길을 체험하는 동안 보람과 긍지를 맛보면서 고달픈 삶을 살아오고 있다. 아파 봐야 평소에 소홀히 했던 육체의 건강함이 가장 중요함을 알고, 쓴맛을 봐야 단맛을 알듯이, 망해도 보고 실패도 해봐야 그 후 성공의 값진 의미를 알 수 있다.

이 세상에 공짜로 노력 없이 얻어지는 것은 단 하나도 존재하지 않는다. 강도나 도둑이나 부정부패 등 사회의 악은 불로소득(不勞所得)하려는 데서 출발한다. 공짜 치즈는 쥐덫에나 놓여 있는 것이다. 지금 우리가 소유하거나 영위하고 있는 것은 따지고 보면 노력의 대가를 누리고 있는 것이다.

고마운 일, 서러운 일을 되새김으로써 삶의 용기와 보람과 기쁨을 맛볼 수 있다. 사실상 우리가 조금만 세심하게 살피면 우리 삶 자체의 나날이 얼마나 경이로운 신비에 감싸여 유지되고 지탱되며 감겨 있는지 감탄할 일이다.

자기 혼자 똑똑하여 그러므로 지금에 이르렀다고 계산하면 대차대조표가 잘못된 계산서다. 조금만 마음의 눈을 다른 각도로 떠보면 얼마나 조그만 일들이 우리를 기쁘게 해주고 있는가를 새삼 느끼게 된다. 또한 자신의 기준과 행복의 기준을 낮추면 얼마나 우리 스스로가 행복함을 잊고 있는가를 알 수 있을 것이다.

나는 언제부터인가 마음의 중심, 육체의 중심을 흉부 아래로 내리는, 소위 말하는 기(氣)를 몇 년 동안 수련하면서 많은 것을 배웠다. 나는 성인군자도 아니다. 그저 평범한 삶으로 다양한 범위에 관여하면서 나 자신 한 가지를 아는 과정에서 모르는 것이 많아진다는 것을 알았다. 그러니 모르는 것이 많으니 알고자 하는 지적 아쉬움은 마음 바닥에 항상 깔려 있다.

산다는 것은 우리에게 무슨 의미가 있는가. 우리가 하루하루 살아가는 날들은 거의 비슷한 일들의 되풀이다. 사람이 살아가는 순간, 하루하루 무엇인가 이루어지고 되어가는 삶을 살아야 한다. 인생은 목적이 아니고, 목적을 향해 살아가는 과정이다. 다시 말하면 도착이 아니라 어디로 가고 있는 나그네 길 그 이상도 이하도 아니다.

우리의 인생이 어디로 가고 있는가 하는 방향이 설정되지 않으면 방황하기 마련이다. 가치 있고, 테마 있고, 올바른 삶은 과연 무엇인가? 시간에 끌려 무의식중에 우물쭈물하면서 살아갈 것인가?

이러한 물음을 부정하는 삶이라면 목표를 설정할 필요가 있겠다. 오늘이라도 늦지 않다. 삶을 제대로 이해하지 못하는 사람은 죽음도 제대로 이해하지 못한다. 내 삶의 방향키를 다시 잡고 전 생애를 건 먼 항해 길을 북 치며 다시 힘차게 나서야겠다.

하루는 위대한 내 삶의 한 토막이다. 삶이 하나의 긴 여행이라면, 하루는 버릴 수 없는 여행 보따리 같은 것. 여행을 계속하려면 가방을 버려선 안 되듯, 삶은 귀중하고 소중한 꿈 새긴 물품으로 나날이 새로 채워져야 한다.

풍요한 물질만이 행복의 조건은 아니며, 삶의 잣대도 아니며, 더욱이 성공의 척도도 아니다.

우리는 주변에서 가진 자가 불행하고, 불만족하고, 그로 인한 외로움이나 슬픔을 이기지 못하여 뜻밖의 선택을 하게 되는 사건들을 종종 접한다. 이것은 물질적 풍요만이 행복하고 중요한 것이 아님을 알게 해준다.

그러니까 삶이란 물질적인 양이 아니라 깊이 있는 삶의 질과 인생 본연의 재발견에 의한 재발현에 있다 하겠다.

삶의 행복은 스스로 안에 있다.

"알고 보니 적은 밖에 있는 것이 아니라 내 안에 있었다. 그래서 나는 그 거추장스러운 것들을 깡그리 쓸어버렸다. 나 자신을 극복하자 나는 칭기즈칸(成吉思汗, Chingiz Khan, 1162~1227)이 되었다."

세상을 변화시키는 사람은 많으나 자기 자신을 변화시키려는 사람은 많지 않다.

그렇다! 내 자신의 삶이, 추구하는 것이 무엇인가를 더듬거리며 세상을 살아가고 있는데 어떻게 다른 사람을 가르치고 이 혼탁한 세상을 바로잡을 마음이 생기겠는가!

그런데 우리 주변에는 도처에 유식한 사람들뿐이다. 마누라, 남편, 점원, 운전사, 신부, 목사, 교수, 스님 모두 똑똑하고 주관을 뚜렷하게 가진 분들이다. 그들이 자기가 알고 있는 분야에 자신과 신념을 갖고 업무에 종사함은 바람직한 일이나, 만약 자기가 남보다 많이 알고 있다고 자만한다면 그에게서 진정한 삶을 읽을 수는 없을 것이다. 거대하면서 공손·겸손하며 굴복하거나 비굴하지 않게 살아갈 지혜가 우리에게는 절실하다.

교육은 어차피 간섭이다. 지적 전달보다는 생각의 폭을 길러 삶이 그 테두리 안에 들어갈 수 있도록 스케일을 키워야 한다. 그리고 스스로 계속 키워가는 능력의 소유자를 양성하는 것이 교육자의 임무라 보겠다. 아름답거나 향내 없어도 그 반대인 꽃과는 어떻게 보면 그 각도에 따라 아름다운 조화로도 보일 수도 있다.

반복하기 싫은 삶이라면 오래 살았다 해도 무의미하다. 문제는 삶의 주관에 있고 마음먹기에 달려 있다. 남이 보아 불행하게 보여도 스스로 행복하면 그만이고, 남이 부러워할 부귀영화를 누렸다 해도 본인이 외롭고, 쓸쓸하고, 불만족에 요동 중이라면 그 또한 불행한 삶이다.

그러나 내면의 삶은 고독을 통해 가장 잘 발견된다. 요는 기준을 어디에 두느냐는 것이다. 홀로 있어도 외롭지 않으며, 더불어 있으면서 고독을 호소하는 현대인! 오늘을 살아가는 현대인은 외롭다. 가진 자는 가졌기 때문에, 가지지 못한 자는 가지지 못한 대로 소외와 고민이 있다. 없어서 괴롭고, 많아서 짐이다. 그래서 중생의 나그네 길은 순탄하지 않다.

"삶을 깊이 이해하면 할수록 죽음에 대한 슬픔은 그만큼 줄어든다." 톨스토이(Tolstoi, 1828~1910)의 말이다.

우리 모두는 정상에 서기를 원하고 살고 싶어 하지만

행복은 그 산을 올라갈 때라는 것을,
그런데 왜 우리는 이 모든 진리를
다 살고 나서야 깨닫게 되는 것일까

살아온 길은 뒤돌아보면 너무나 쉽고 간단한데
진정한 삶은 늘 해답이 뻔한데
왜 우리는 그렇게 복잡하고 힘들게 살아가는 것일까

필리핀의 노사제 페페 신부님이 불치병을 앓다가 삶을 정리하면서 쓰신 글이다.

그렇다. 아등거리며 사는 까닭은 과정이든 뭐든 간에 결국은 베푸는 것으로 귀결되는 경우가 대부분이다. 욕구를 충족시키는 삶보다는 의미를 채우는 삶이 되어야 한다.

하이데거(Heidegger, 1889~1976)는 "삶이란 숲 속의 길을 걸어가는 것이다. 가보지 않은 길을 헤쳐 가는 것이다."라고 했다. 우리의 길에는 죽음이 도처에 도사리고 있다. 그의 말처럼 우리는 삶이라는 숲 속에서 죽음이라는 덫에 걸려 빠져나오려 안간힘을 써보지만, 발목을 붙잡고 날카로운 칼날은 점점 살 속 깊이 육체와 정신과 영혼까지 파고들어 온다.

삶이 이러한즉 우리는 채움보다는 비움의 포용을 알아야 한다.

부처님은 『유교경』에서 "모든 고뇌에서 벗어나고자 한다면 만족할 줄 알아라. 만족할 줄 알면 항상 넉넉하고 즐거우며 평온하다."라고 하셨다. 만족감은 삶을 윤택하게 만들고 그렇게 변화시킨다. 그릇된 욕망과 편견이 서로를 간섭하기 때문에 자아가 성장을 멈추고 불편한 신음을 내는 것이다.

정녕 갓 태어난 아이들처럼, 낙엽 내려놓은 앙상한 나무처럼, 온

갖 거추장스런 짐을 다 내려놓고 홀가분하게 오붓한 삶을 살아갈
수는 없는 것일까?

웰빙(Well-being)

인간은 소우주이기 때문에 불가능한 일도 일어난다. 입으로 자동차를 끌고, 작두 칼날 위에 서서 역도하신 분의 말씀을 무려 20여 년이 지난 후에야 어렴풋이나마 이해할 수가 있었으니 그나마 천만다행이다.

우리 몸을 기계에 비유하면 화폐를 발행하는 인쇄기나, 인공위성의 정밀기계장치보다 더 정교한 기능을 가진 기관이 종합적으로 움직이는 하나의 소행성인 것이다.

사람은 고등동물이지만 안타까운 것은 영양소가 부족한 줄도 모르고 과다한 일을 한다. 예를 들어 자동차에 연료가 떨어지면 차는 움직이지 않는다. 자동차는 계기판이 있어 경고신호가 들어와 미리 대비할 수 있으나 인체에는 이러한 안전장치가 없다.

건강하려면 우리의 인체가 얼마나 신비한 성능을 가진 기관으로 이루어져 있는가를 알아야 그 성능을 보전·유지하는 대책이 서게 되는 것이다. 바로 이것이 건강관리요, 웰빙인 것이다.

생로병사에서 노화(老化)에는 개인차, 성별차가 있으나 유전이 많이 관계된다. 몇 가지 인체의 믿지 못할 사실이 있다. 눈의 노화는 7세부터 시작되고, 체력은 17세, 혈관은 10세부터 노화하기 시작한다는 것이다. 뇌는 20세부터 노화하는데, 출생할 때 140억 개의 뇌세포 중 하루에 약 10만 개가 노화되어 죽으니 10년이면 3억 6

천 개, 30년이면 약 10억 개가 죽고, 80세쯤 되면 사용하던 29억 개가 죽게 되며 노망 들 수도 있다.

우리 몸이 신비한 것은 한두 가지가 아니다. 피가 몸을 완전히 한 바퀴 도는 데에는 46초가 걸린다. 갓난아기는 305개의 뼈를 갖고 태어나는데 커가면서 여러 개가 합쳐져서 206개 정도로 된다. 뇌는 몸무게의 2%밖에 차지하지 않지만 뇌가 사용하는 산소의 양은 전체 사용량의 20%이다. 뇌는 우리가 섭취한 음식물의 20%를 소모하고 전체 피의 15%를 사용한다. 피부는 끊임없이 벗겨지고, 4주마다 완전히 새 피부로 바뀐다. 위벽은 3일마다 전체가 새것으로 바뀐다.

인간의 혈관을 한 줄로 이으면 무려 112,000km로서 지구를 두 번 반이나 감을 수 있다. 인간의 뇌는 고통을 느끼지 못한다. 가끔 머리가 아픈 것은 뇌를 싸고 있는 근육에서 오는 것이다. 남자의 몸은 무게가 여자보다 많이 나가지만 남자는 60%, 여자는 54%가 물로 되었기 때문에 대개 여자가 술에 빨리 취한다. 그러나 여자는 지방이 더 많아 이것이 더 아름답게 만든다. 지문이 같을 확률은 640억 대 1이다. 그러므로 이 세상 사람들의 지문은 모두 다르다. 한 단어를 말하는 데는 650개의 근육 중 72개가 움직여야 한다. 한편 창자의 길이는 무려 6~7m나 되며 음식물의 약 70%만 흡수되며 굶은 후 식사할 경우에는 음식물 중 영양분을 80~85% 흡수한다. 소식(小食)을 권장하는 이유가 바로 여기에 있는 것이다. 필요한 물질은 우리 몸에서 대부분 자체적으로 만들어 쓰고 있으나 필수 아미노산이나 미량 필수 원소는 반드시 음식물을 통하여 보충해야 되기에 편식이 건강을 해친다는 말이 이해가 간다.

음식도 나라마다 특색이 있다. 이스라엘 사람들은 너무 많이 사용해서 좋을 것이 없는 것으로 이스트, 소금, 망설임을 꼽았고, 지나치면 좋지 않은 것으로는 여덟 가지가 있는데 그것은 여행, 이성친구, 일, 술, 약, 잠, 향료, 재산이라 경계와 절제에 인색하지 말 것을 권하였다. 건강한 음식이 건강한 사람을 낳고 건강한 사회를 이룩하게 되므로, 소위 말하는 '웰빙 음식'이 최근 각광을 받고 있다.

"가장 행복한 남자는 영국식 집에서 일본 여자와 프랑스 요리를 먹고 있는 사람이고, 가장 불행한 남자는 일본식 집에서 미국 여자와 영국 음식을 먹는 사람."이라는 글을 읽은 적이 있다. 이유에 대하여는 분분하니 각자 제멋대로 해석하기 바란다. 한 가지 분명한 뉘앙스는 우선 먹는 것은 걱정 없고 격식과 분위기, 서비스와 파트너가 중요하다는 것으로, 끼니 염려가 없는 차원이 다른 기사다.

우리의 몸은 섭취하는 음식을 그대로 반영하여 형성된다. 궁극적으로 우리는 몸을 형성하게 될 성분들을 음식으로 얻기 때문이다. 따라서 건강상태 또한 먹는 음식에 의해 직접적인 영향을 받고 있는 것은 당연한 일이다.

요즈음이야 어떤 것을 골라 먹을 것인가를 고민하지만 몇 십 년 전인 보릿고개 시절에는 어떻게 끼니를 때울 것인가를 걱정했던 것이다. 그러니까, 옛날에는 식사(食事)도 하루의 큰 행사였다. 먹을 것이 없으니 하루에 세 번 끼니 걱정을 해야 했기 때문이다. 더구나 고기를 먹는다는 것은 천재일우(千載一遇)라고나 할까, 고깃국 한번 먹기가 여간 힘든 것이 아니었다.

하숙할 때는 아주머니가 생일날만은 고기 미역국을 끓여주기로 약속을 하였었다. 한때는 하숙생이 열세 명이나 되었는데 내가 하숙을 그 집에서 8년 반이나 한 관계로 방장을 맡았다. 하숙생은 툭하면 나간다. 새 하숙생이 들어오면 생일이 언제냐고 묻고, 지났다면 "생일날에는 고기 미역국 끓여주는데." 하면 "나 생일 안 지났다."고 말한다. 하숙집 아주머니는 "새로 오는 학생마다 생일이냐?"고 불평도 하지만 고깃국 한 끼 얻어먹는 수단의 한 방법이었으니 요즈음 젊은이들은 이해하기 힘들 것이다.

최근 보도에 의하면 웰빙 음식으로 주식은 아니되 보조식품으로 5가지를 권장하고 있는데 그것은 (양)파, 마늘, 생강, 토마토, 브로콜리(녹색 채소)로 언제나 손쉽게 접할 수 있는 품목들이다.

양파는 혈액 속의 불필요한 지방과 콜레스테롤을 녹여 없앤다. 그 결과 동맥경화와 고지혈증을 예방하고 치료한다. 또한 혈액을 묽게 하는 작용(섬유소 용해 활성 작용과 지질 저하작용)으로 혈액의 점도를 낮춰 끈적거리지 않고 흐르기 쉬우며 맑고 깨끗한 혈액으로 만든다. 그 결과 고혈압의 예방과 치료에 탁월하고 혈액 순환이 좋아 산소와 영양의 신체 공급이 잘 이루어진다. 양파는 지방은 없고 단백질이나 칼슘도 있으며 간장의 해독작용을 강화시키는 글루타치온(Glutathione)이 많다. 또 알코올 때문에 많이 소모되는 비타민 B1의 흡수를 높일 뿐만 아니라, 주독(酒毒)을 중화하여 간장을 보호해준다.

마늘의 독특한 향과 맛은 알리신(Allicin)이라는 성분 때문이다. 이 알리신은 콜레스테롤을 분해하고 혈액 속의 콜레스테롤까지 감소시키는 작용을 하기 때문에 혈압이 높은 사람에게는 이상적인 '식탁의 약' 이라고도 한다. 미국사람들은 마늘 냄새를 싫어한다. "Who eat garlic?(누가 마늘을 먹었냐?)" 하고 마늘 먹은 사람을 쪽집게처럼 금방 알아낸다. 그런 미국인들이 요즈음 다이어트에 효과가 있다 하여 웰빙 보조식품으로 둔갑한 마늘 분말을 상비해 다니며 챙겨 먹고 있다.

　생강(Ginger)은 한방에서는 뿌리줄기 말린 것을 건강(乾薑)이라는 약재로 쓰는데, 소화불량·구토·설사에 효과가 있고, 나트륨과 특히 비타민 B2 등도 다른 식품에 비하여 비교적 많이 함유하고 있다. 생강의 맵싸한 맛 성분은 쇼가올(Shogaol), 진저롤(Gingerol), 진저론(Gingerone) 등의 소위 바닐릴 케톤류(Vanillyl ketones)로 알려진 화합물 때문이다. 생강은 식욕을 돋워주고 소화를 돕는다. 생강에는 디아스타제와 단백질 분해효소가 들어 있어 생선회 등의 소화를 돕고 생강의 향미성분은 소화기관에서의 소화 흡수를 돕는 효능도 있다. 따라서 생선회를 먹을 때 생강을 곁들여 먹는 것은 궁합이 잘 맞아 영양효과와 먹는 즐거움을 동시에 준다.

　"토마토가 익으면 의사의 얼굴이 다르다."라는 서양속담이 있다. 이처럼 토마토를 먹으면 앓는 일이 없으므로 의사를 찾지 않는 것이다. 그만큼 토마토에는 각종 비타민과 미네랄이 풍부하여 일찍이 서양에서는 애호식품으로 식탁에서 인기였고, 특히 케첩으로 개발하여 널리 애용할 만큼 대중화된 식품이다. 중간 크기의 토마토 한 개는 약 25kcal 정도로 칼로리가 낮지만 다른 식품에 비해 영양소가 풍부하고, 특히 항산화영양소인 비타민 C와 비타민 A 전구체인 카로테노이드(Carotenoid)가 풍부한 건강식품이다. 실제로 토마토를 많이 사용하는 지중해 지역, 특히 남부 이탈리아와 그리스 지역에서는 유럽의 다른 지역에 비해 심혈관계 질환과 전립선암 등 식습관과 연관된 암의 발생률이 현저하게 낮은 것으로 조사됐다.

　이탈리아 학자 지오바누치(Giovannucci) 등이 5만 명을 대상으로 6년간 추적 조사해 발표한 결과에 따르면 46가지의 채소, 과일 및 그 제품 중 토마토소스, 토마토, 피자, 딸기가 전립선암의 발생 위험을 낮추어주고 후속 연구에서도 이와 유사한 결과들이 확인됐다. 토마토와 토마토 가공제품에는 카로테노이드의 일종인 라이코펜(Lycopene)의 함량이 매우 높다. 라이코펜은 카로테노이드 중 잘 알려진 베타카로틴(β-Carotene)에 비해 활성산소를 없애는 능력이 두 배에 달하고 이러한 항산화능력으로 인해 암의 발생을 억제하는 데 관여하는 것으로 보인다. 체내에서는 산소 소모를 통해 에너지를 만들어내는 대사과정이나 외부에서 침입한 이물질을 제거하는 면역기능을 수행하면서 활성산소를 생성하게 되고, 이렇게 생성된 활성산소는 체내의 항산화효소 또는 항산화물질에 의해 제거되게 된다. 그러나 이러한 체내 항산화 방어체계가 원활하지 못한 경우에 세포 손상이 발생하게 되는데, 이 조직이 암 발생으로 이어질 수 있다는 것이다. 최근에 발표된 논문에서는 하루 1회 토마토 소스 파스타를 3주간 섭취하게 한 결과 혈중 임파구 및 전립선조직의 산화손상이 감소하는 것이 관찰돼 라이코펜은 단기보충에 의해서도 그 효과를 볼 수 있음이 증명되었다. 이 외에도 라이코펜은 암세포의 고사와 세포 주기 조절을 통한 항암효능도 있는 것으로 밝혀졌다.

전립선에 토마토가 좋다는 것은 토마토에 천연 항산화제인 라이코펜이라는 물질이 들어 있기 때문이며 당근, 딸기, 수박, 감, 붉은 포도, 석류, 자몽 등 적색과일 및 식물의 붉은색 열매, 뿌리, 줄기, 잎 등에 주로 많이 함유되어 있다. 미국에서 실시한 한 연구에서 피자를 먹을 때 토마토를 많이 섭취하는 남자들이 전립선암에 덜 걸리는 것으로 보고되었다. 이는 토마토 안에 있는 라이코펜 때문이며, 위에서 소화를 촉진시키고 산성식품을 중화시키는 효과도 있다. 서울에서 퍼펙트 비뇨기과 병원을 운영하는 조카한테 전립선 진찰을 받았는데 토마토에서 추출한 라이코펜을 복용할 것을 권고하면서, 미국에서 수입하여 환자에게 시판하고 있다고 설명해 주었다. 나는 이러한 보조제품이 있다는 사실을 전혀 몰랐다. 아침, 저녁 한 알씩 1개월째 복용하면서 건강이 확실하게 좋아졌다. 한 알을 먹으면 토마토 40개를 먹은 것과 같은 효과라고 한다. 비뇨기과 전문의 시험에 1등으로 합격한 조카가 너무나 자랑스럽고 고맙다. 질병은 소문내라 했는데 그동안 고생은 당연한 대가다.

또한 시금치, 양상추 등 색이 짙을수록 항산화제 포함률이 높다. 특히 브로콜리는 씨앗이 다발로 묶여 있는 녹색 채소로 우리 식탁에 오르기 시작한 것은 오래지 않다.

한편 당근은 야채 중에서 비타민 A를 가장 많이 함유하고 있어 시력 회복에 매우 효과적이다. 또 당근에 있는 카로틴이라는 성분은 각종 암에 대한 억제 효과가 있다. 특히 폐암에 대한 항암 효과가 뛰어나다. 핏속의 콜레스테롤 수치를 낮춰주어 혈관 및 심장 질환을 치료해준다. 또 섬유질이 풍부하여 소화 기능을 좋게 하고, 배설 기능과 장운동을 도와 장을 깨끗하게 해준다.

영양이 풍부한 콩은 특히 동물성 지방을 과잉 섭취해서 생긴 콜레스테롤을 흡수해 심장병이나 고혈압, 동맥경화 등 성인병을 예방하는 탁월한 효과가 있다. 순두부도 콩의 영양가를 가장 이상적으로 소화 흡수할 수 있는 음식으로 우리 인체에 95% 가까이 흡수된다. 콩에 함유된 단백질은 40%에 가깝고 섬유질과 칼슘, 회분, 철분이 듬뿍 들어 있고, 그밖에 필수아미노산까지 풍부하여 쌀을 주식으로 하는 우리 식생활에 궁합이 딱 맞는다. 또 우리나라의 된장은 다른 나라에 비해 특유의 구수한 맛을 유지하며 김치와 함께 발달해온 대표적 식품이다.

옛 문헌에 된장의 맛을 다섯 가지 덕에 비유하여 높이 평가하였다. 첫째는 단심(丹心)으로 다른 맛과 섞여도 고유한 향미와 자기의 맛을 잃지 않는다는 것이며, 둘째는 항심(恒心)으로 오래도록 상하거나 변함이 없다는 것이다. 셋째로는 불심(佛心)으로 비리고 기름진 냄새를 없애면서 생선이나 고기보다 못하지 않다는 것이며, 넷째로는 선심(善心)으로 매운맛이나 독한 맛을 중화시켜 부드럽게 해준다는 것이다. 마지막으로 다섯 번째는 화심(和心)으로 어떤 음식과도 잘 어울리고 자연과 동화되는 점을 높이 샀다.

싸고 흔한 무에는 비타민 C가 풍부해서 감기에 효과적이다. 특히 점막을 보호하는 작용을 하기 때문에 가래가 끓고 기침이 자주 나올 때 좋은 효과를 볼 수 있다. 또한 소화효소가 많이 함유되어 감기에 걸렸을 때 소화 작용을 도와준다. 평소 차로 만들어 마시면 기관지뿐만 아니라 소화 기능까지 좋게 되면서 신진대사를 원활히 해준다. 이런 기능들이 감기를 예방하는 데 도움이 된다.

뭐니 뭐니 해도 소식(小食)이 중요하다. 과식하면 소화력도 떨어진다. 필요 충분한 영양분을 공급해야 하는데 과다섭취로 약 70%만이 체내에 흡수된다. 그러나 우리 몸이 영양분을 필요로 할 때는 음식물의 약 80% 이상 영양분을 체내로 흡수한다. 과식이 얼마나 소화기를 힘들게 하는지 알 수 있다.

최근 미국 암 연구센터가 추천한 8대 항암 음식을 보면 방울토마토, 시금치(양상추), 마늘(파), 귤(과일), 브로콜리(갓무), 대두, 통밀, 저지방유 등이다. 이들 식품은 암세포를 소멸하고 항산화제, 장·위·간·폐암 억제 및 암세포성장 억제물질이 풍부하며 생식이나 반생식이 좋거나, 암세포의 퇴화와 위축을 촉진, 항암성 성분을 함유하고 있다는 것이다.

가버린 삶

무수한 사람들이 내일의 희망과 기대 속에 쫓기면서 살아왔고 또 살아가고 있다. 어디로 가는지 알 나위도, 어쩌면 알 수도 없을 만큼의 빠른 속도로 허둥대며 살아가는 것이 인생항로가 아닐까?

때로는 어리석음을 자행하며 모두 내일 속의 희망을 좇아 자신의 좌표를 망각한 채 맹목적으로 달리는 것일지도 모른다. 이것이 어쩌면 만물의 영장이라는 인간이 걸어가는 협소한 길인지도 모른다.

원래 인간이란 불안전한 존재가 낳은 착각의 덕택으로 때론 향수(鄕愁)로 안식처를 갈구하기도 하고 행복의 추구를 떠나가는 구름 속에 날려 보내기도 한다. 그렇게 몸부림, 맘부림, 꾀부림 부리다가 미완성의 상태로 시공간에 내몰려 어쩔 수 없이 마침표도 찍지 못하고 세월에 할퀴기만 하고 끝나버리는 것이 인생이 아닌가 싶다.

꿈 많은 젊은이는 말할 것도 없고, 북망산을 눈앞에 두고도 내일의 희망과 기대로 인한 기다림으로 꿈을 먹고 살아가는 것은 아마도 무엇인가 착각으로 망각하여 마치 마술에 홀린 결과가 아닐까 한다. 피가 체온에 말라 엄마의 젖을 떼는 순간부터 물욕, 식욕, 색욕, 명예욕, 수면욕에 얽매이게 된다.

"만남의 기쁨도 이별의 슬픔도 다 한순간이다. 사랑이 아무리 깊어도 산들바람이요, 외로움이 아무리 지독해도 눈보라일 뿐이다.”

서산대사(1520~1604)의 말씀이다. 가장 중요한 현재를 소홀히 하며 미래를 잡으려는 인간의 욕심을 잠시 생각해볼 일이다.

인간의 육체는 이 오욕 때문에 무수한 대가를 지불하면서 살아야 하고 결국은 죽음으로 헌납하고야 마는 신세가 되는 것을 모를까마는, 때로는 파탄의 골목으로 돌아 몰고 가기도 한다. 이것은 오로지 노력 없는 요행이나 불로소득을 바라며 일확천금을 노리는 심보에서 오는 인과응보인 것이다.

오늘 할 일을 오늘로 마감한다는 철저함, 이러한 계획된 땀 흘림이 없고서야 어찌 인간으로서 떳떳한 삶을 영위한다고 말할 수 있으랴. 젊은 시절에는 하루빨리 대학생이 되고 졸업하여 직장생활 하면서 용돈 안 타 쓰면서 마음대로 놀고 쓰고 싶은 마음이 톡 찬 때도 있었다. 그러나 이제는 상당히 희미해지고 의미도 퇴색되어 존재도 가물거린 지 오래다. 어느덧 지는 해 같은 신세라 동행하고픈 생각이 드니 넋두리만 늘어날 뿐이다.

젊은 날 뜨겁게 사랑했던 사람이 있었다 해도 만남이 잦고 결혼한 후 감정이 퇴색함을 스스로 느낄 때, 자신의 간사함이 아니라 자연의 섭리라 나는 해석하고 싶다.

기대와 절망의 계곡에서 머무는 어느 점에서 우리는 헤매면서 살아가는지도 모른다. 미완성의 모습이 얼마나 아름답고 소중한지 느끼게 될 때는 이미 자신이 착각의 소용돌이 속에 자신을 잃어버린 한참 뒤의 일일 것이다.

목표를 달성하여 보라. 또 오르고 싶은 산이 보일 것이다. 내가 5년여 만에 B5 종이 크기만한 한 장의 박사학위증을 받던 날은 내 인생의 가장 허망했던 날로 지금도 기억되고 있다.

그렇다. 삶이란 오늘은 비록 고달프고 쫓기지만 내일이 있기에 오늘을 참고 견디며 살아가는 것이다. 정상에서 허탈과 실의가 엄습해온다 해도 이제 생각해보면 정상으로의 행진이 더 아름다운 추억으로 아롱짐을 부정할 수 없다. 목표의 달성이 주는 환희보다 과정이 분명 부드러웠다. 한편 미완성인 상태에서는 느끼지 못했던, 완성 후에 느끼는 허탈과 허세가 오히려 육체를 괴롭힌다는 사실이 우리를 더욱 슬프게도 한다.

망각! 얼마나 듣기 좋은 단어인가. 쓰라린 상처, 괴로운 심정, 우울한 감정, 때로는 뜨거운 열정을 어떻게 항상 지니고 살 수 있단 말인가! 망각 뒤에 오는 맑은 미래의 꿈을 펴려는 데서 푸름이 싹튼다.

세상을 보라, 무상(無常)한 것이 하나도 없다. 유상한 공간에 사는 미미한 존재로 어떻게 생로병사(生老病死)의 순리를 거역할 수 있단 말인가! 어리석은 자만이 늙음을 두려워할 뿐이다. 늙음에 대비하는 것이 바른 생각이다. 인간이란 존재의 나약성을 깨달을 때 더욱 새로워지는 것은 어쩔 수 없는 천리(天理)가 아닐까 싶다.

창가에서의 단상

시멘트 건물 몇 층 벽에 나무가 아닌 부딪치는 쇳소리만 들리는 알루미늄 새시로 만든 성냥갑 구멍보다 큰 공간이 있으니 이름하여 바로 창(窓)이라!

철골을 얽고 시멘트 짓이겨 바르면서도 네 벽면 중 어느 한 쪽에라도 구멍을 뚫어야 공간이 방 노릇을 하고 그나마 그 속에서 살 수 있다. 태고에 사람이 집을 짓는 것이 무슨 하늘과 해와 달을 버리고 어둠 속에 길이 막힌 것 같이 웅크리고 앉아 우물 안 개구리처럼 살고자 함이 아니지만 문을 내고도 출입할 수 없으니 이는 필시 마음의 창임에 틀림없다.

중생의 영원한 고향인 자연의 품에 안겨 살 수 없을망정 한낱 날짐승조차도 나뭇가지에 둥우리를 틀고 항시 하늘을 향하여 노래하고 산다. 자칭 만물의 영장인 사람만이 옆으로 작은 창을 내고 살면서 하늘과 담을, 때로는 나와 담을, 때로는 혹시 학생들과 담을 쌓고 가르치고 있는지 자문해본다.

창 너머 산과 숲을 바라볼 수 있어 마음의 부드러움을 잃지 않고 때로는 사각 진 창을 통하여 엷은 노을과 밤의 정취를 맛보는 것은 얼마나 조촐한 복인지 모른다. 창은 여유와 아량과 관용, 채워져 있는 공간의 가능성과 융통성을 말한다.

바라봄에 생동감이 있고, 느낌이 있기에 깨우침이 있다. 흐름이 있기에 부패가 없고, 식혀줌에 갈증을 없애기도 한다. 순환이 그 몸 안에 드나드는 곳이 아니라 그 영혼이 갈구하는 무한에의 길이 여기서 펼쳐지는 곳이기도 하다.

나 또한 창을 넘나들며, 다만 내 몸에 질기고 실타래같이 뒤엉킨 천만근 무거운 마음을 벗음으로써 자연 속에 발가숭이 그대로 심신을 던져 안기지 못하니 좁은 마음에 서럽고 안타까우며 왜소하기만 하다. 무능을 알면서 핑계가 많고, 게으름에 변명하고, 의욕 아닌 욕심이 육신에 톡 차 있음은 인욕(忍慾)이 부족함이리라. 그러하니 물과 같이 흐르려는 마음의 기(氣)가 외면할 수밖에 없지 않은가.

좁은 창 사이로 숨바꼭질하는 하늘 향해 휘날리는 나뭇가지, 불규칙하나 꾸밈없는 저 멋, 이것은 무질서보다는 자연스러움이며 준비적이고, 미래지향적이다. 깨끗하게 미련 없이 버린 것은 초라하기보다는 의연하고 버티기 위한 버림 과정이다. 알몸 그대로의 의지로 숨김없이 다 보이는 솔직함, 어디까지나 겸허하고, 당당하고 진실적이다. 나이테 늘이기를 게을리하지 않는 부지런함, 물·탄산가스·빛을 받아 광합성을 하고 있다는 사실, 계절에 순응하기 위하여 부단히 정진하고 있는 준비성을 젊은이들은 배워야 한다. 이 위대한 자연의 윤회, 사물의 궁극적인 이치를 깨달아 파악하는 것이 우리에겐 필요하다.

나무 그림자 밑에 쉬어 가던 몇몇은 이미 발자취 감추었으니 이는 마치 창 너머 끝없는 푸른 하늘에 유유히 스쳐 지나가는 우윳빛 구름과도 같은 뜨내기 무리였던가! 빈 강의실의 창이 더욱 흐림은 막 떠난 그들이 복잡 다양한 사회에서 첫발을 내디디는 것이 순탄하지 않을 것임을 염려하기 때문이다.

젊은이들이여! 가르친 자 탓하지 말라. 재능이 없어 실패하는 사람보다 목적을 잃어 실패하는 사람이 많음을 아는지 의문스럽다. 우리의 주어진 여건 하에서 나도 최선을 다했노라고. 그러나 부족함이 오가던 좁은 강의실에 숨어 앉아서 조그만 창을 트고 내다보는 지혜로운 사람이라 한들, 그는 마치 하늘을 날림 지붕으로 덮고 벽은 좁은 창으로 뚫어놓은 자연 파괴자다. 사람이 자연을 이반하고 정복하려 해도 자연은 순응하여 정복한다는 섭리를 모르는, 즉 그 어버이를 배반하는 격이다.

떠나간 그들을 이곳에 기대어 저의 슬픔에 창을 뚫어놓고 내 꿈 틀거리던 그대들의 성공 소식을 전해 듣고 싶어 소나기 같은 마음의 창, 기다림의 창에 아름다운 꿈을 꾸며 기대어 기다리고 싶은 마음은 아쉬움이 많은 그들이었기 때문일 것이다. 마음의 창문을 여는 손잡이는 안쪽에만 달려 있으니 나 자신부터 열어야겠다.

그러나 마음이 통하는 또 다른 창은 이미 고향이어서 기대어 기도하는 마음 가득하나, 스스로 마음을 가라앉혀 흔들리고 거친 마음을 달래지 못하고서야 창가에 기대어 있다 한들 어찌 우주 자연의 숨결을 들을 수 있단 말인가.

형틀 가에 내 몸을 의지함은 이미 학생들이 떠난 후에 공허함을 달램이 아니라 이 허망한 우주 가운데 진실로 살기 위함이니, 창턱에 기대어 고향을 자주 찾음은 실로 추억의 옛 고향이 자취만 남았기 때문이리라. 어디 좁은 마음의 창에 부모님 떠나신 무상한 고향만 오가는가.

고독이 피운 글

그 잎새, 넓은 그늘의 푸른 어둠 아래로 걸어가노라면 잊어버린 옛 기억이 하나둘 되살아오는 것은 나만의 감회가 아닐 것이다.

무성한 플라타너스 그늘을 지나면서 옛 기억을 더듬는다는 것은 반드시 무슨 잃어버린 로맨스가 있어서가 아니다. 그보다는 오히려 더 근원적인 인생의 슬픔이 소낙비처럼 스치고 지나간 다음 바로 뒤에 오는 일말의 적막감 때문이다.

뜨거운 햇살을 받아 꿈같은 무늬를 길바닥에 수놓은 플라타너스를 보면 너무도 어처구니없이 사라져간 사람들이 생각난다.

인간의 비극은 언제부터 비롯되었을까? 만물의 영장이라고 큰소리치지만 사실 가장 우둔한 동물 또한 사람이다. 만약 인간이 다른 짐승과 같이 본능적으로만 살아가는 존재라면 비극이 생기지 않았을 것이라 믿기 때문이다.

동물이 아닌 인간의 육체적·본능적인 욕구를 떠난 후에도 한결같은 사랑이라면 그것이야말로 진정한 참사랑 아닐까. 사랑은 원래 주고 베푼다는 뜻이다.

이와는 역설적으로 비극이 있기에 인간이 있고 존재이유가 있다고 할 수 있다. 테러 장면을 보면서 비극이 인간에게 던져주는 메시지가 무엇인가를 묻는 것이다. 낙랑공주의 비극은 사랑의 위대함을 말해주고, 오이디푸스(Oedipus, 그리스 신화에 등장하는 인물)의 비극은 인간의 운명이 어떻다는 것을 깨닫게 한다.

비극은 때로는 사람의 마음을 정화시키는 동시에 정신 상태를 승화시키기도 한다. 희극 또한 우리의 마음을 기쁘게 해주고 희망을 던져준다. 차라리 비극이 희극의 시작이 될 수도 있다.

봄은 만물이 소생하고 싹이 트는 계절이라 말한다. 그러나 봄에도 죽어가는 것이 있다는 사실을 알아야 한다. 낮에는 일하고 밤에는 잔다는 것은 보통 사람을 기준으로 한 말이다. 밤에 일하고 낮에 자는 사람 또한 요즈음 많은 것이 사실이다. 시작이 바로 끝이요, 끝이 바로 시작이다. 꽃이 피는 순간 지기 시작하고, 지는 순간 꽃을 피우기 위한 다음 단계가 시작된다. 삶과 죽음 또한 간격이 있을 뿐 연속성이 있다. 헤어짐을 슬퍼할 까닭이 없다. 그 순간부터 만남의 시간은 다가오기 때문이다.

동쪽이 영원한 동쪽이 아니며 음지 또한 영원한 음지가 아니다. 신기하게도 집 안의 구석진 곳에 햇빛이 들어올 때 스치는 생각은 가히 충격적이다. 무상(無常)함을 보라. 영원이라는 말을 주위 어디에다 쓸 수 있단 말인가!

시간과 공간을 초월할 때 삶과 죽음을 한 곳에 묶어놓을 수 있지 않을까. 순간의 덩어리가 영원이요, 짧은 직선이 곡선이라 시작과 끝이 만나 원을 그리지 않는가. 그 굴레에 얽혀 찰나의 삶을 사는데 왜 이리 좁은 머리에 머무는 일들이 많아 스스로 괴로워하는가!

따지고 보면 너무 집착이 크기 때문이다. 이는 마음을 채우는 데서 출발한다. 살려면 죽고 죽기를 각오하면 살기 마련인 것을, 삶에 지나친 애착을 가지고 있기에 온갖 부조리의 꼬투리를 심게 된다.

늙는 것도 순리요 자연의 철칙이다. 이를 역행할 수는 없다. 하늘의 뜻을 따르는 자는 번성하고, 저버리는 자는 망한다.

포기가 아니라 최선을 다하여 열심히 살아보는 것이다. 고독할 때가 오히려 마음은 고요하고, 평화롭고, 맑고, 차가운 결정을 내려 위대한 일을 이룰 수 있다.

인간은 원래 고독하다. 올 때도 홀로 왔고 떠날 때도 예고 없이 홀로 간다. 그 많은 65억이 넘는 인구 중 나와 같이 생긴 사람은 없다. 우리 스스로는 세계에서 유일하고 위대한 존재인 것이다. 더불어 있으면 나는 전체의 일부분으로 전락하지만 홀로 있으면 전체가 나의 것이다. 그러니까 차지하고 있는 시공간이 가장 넓을 때가 홀로 있을 때다.

그러나 묘하게도 인간은 그럼에도 불구하고 홀로 있을 때 외롭고, 쓸쓸하고, 허전하고, 허망하다고들 한다. 행불행이 육체와 정신을 싸고 있는 마음먹기에 달려 있듯이 고독 또한 자기 주관적이다. 남이 볼 땐 외롭게 보여도 스스로는 모든 것이 풍족하다고 느끼고 있으면 그만이다.

이 모든 것이 고독하기에 존재한다. 위대한 발견이나 발명, 진리도 대개 홀로 있을 때 가까이 다가온다. 고독할 때 참으로 위대한 힘을 발휘한다. 힘을 다 합한 것 이상으로 초인적인 발상과 괴력이 홀로 있을 때 발휘된다. 정신집중이나 차력의 힘도 홀로 있으면 쉽게 되지만 대중 앞에서는 힘을 모으기 위해 마치 자신은 홀로 있다고 가정해야 힘이 모인다. 여럿이 있을 때도 중요하지만 홀로 있을 때가 더 중요하다.

그렇다고 고립되어서는 안 된다. 고독이라는 것도 상대적이다. 관계가 있을 때 하는 말이 고독이며, 고립은 관계가 따르지 않는다.

즐거움은 어디에 있는가. 내 마음속에 있다. 고독한 개개인의 마음속에 있다. 즐거움을 내가 불을 당겨야 한다. 긍정적인 인생관을 갖고, 작고 사소한 일에도 기쁨과 고마움을 누릴 줄 알면 고독은 더 이상 왕따가 아니다.

그러므로 고독을 친구로 삼아 기대고 의지하고 때로는 외로운 삶을 키워갈 때 거기에도 분명 만족과 기쁨 그리고 행복을 피울 수 있다. 고독을 홀로 내버려두지 않고 되새김질하면서 음미해본다.

문득 청마 유치환의 「심산(深山)」이라는 시가 생각난다.

심심산골에는
산울림 영감이 바위에 앉아
나같이 이나 잡고
홀로 살더라

한 해를 보내며

종교인이 아닌 나에게 성탄절이 온다 하여 풍선 같은 마음이 될 이유가 없겠으나 왠지 설레는 것은 우선 한 해가 가는 아쉬움에서 그 원인을 찾아볼 수 있을 것 같다.

1월 달력을 채 넘기기도 전에 12월 성탄이 다가오고 있다. 아무리 세월이 빠르다고 해도 과장된 표현이라 머뭇거렸으나 빠른 것은 사실이다. 어찌된 일인지 하루는 길어도 일 년은 빨리 간다는 느낌이다. "엊그제 미국서 온 것 같은데 벌써 정년이라니." 지난번 누님 댁에 동치미를 가지러 갔을 때 들은 말이다.

세월이 화살처럼 빠르다, 유수(流水)와 같다, 쏜살같다, 눈 깜짝할 사이에 지나갔다고들 말한다. 경허(鏡虛, 1849~1912) 스님은 달리는 말이 문틈 사이로 지나가는 느낌이라 갈파하였다. 부처님이 "인생은 한 호흡의 사이에 있다."라고 한 말이 실감 난다.

난 가끔 여름방학이 끝나고 첫 강의시간에 학생들에게 "인생은 여름방학과도 같다."고 말한다. 너무나도 많은 계획과 꿈을 가지고 기다렸지만 이제 생각해보면 그 기간은 눈 깜박할 사이에 지나가 버렸다고.

버나드 쇼의 묘비명이 문득 생각난다. 버나드 쇼같이 인생을 철저하게 살아온 사람까지도 삶의 마지막엔 허송세월을 후회하는데 하물며 나 같이 얇은 삶을 살아가는 사람이 무슨 느낌이 있을까마는 흘러간 한 해가 아쉬운 것은 어쩔 수 없는 감정이다.

흘러간 세월은 쏘아버린 화살과도 같다. 시위를 떠난 화살은 거둬들일 수가 없듯이 지난 세월을 무슨 재주로 돌이킬 수 있겠는가. 짧은 인생은 시간의 낭비에 의해 더욱 짧아져만 간다.

그러나 지난 세월에 무엇을 얻었으며 무엇을 잃었는지를 반성을 통하여 하나하나 하루하루 살피는 것이다. 그리하여 얻은 것에 감사하고 잃은 것을 고쳐나갈 때 세월은 더디게 흘러가지 않을까 한다.

이것저것 해보려고 계획도 세웠고, 꿈도 키워보려고 발버둥치기도 하고, 남이 가지 않은 길을 아직도 걷고 있는 나라고 자부도 해보지만 이제는 여기저기 한계를 느낄 때가 많으니 서글프다.

제일 피부로 느끼는 한계는 체력이다. 언제부터인가 몸이 자꾸 말을 하고 있다. "남자는 마음으로 늙고 여자는 얼굴로 늙는다."는 영국 속담이 있는데 나는 반대로 마음은 젊은데 몸이 늙었나 보다. 정말 삐걱거리는 소리가 몸 구석구석에서부터 들려온다. 그래도 추슬러가면서 아직 걸을 수 있고, 볼 수 있고, 읽을 수 있고, 말할 수 있으니 나는 얼마나 행복한가!

한 해를 마무리하며 누구에게 신세 지지 않았는가, 사이가 껄끄러운 일은 없었는가, 잘못을 인정하지 않은 경우가 있었는가, 얼마나 자주 말이 행동을 앞섰는가 등을 곰곰이 생각해본다.

그래도 가장 보람된 하루를 보낸 날은 아마도 처음 묵언(默言)한 날을 꼽을 수 있겠다. 하루를 정하여 말을 하지 않는 날로 보낸 것인데, 나는 침묵의 날을 보내면서 너무나 많은 교훈을 얻었다. 그놈의 혓바닥 놀림 때문에 얼마나 많은 실수와 허풍과 허세, 교만 그것도 부족하여 자기 자랑, 뽐냄 등으로 귀중한 시간을 쓸데없이 허비해왔는지 대오각성의 기회를 가졌다. 나무는 제 손으로 가지를 꺾지 못하나 사람은 실수로 은인까지 베어버린다.

아무리 그렇다고 하여도 가장 중요한 것은 건강이다. 이 세상이 나의 존재로 존재한다. "재물을 잃으면 일부를 잃고, 명예를 잃으면 대부분을 잃고, 건강을 잃으면 전부를 잃는다."는 말이 남 애기가 아니다.

미비한 나에게는 감사하고, 고맙고, 인생을 즐겁게 해준 사람들 모두가 소중한 보배다. 돌이켜 생각해보면 불초 나에게 정말로 친절을 베풀며 아껴준 사람들이 너무나 많다. 고맙고 은혜롭고 정겨운 일들을 잊어서는 안 된다.

괜한 실수 또한 많았다. 고맙고 죄송하고 감사할 줄 알아야 하는데, 받은 것은 당연하다고 가볍게 느끼고 망각했다. 반대로 남이 서운하게 한 일들은 왠지 오래 머리에서 윙윙거리며 한동안 떠돌아다닌다. 별명대로 밴댕이같이 속이 좁다.

아무리 고맙고 감사하는 마음을 가지고 있어도 속으로만 간직하고 있으면 아무 가치가 없다. 뜻을 표현함으로써 따뜻한 마음을 서로가 느끼게 하는 자세가 어떨까? "여우하고는 살아도 소하고는 못 산다."는 말이 이런 경우를 두고 하는 말인지 모르겠다. 사람은 사회적 고등동물인 동시에 감정의 동물이다. 머리싸움이 치열한 현실에 2등도 어려운데 2등 해서는 아무런 대가와 보람이 없는 경우가 허다하니 이걸 두고 생존경쟁이라 하는 것일까. 꼴찌도 1등과 같이 살아가는 공통 공간이 있어야 하는데 아쉽다. 또한 아홉 번 잘하다가도 마지막 한 번 잘못하면 모든 신용이 무너지고 만다. 차라리 아홉 번 못하고 마지막 한 번 잘하면 이것이 낫지 않을까 하는 생각마저 든다. '유종의 미'란 아무리 잘해왔어도 끝마무리를 행복하게 끝내야 전체가 아름다움으로 마침표를 찍을 수 있다는 말 아닐까. 얼마 남지 않은 며칠, 마지막이 중요하다고 하는데 이런 의미에서 하는 말인지 모르겠다.

서로 만나서 이견을 토론하다 보면 어느덧 앙금으로 침전되어 가라앉을 수도 있고, 쌓였던 감정이나 오해가 결국은 씨가 되어 생기므로 역시 말로 풀어야 한다. 그러다 보면 원상회복되는 경우도 살아오는 동안 체험하고 있다. 말을 꼭 상대방이 걸어와야 그제야 "사실인즉……" 하면서 꺼내는 그러한 봉건적인 사고방식으로는 급변하는 사회의 사회인으로는 부적당하다. 괜한 자존심은 매일 아침 싹둑 잘라내는 시간을 갖고, 마음의 잡풀도 송두리째 뽑아버리는 습관을 길러야겠다.

나 같은 자칭 원로교수는 대체로 대접을 받는 입장이다. 학생들, 직원들, 사회인들, 연구원들…… 어느 곳을 가나 인사 받고 존경받다 보니 누구한테 받는 것은 당연하고 어떤 때는 은근히 바라기도 한다. 그와 반대로 평가·비평이나 하고 하여간 베풀 줄 모르는 좋지 않은 습관을 가진 것이 교수이기 쉽다.

나는 가끔 "교수는 교활한 짐승이다. 교활할 교(狡), 짐승 수(獸)." 라고 하여 웃긴다. 음미해볼 만한 단어다. 그도 그럴 것이, 하는 일이 가르치고 평가하는 것이기 때문이다. 매사에 그런 공식을 잣대로 하다 보니 나도 모르는 사이에 습관으로 물들어버린 것이다. 이 시대는 철저하게 직위고하를 막론하고 주고받는(give and take) 시대다. 일방통행은 구시대적 발상이다. 학생들에게서 존경을 받으려면 젊은이들을 우선 아끼고 사랑하고 존경하며 친절로 보살펴주어야 한다. 학생이 주인이고, 교수는 일종의 서비스 직업인 것이다.

교육 활동도 따지고 보면 봉사다.

"나는 여러분이 있기에 여기 있다(I am here because of U)." 영어 표현이 정말 딱이다.

미국 유학 시 질문을 망설이는 나에게 교수가 한 말이다.

"수직적인 관계에 있지만 수평적인 동등한 입장에 서서 수업을 진행하려 합니다."

멋있는 말이다. 부모-자식, 선생님-학생, 사장-직원, 남편-아내, 노인-젊은이 사이에 자세를 서로 낮추면 되는 것이다.

'Understand'를 풀이하면 말 그대로 'under stand' 즉 '아래에 서면' 이해된다는 뜻이다. 얼마나 와 닿는 해석인가!

세상이 강박하고 냉엄하다고 하지만 사람들 대하기에 달렸다. 친지나 아는 분들에게도 평상시 종종 안부를 전하거나 혹은 만나서 대화를 하는 것이 유대를 돈독히 하는 데 도움이 된다. 소식이 단절되고 기억이 희미해지면 복원하는 데 시간과 노력을 기울여야 한다. 상대방에게 선물을 줄 때 고맙고 기뻐하는 모습을 보면 소화불량이 순식간에 해소되는 것 같은 기쁨을 간직할 수 있다. 이웃을 내 몸같이 사랑하는 마음으로 서로가 정을 나누는 마지막 달, 따스하고 훈훈한 12월이었으면 좋겠다.

성탄과 새해를 맞이하여 이때가 좋은 기회라 여겨 카드나 이메일로 소식을 전하면 지금까지 피운 게으름을 과연 단칼에 날릴 수 있을까? 간사스럽다는 생각에 고개가 갸우뚱해진다.

원과 각의 신비 – 인간은 소우주

수학적으로 볼 때 둘레가 일정할 경우 넓이가 최대인 도형은 원이다. 곡선이 직선이고 직선이 곡선이라면 이율배반적이지만, 따지고 보면 부정할 수 없는 사실이다. 직선이 서로 연결되어 곡선을 이루고 둥근 지구에 직선을 그은들 표면이 둥근 곡선인 바닥에 반듯하게 그은 선이 직선일 수가 없는 것이다.

하나의 원은 가장 완벽한 형태이지만 여러 개를 쌓아놓으면 빈틈이 생겨나기 마련이다. 자연은 원과 선으로 이해하고 분석하기에는 너무나 복잡한 구조를 가지고 있다.

그러나 점의 연속은 선이 되고, 선의 끝과 시작, 즉 끝이 만나면 원이 된다. 또한 선의 끝과 다른 선의 끝을 연결하여도 원이 된다. 원 선상에 한 점을 찍고 그 점을 곰곰이 생각해보면 점은 원이요 선의 출발점이며 끝나는 종점이기도 하다. 생장점인 동시에 멈추는 점이요, 태어남과 사라짐의 끝없는 연속이 연결된, 각이 없는 선의 연결이 원인 것이다.

생태계의 순환고리 역시 이러한 형태를 이루고 있다. 지구만 해도 생태계가 먹고 먹히는 관계, 상부상조하는 관계다. 3차 소비자는 분해자에 의해 죽고, 분해자는 또 1차 소비자에게 먹히기 때문에 먹이사슬 순환이다. 물론 우리 몸도 혈액의 순환으로 다른 기관이 작용하여 몸을 움직이니 육체도 사실은 원과 같다 하겠다.

이러한 평범한 자연 현상을 관찰하고 종합해보면, 우리의 몸은 소우주이며 우주의 운행도 이와 같은 이치다.

기독교에서 우주를 보는 시각은 직선관이다. 이것은 시작이 있으면 당연히 끝이 있다는 논리로, 태초에 신이 인간을 창조하고 언젠가는 종말이 반드시 온다는 것이다. 반면 불교에서 보는 우주에 대한 시각은 시작도 없고 끝도 없다, 즉 태초부터 그냥 존재해왔으며 앞으로도 멸함이 없다는 관점으로, 직선관이 아닌 바로 원으로 상징된다. 계속 돌고 도니 종말이 있을 수 없다는 것이다.

원불교의 원리가 바로 원이다. 그러니까 중생들 또한 죽으면 그것으로 끝이 아니라 계속하여 윤회의 쳇바퀴 안에 존재한다고 보는 것이다. 참으로 원은 살아 있는 진리가 호흡하고 있고, 이치와 현상이 아무런 걸림도 없이 자연스럽게 되어 돌아간다는 상징이기도 하다.

원은 시작과 끝이 없다. 즉 종말을 가리키기도 하지만, 종말 다음엔 새로운 우주의 탄생을 뜻한다. 원이란 전체가 부분이다. 부분 속에 전체가 담긴 자기 반복성의 전형적인 패턴이다.

이것은 무슨 뜻을 지니고 있는가? 돌고 도는 운행 내부엔 텅 빈 공백이 존재한다. 다시 말하면 비어 있으므로 전체가 완전히 모든 방향으로 채워졌다는 뜻이기도 하다. 원도 공백인 종이 위에 그리고 나야 존재하듯이 모든 것은 무(無)에서 시작된다는 사상을 그대로 내포하고 있는 것이다.

그렇다! 원은 영(0)이다. 제로가 가득 채워진 모양이다. 이것은 구원의 경지이며 도가에서 말하는 무극의 경지인 동시에 깨달음의 자리이다. 만물이 생하는 자리이며 소멸과 윤회의 상존을 뜻한다.

어떤 넓이를 가지고 있는 원을 직선의 연결로 본다면 선은 점점 짧아야 하고 두 선 사이의 각은 점점 증가하여 두 선이 수평의 각을 이룰 때 두 선은 일직선상에 놓이게 되면 두 선의 합에 도달하게 된다. 따라서 원은 무한대의 다각형이라 할 수 있다. 원은 하나의 행성을 축소시킨 '소우주'인 것이다.

원은 둥근 모양이지만 짧은 직선의 연속으로 되어 있다. 이는 인간 개체가 아무리 완벽한 소우주라 해도 인간 사회에서는 개체 간의 공간이 나 있는 것이 사실이요, 현실이라는 것을 뜻한다. 원이 모아져 생긴 틈새 공간을 메우기 위한 유일한 방법은 소우주인 원 자체 모양의 변형이다. 이러한 심오한 진리를 내포한 원은 소우주이며, 넓이가 최대 모양이다. 그들이 모여 조화의 모양을 갖추려 할 때 그 경우의 수를 따져 보면 변수가 생긴다.

여러 가지 모양의 도형을 굴려볼 때 육각형이 가장 조화롭고 친화적인 움직임을 보여준다고 말할 수 있다. 적당히 움직이다가 멈추는 움직임이 가장 이상적인 움직임이다.

우리가 연구를 하거나 일생을 살아가는 데 있어서도 어느 순간이든, 어느 시점에서든 언젠가는 멈춰야 한다. 현명한 사람은 멈출 줄 알고 그칠 줄도 아는 사람이다. 정지는 마침표일 뿐 결코 정체가 아니며, 머뭇거림은 더더욱 아니다. 정지는 아름다운 매듭이요 바로 출발점인 것이다. 쉬는 것은 노는 것이 아니요, 시간 낭비가 아니다.

이러한 맥락에서 원형은 브레이크가 없이 마구 굴러가기 때문에 절제가 없고 통제가 불가능하다. 모서리가 없기 때문이다. 3각형이나 4각형은 각과 직선으로만 되어 있기 때문에 굴러갈 수가 없다. 마치 브레이크를 항상 밟고 있는 것 같은, 아무리 노력해도 도저히 움직일 수 없는 답답한 형태의 구조인 것이다.

이러한 관점에서 볼 때 6각형은 각과 선의 조화가 전체를 이루고 그 모양이 원에 가까우며, 적당히 굴러가다가 균형을 이루면서 멈출 수 있는 이상적인 도형임을 알 수 있다. 여러 도형 중에서 5, 6각형이 가장 안정된 구조라고 할 수 있다. 6각형이 5각형일 때보다 더 안정되나 5각형도 그렇게 불안정한 각형은 아니다. 그렇기 때문에 자연스럽게 모양을 이룰 경우 대개가 5각형 내지 6각형을 이루어 조화와 균형을 유지하게 되는 것이다.

각은 퍼지려는 힘, 즉 당기는 힘(Strained force)이 있는데 3각형에서 6각형으로 됨에 따라 그 힘이 감소되다가 7각형이 되면서 평면에는 구겨진 모양으로 존재할 수밖에 없어 다시 당기는 힘이 증가하게 된다. 전체의 물건 모양이 어떤 도형으로 되어 있느냐를 자연 현상의 관점에서 아니면 과학적인 관찰에서 음미해보면 심오한 진리가 숨 쉬고 있음에 감탄하게 된다.

5, 6각형의 모양은 자연 상태에서도 흔히 볼 수 있다. 예를 들어 벌집이나 거북이 껍질, 잠자리의 날개 무늬를 관찰해보면 5, 6각형 또는 그 집합으로 되어 있음을 알 수 있다.

잠자리 날개는 가장 가벼운 투명 소재를 5, 6각형의 집합으로 나눔으로써 공기의 저항을 최소로 하여 안정하고 가장 튼튼한 날개를 만들 수 있다. 얼핏 보기에도 약해보이고 심한 바람에도 금방 찢어질 것 같이 보이지만 최대의 파장을 발생시켜 순간 고도상승, 순간 방향전환의 묘기를 보이면서 날 수 있는 것이다.

거북의 등 역시 등껍질을 잇는 조각 사이마다 성장 판이라는 조직이 6각형이면 딱 들어맞는 등껍질을 사방으로 만들 수 있는 것이다. 눈 결정이나 벌집의 6각형 구조가 닮은 것은 우연의 일치라 말할 수는 없는 것이다. 가뭄으로 인하여 땅과 논이 갈라져 틈이 난 모양은 신기하게도 축구공 무늬처럼 5각형 아니면 6각형이 대부분이다. 어떻게 다른 개체의 생물들이 약속이나 한 듯 안정한 구조를 알고 만들어내는지 신기하기만 하다. 이렇듯 자연계에는 6각형 원리의 구조를 지닌 것들이 많다.

그뿐만이 아니다. 인체나 식물도 예외는 아니어서 5, 6각형 또는 그의 조합의 구조를 만든다. 예를 들면 무궁화, 호박꽃, 분꽃은 5개의 꽃잎으로 된 5각형이다. 비타민 C 또한 5각형이다. 니코틴, 설탕, 카페인, 테스토스테론, DNA, RNA, 에스트론, 코케인, 콜레스테롤, 모르핀, 히로인 등은 5, 6각형, 프로케인, 아드레날린, 멘톨, 녹말, 포도당, 셀룰로오스 등은 6각형 구조를 가지고 있다.

사물을 관찰함에 있어 해석에 차이가 있을 수 있지만, 원과 각형에 대하여 탐구할 기회를 주어 사고의 능력을 신장시키고 자아를 일깨워주고 생각할 기회를 주는 것도 깨달음을 얻게 하려는 배려의 좋은 보기라 하겠다. 우리 주변에 육각형 물질이 많은 것은 자연은 억지로 만들지 않아도 가장 안정된 형태를 찾아간다는 본보기를 보여주는 것이다.

그러나 애석하게도 인간은 이러한 자연의 섭리를 망각하고 한 가지 모양을 고집하며 우둔한 모양을 아직도 붙잡고, 굴리려 하고, 때로는 굴러야 할 때 멈추게도 하는 불합리한 틀 속에 아집이라는 모난 각을 지닌 삶을 잉태시키고 있다.

당신은 원형인가? 몇 각형 인간인가? 아니면 원형의 다각형인가?

늦은 감은 있지만, 이제라도 원의 상징이기도 한 이글거리는 태양을 바탕으로 삼아 새 빛의 모습으로 새싹같이 거듭나는 소우주의 자화상을 그려봄이 어떨는지.

수직관계와 수평관계

링컨이 남북전쟁으로 어려운 직면에 봉착할 때마다 항상 감사한 마음으로 편안한 잠자리에 들곤 한 이유는 다른 데 있지 않다. 언제나 감사한 마음으로 매사를 처리하고 겸손함으로 스스로 자세를 낮추고, 수직관계에 있으나 언제나 수평적인 생각으로 일을 수행하였기 때문이라 생각한다.

이러한 일화가 있다. 한번은 장군들이 링컨에게, 링컨이 후퇴하는 병사의 총살 명령에 동의하는 서명을 번번이 거부하여 후퇴하거나 도주하는 군인이 증가하므로 부하 지휘를 못해먹겠다고 불평하였다. 그 결과 전방 방어전선은 물론 공격전선에도 막대한 지장과 심각한 통제 난을 초래하니, 도망자나 후퇴자 또는 불복종 병사에 대한 단호한 조치 본보기로 총살에 사인을 해달라는 것이다.

링컨은 장군들의 건의를 또 다시 번복하면서 다음과 같은 말을 하였다.

"하루 일과가 끝나 지친 피곤한 몸으로 잠자리에 들 때 어떠한 이유든 간에 내가 서명을 안 해서 처형당하지 않았다는 그 소식을 들은 병사들의 부모님들이 기뻐할 것을 상상하노라면 편안한 마음으로 잠들 수 있어 나는 그 순간이 가장 행복하다."

링컨 대통령이 얼마나 인간적이고 훌륭한 정치 지도자였는지 알수 있다.

최근 링컨이 한 장군에게 쓴 편지가 발견되었는데 내용인즉 "혹시 공격에 실패하면 내가 명령하였다 말하라."는 글이 적혀 있었다고 한다. 공은 장군에게 돌리고 패배의 책임은 스스로 지겠다는 낮춤의 자세를 우리는 배워야 한다.

한번은 링컨이 구두를 닦는 것을 보고 비서가 "구두를 닦으시면 어떻게 하십니까?" 하였다. 그 말을 들은 링컨 대통령이 "그럼 내가 다른 사람의 구두를 닦으란 말이오?" 하였다 한다. 링컨 대통령은 유머도 풍부하면서 언제나 스스로는 대통령으로서의 체면이나 권위를 내세워 수직적으로 명령을 한 적이 없었다.

참으로 어려운 일이다. 수직적 위치에 있었으나 항상 수평적으로 생각하고 있었기 때문이다. 오바마(Obama, 1961~) 대통령도 그렇다. 막강한 지위에 있으면서도 권위적인 언어나 행동은 찾아볼 수가 없다. 그는 언제나 공손하고 겸손하다. 선거기간 동안 참모들과 얼마나 이견이 많았겠는가. 그러나 화는 나지만 화낸 적은 단 한 번도 없었다는 것이다. 백인이 모든 것을 지배하는 미국에서 흑인인 그가 대통령에 당선된 것도 대단하지만, 그를 대통령으로 당선시킨 미국 국민은 더욱 위대하고 존경스럽다.

사람을 부린다는 것은 참으로 피곤하고 힘든 일이다. 그놈의 마음이 간사하여 매일 수시로 변하기 때문이다. 동물은 훈련시켜 길들이면 되고, 컴퓨터를 하고 기구를 조작하는 기계적인 일은 배우면 되고, 사물은 옮기고 저장한 그 자리에 변함없이 그대로 있다. 그러나 사람은 어떠한가. 사장이 눈에 띄지 않으면 농땡이치기 일쑤고, 주인 눈치 보면서 일하는 것이 사람이라는 동물이다.

인도네시아에 진출한 기업인의 말이다. 인건비가 월 십만 원 정도이나, 부려먹기가 힘이 든다는 것이다. 감독이 있어야만 마지못해 일을 하니 답답한 일이다. 사람을 다스린다는 것은 위대한 일을 하는 것이다. 왜냐하면 그것은 가장 어려운 일이기 때문이다. 나의 꿈은 사범대학을 나와 학교 교장을 하면서 학생을 위한, 학생에 의한, 학생에 대한 학교를 운영하는 것이었다. 나는 일찍이 그 꿈을 이루고 교장을 한다는 것이 어려운 일임을 교사를 부임한 얼마 후에 알고 고민한 적이 있다. 전교조의 초창기 모체의 주장은 순수하고 동감이 많이 가고 동정도 간다. 그러나 지금은 상황이 많이 달라졌다.

어디 학교뿐인가. 어느 집단이나 고용주와 고용자는 대립과 갈등의 관계이지 협력관계인 경우는 드물다. 이익을 창출한다는 공통적 분모에 대하여서는 이의나 이견이 없으나 과정이나 결과에 대한 시각차는 극과 극이다. 이들이 바로 사람이요 인간인 것이다.

21세기의 자본주의사회의 회사 경영은 제조한 상품의 가치로 그 회사의 브랜드와 이미지가 결정되어 회사의 운명을 좌우한다. 그래서 CEO(Chief Executive Officer)들은 제품이 바로 자사의 브랜드이기에 어떻게 발전시킬 것인가를 연구하고 고민한다. 치열한 경쟁에서 살아남기 위해서는 자기 분야에서 최고가 되어야 하는 것은 기본이고, 열심히 하는 것은 당연한 의무이며, 그 이상의 것이 요구되기도 한다.

사장이 근엄한 자세로 목에다 힘이나 주고 위엄의 표상으로 인사를 받는 둥 마는 둥 지시자로서 지배하는 시대는 이제 지났다. 경영자들이 때로는 직원들과 어울려 관계를 부드럽게 만들고 생산성을 높이는 일익을 담당해야 한다는 사실을 직시해야 한다. 직원들의 사기 앙양을 위하여 직원들 앞에 노래를 부르기도 하고, 그들과 어울려 막춤을 추고 웃겨주는 일도 마다 않고 해야 한다. 더 이상 CEO가 지시와 명령으로 일색인 시대는 지났다. 발로 뛰는 경영자가 요구되는 시대이다.

최근 삼성경제연구소의 경영자 627명을 대상으로 설문조사를 한 결과에 의하면 'CEO라면 마땅히 즐거움을 주는 엔터테이너(entertainer)가 되어야 한다' 가 90%나 되었다고 한다. 또한 '이를 위하여 개인기를 연마하거나 혼자서 연습한 적이 있다' 가 50%였고 '회사를 위해서라면 철저히 망가질 수 있다' 는 응답자도 70%였다고 한다.

직원과 CEO가 마음이 통할 수만 있다면 성공의 문은 열릴 것이다. CEO가 화려하여 권위주의적 발상을 가지고 주인의식으로 명령하려 하면 이러한 분위기에서 아이디어 창출이나 자발적인 일은 기대하기 힘들 것이다.

잠시 보직을 맡게 된 후 서류를 가지고 직접 사무실을 방문한 적이 있었다. 직원이 당황하면서 장이 사무실에 온 경우는 매우 이례적이라는 것이었다. 사소한 일들을 매사 시키면 그 또한 일의 흐름을 간섭하는 행위로, 일의 능률을 감안한다면 극히 삼갈 일인 것이다. CEO는 앞장서는 총알받이 노릇을 해야 된다. 칭기즈칸이 정벌에 나가 싸움에 나설 때는 반드시 앞장서서 싸웠다. 진두지휘를 했지 후미에서 병사를 지켜만 보지 않았으니 병사들의 사기와 임전태세가 가히 상상이 간다.

대학에서의 강의도 이러한 발상의 연장선상에서 비유할 수 있다. 대학도 이제는 서비스 경영 정신을 가지고 경영하지 않고는 살아남기 힘든 시대가 도래하였다. 학생들과 함께 고민하고 그들의 애로를 최대한 해결해주려는 노력이 필요한 것이다. 대학생들이기에 성인이며, 그들의 인격을 존중하고 이해해주고 친절을 다하여 지도해야 한다. 편하게 질문할 수 있는 분위기 조성과 학생 입장에서의 강의에 힘써야 한다. 단지 지식주사를 놓는 암기 위주의 구시대적인 주입식 강의는 마땅히 접어야 한다.

그들과 함께 학문을 논하는 동격의 자세, 지식 전달자로서, 사회자로서의 역할이 이 시기에 걸맞은 수업의 한 형태가 아닐까. 이는 곧 학생과 교수가 동격인 수평적 사고방식이 성립되는 의식구조에서만이 가능한 것이다. 그들은 현재 내 앞에 있는 주인이요, 우리나라의 미래를 걸머진 젊은이들이기에 더욱 애착이 간다. 나의 강의를 통하여 화학이라는 과학지식뿐만 아니라 지혜와 겸손도 배웠다면 참으로 행복하겠다.

치과 인연

우연한 계기로 결혼 중매 회사에 근무하는 팀장을 알게 되어 살아가는 이야기를 하던 중에, 결혼 상대자의 조건을 부탁하는데 별 이상한 사람을 다 찾는다는 말을 들은 적이 있다. 외모, 재력, 학벌, 나이, 성장 환경 등이 결혼에 있어 고려 대상이라는 것은 말할 것도 없는 상식적 주문일 것이다. 그런데 개중에는 이와는 전혀 다른 조건을 내세우고 소개해달라고 부탁한다는 것이다.

특히 특정한 부분을 강조하면서 이를 테면 손이나 코, 키나 몸매, 피부색이나 출신지역, 자격이나 기술, 눈매나 얼굴형…… 그런데 유별난 조건 중 하나로 다른 것보다 치아가 곱고 옥수수같이 잘난 사람이어야 된다고 고집하여 성사가 잘 안 된다는 고초의 말을 하면서 참으로 까다로운 사람이라는 말을 들었다. 그 팀장을 처음 보면서 치아가 곱고 잇속이 좋아서 참 부러워하는 순간에 그런 말을 들어 무슨 신의 계시가 있었나, 우연치고는 너무나 사실에 일치한다고 느꼈다.

사람은 누구에게나 가진 것은 보통이요 기본으로 착각하기 쉽다. 일찍이 발치했거나 아파서 치료해본 사람은 치아가 건강한 사람을 보면 그렇게 부러울 수가 없다.

병원은 누구에게나 가기 싫은 곳이다. 그중에서도 치과는 발걸음이 떨어지지 않는다. 미국 어린이들을 상대로 제일 가기 싫은 곳세 곳을 적으라는 설문조사 결과, 1위는 학교 가는 것, 2위는 잠자러 가는 것, 3위가 치과 가는 것이었다. 달콤한 음식이 점점 익숙해지다 보니 치과를 찾는 아이들의 수가 급증하는 추세다.

나의 경우도 이가 좋지 않아 고생을 해봐서 이라면 이가 갈릴 정도로 지금껏 애증이 얽혀 있다. 대학 1학년 때로 기억한다. 작은형님이 서울대 치과대학병원 치주외과 인턴으로 근무 중이어서 방학 때 형님의 도움으로 잇몸 제거수술을 받아 그 통증을 호되게 느낀 경험이 있다. 그때부터 지금까지 치과에는 단골손님으로 자리 잡게 되었다. 그 후로는 관리를 잘하여 잘 견딘 편이었으나, 미국 유학할 당시 그만 문제가 생겼다. 잇몸에 염증이 생겨버린 것이다. 저녁에 욱신욱신 쑤시더니 새벽에는 도저히 참을 수가 없을 정도였다.

미국은 의사의 처방 없이는 약을 구할 수 없는 제도가 1970년대 이전에 정착되어 철저하게 시행되고 있었기 때문에, 약사가 볼 때 항생제 투약이 급한 것을 잘 알면서도 약국에서 약을 살 수가 없었다. 그렇다고 병원에 예약 없이 갈 수도 없다. 치과병원에 전화하여 상황이 급하다고 특진을 신청하니 받아주었다.

의사는 친절하게 나를 맞이하는데 동양인인 나를 보더니 치아에 관한 이야기는 아랑곳없이 베트남에서 왔느냐고 묻는 것이었다. 나에겐 그러한 질문이 기분 나쁘지도 않았고 어색한 질문도 사실 아니다. 왜냐하면 도시 근처에 거대한 베트남 피난민촌이 있기 때문에 같은 질문을 몇 차례 받은 경험이 있었다. 아니라고 하니까 "일본서 왔느냐?" 하여 "아니다." 하니까 "그럼 남한(South Korea)?" 한다. "그렇다." 하니까 "South Korea!" 하면서 반가워했다. 무엇을 하느냐 묻기에 "공부하는 학생이다." 하니 나이도 좀 먹은 듯한데 공부한다는 것이 기특하다는 표정으로 엉뚱한 질문을 계속 해대는 것이었다.

"전공은 화학이고 대학원생이며 2년 정도 되었다. 장학금으로 간신히 학생아파트에서 지내고 있으며 부인과 아이 하나가 있는데 아이는 여기에서 출생하였다. 작은형도 치과의사이며 고향은 대전 근처 청양이다."라고 했다.

"박사학위 하면 물론 미국에서 살겠지?"라는 질문에는 단호하게 "나는 공부하러 여기에 왔지 살려고 온 것은 절대 아니다. No reason to stay America."라고 했다. 의외의 대답에 참 기특하다는 표정이다.

알고 보니 그 치과의사는 한국전쟁 때 의무병으로 참전한 참전의사였다. 그의 말에 의하면 한국에 도착한 계절이 마침 한겨울이라서 들판이 흰 눈으로 쌓여 있는 평택 근처 들판에 첫 번째 야전 캠프를 쳤는데 무척 추웠다고 한다. 그 후 다시 후퇴하여 잠시 대전에서도 있다가 후퇴하여 대구, 부산까지 갔었다는 이야기를 하는데, 이 치료는 관심 없고 이야기 좀 하다가 치료할 셈으로 한국이 궁금한 듯 계속 물어보았다.

너는 그때 몇 살이었나, 고향에서 평택이 얼마나 떨어져 있느냐, 대전은 몇 시간 걸리느냐, 너도 머리에 피부병이 났었느냐, 지금도 기생충이 만연하느냐, 앞으로 몇 년 더 공부해야 되느냐, 화학을 공부하다니 참 신기하다, 그때 아이들이 매일 캠프 근처에 오곤 하였는데 과자를 주면 아이들이 그렇게 좋아하였다, 너도 1951년도 이면 6살이니 그때 그 소년을 만난 기분이다…….

의사는 반가워하면서 그제야 진료를 시작하였다. 진료를 하면서도 한국이 많이 발전하였다는 소리를 들었으나 그 후 방문한 적은 없었다고, 꼭 한 번 가보고 싶다고 중얼거리면서 이와 잇몸상태가 엉망이라며 치료하기 시작했다. 나는 속으로 간단히 항생제 조제를 받아 페니실린 계통의 약을 먹으면 가라앉을 것이고, 그래도 안 나으면 몇 달 후 방학 때 일시 귀국하여 한국 가서 형님한테 치료 받은 후 다시 와야겠다는 생각을 하고 치과를 찾은 것이었다. 왜냐하면 학생의 신분으로 단체 의료보험은 들었으나 치과는 보험료가 비싸서 들지 않았기 때문이다. 치료비가 많이 나올 것이기에 간단하게 임시로 염증이나 치료하자는 목적으로 병원을 간 것이지 다른 이를 치료하러 간 것은 아니었다. 그런데 아픈 부분 근처는 건드리지 않고 저 깊숙한 어금니 뒷부분부터 위 아래로 치료하면서 어디가 나쁘다는 둥, 이렇게 나쁠 때까지 왜 아프지도 않았느냐, 어떻게 견디고 지냈느냐는 둥, 불쌍하고 가난한 한국인을 오늘 또 다시 몇 십 년 만에 치료하는 감회가 있어서인지 쉴 사이 없이 뒷부분 윗니를 가지고 한참을 씨름했다.

　나는 진료비와 치료비 때문에 서서히 불안감이 감돌기 시작했다. 이를 한두 개 치료한 것이 아니다. 친절한 척하면서 말도 잘 안 통하는 가난한 더구나 유학생 주머니를 얼마나 짜내려고 별 수작을 다 부리고 있나, 바가지를 써도 보통 크게 쓴 것이 아니라는 생각이 들었다. 치료방법도 작은형과는 다른 것 같았다. 가느다란 실을 잇몸 사이에 넣고 톱으로 박을 타듯이 당기기도 하고 파내기를 여러 군데 하더니 정작 아픈 곳은 건드리지도 않고서 치료를 끝냈다. 예상대로 항생제 알레르기나 부작용을 확인하더니 처방전을 내주었다. 앞으로 치아는 당분간 별 문제가 없을 것이라고 하면서 "한국에 간 기분이다. 공부, 연구 열심히 하고 네가 말한 대로 귀국하여 젊은이들을 잘 가르치라."는 당부도 잊지 않았다. 직원한테 치료비가 얼마냐고 물어보니 우선 오늘 가능한 범위 안에서 내고 나머지는 정산하여 집으로 알려줄 것이라 하여 주소와 전화번호를 알려주었다.

미국은 자동차를 할부로 산 후 매달 갚아나가듯이 병원비도 조금씩 갚아나가는 것이 보편화되어 있었다. 돈과는 관계없이 아프면 우선 치료부터 받고 조금씩 갚아 가면 된다는 생명을 중요시하는 미국의 사회제도 덕분에 짜증나는 일이 하나도 없었다. 생명이 오가는데 금전이 무슨 문제인가에 초점을 맞추면 모든 것이 간단하게 정리되는 것이다.

늦어도 2주 이내에 전체 치료비에 관한 청구서가 갈 거라는 말과는 달리 3주가 지나도록 기다리고 있는데 병원에서 소식이 없었다. 시내에서 오가는 편지가 분실되었으면 모르되 3주까지 소요될 하등의 이유가 없었다. 기다림을 참을 수 없어 병원에 전화를 걸었다. 아직 치료비에 대한 청구서가 안 와서 걱정되어 전화하였다 하니까 잠깐 기다리라면서 의사를 바꾸어주었다. 의사는 치료경과를 묻고는 네가 허락한다면 치료는 의료봉사 차원에서 무료로 하고 싶으니 받아주길 바란다고 오히려 간청하는 것이 아닌가! 자신이 6·25 때 전쟁터에서 치료하던 그 마음으로 나를 치료해주었기에, 그리고 학생인 나를 돕고 싶기에, 언제든지 주저하지 말고 치아에 문제가 있으면 치료를 부탁하라는 말도 잊지 않았다.

나는 그분의 치료과정에서 그 어떤 감을 잡을 수 있었다. 원하지도 않은 부위를 손대고 치료비를 요구할 분이 아니다. 돈이 없어 치료를 하지 못하는 딱한 사정을 아는 가난한 나라에서 온 학생, 치아 상태가 엉망이라는 그 말대로 염증 부위만 치료해주기에는 마음이 아팠을 것이다. 그러한 그의 인술을 헤아리지 못하고 오해하고 속으로 바가지 운운하면서 괴로워한 스스로가 너무나 비참했다.

나를 보는 순간 6·25 때 한국의 참상을 회상하면서 그때의 아이가 너일 수도 있다고 하시던 인자하신 치과 선생님의 크나큰 배려를 까마득하게 잊고 미국을 떠났다. 입장을 바꾸어 생각해보면 그분은 나의 고별인사를 얼마나 기뻐하셨을까? 꼭 찾아가서 떠남을 알렸어야 하지 않았을까? 그것이 의무는 아니다. 그러나 사람은 은혜에 감사할 줄 알아야 한다. 사실 떠날 때 바쁘긴 했었다. 나는 그때 그 생각을 못했다. 그만큼 나는 부족한 사람이고 사려 깊지 못한 배은망덕한 사람임에 자책감까지 들었다. 한마디로 싸가지 없는 놈이다. 선생님에게 찾아가서 정중히 인사드리고 감사의 말씀을 드리고 고국의 젊은이들을 가르치기 위하여 떠난다는 소식을 전했다면 그분이 얼마나 기뻐하였을까를 생각하면 얼마나 후회가 되는지 몰랐다. 다시 방문할 기회가 있으면 꼭 찾아뵙고 인사를 드릴 작정이었다.

정말 다행하게도 2년 후 다시 같은 대학에서 박사 후 과정을 밟을 기회가 있어 화아고(Fargo, North Dakota)라는 도시에 도착하여 그 병원을 찾았다. 그런데 기다리던 순간은 허무하게도 끝장나고 말았다. 더 이상 진료는 안 하고 따뜻한 남쪽 지방으로 떠났다는 말만 들었을 뿐, 연락할 길이 없었다.

지금도 나는 치과 주치의(?)인 작은형님 병원에 단골손님으로 자주 들락거린다. 이제는 여기저기서 몸이 말을 한다. 치아가 아플 때면 어김없이 생각나는 그때 그 파란 눈의 치과의사가 지금도 눈앞에 아른거린다.

넘치는 감사의 조건

많은 사람들은 물질적인 풍부함을 지니고 있어도 감사하는 마음은 적은 것 같다. 감사와 행복은 한 몸이요, 한 뿌리인데 말이다.

자신의 노력의 결과로 대가를 받고 사는데 다른 사람에게 감사함을 느낄 필요가 있겠느냐고 생각할 수도 있다. 그러면서 한편으로는 인정받기를 은근히 원하면서 행복의 갈증을 느끼고 있는 사람들이 의외로 많다.

만약 이러한 관점에서의 행복이라면, 자신이 상대적으로 많이 가졌다는 데서 오는 행복감뿐이기에 진정한 행복이라고는 볼 수 없다. 이미 가진 행복의 조건은 너무나 많은데, 자신이 가진 것은 기본이고 다른 사람과 비교하여 부족하거나 없는 것을 가지고 불평하는 사람들이 대부분이다.

하지만 쥐꼬리만한 월급을 받으면서도 부족함을 만족하며 오순도순 살아가는 사람들도 많다. 저 높은 기준을 끌어내려 낮추고 또 낮추면 자신이 얼마나 풍요롭고 풍부한 존재인가를 비로소 느낄 수 있게 된다.

감사할 줄 모르는 것은 불행의 근원이요, 그 또한 큰 죄라고 믿는다. 누구나 가정의 어려움에 무겁거나 가벼운 십자가를 짊어지고 살아간다. 그러나 그 안에서 감사할 줄만 안다면 행복한 마음도 스며든다.

시간은 정지를 거부한 채 중생을 부지런히 재촉하며 게으름을 허용하지 않는다. 그러니까 지독하게 매정하다고나 할까? 이래서 중생은 슬픈 존재라고 부를까? 그러나 이러한 숨 가쁜 와중에서도 이 순간 지나온 삶을 되짚어보면 우리는 얼마나 자기중심적 생활을 하면서 감사함을 접어둔 채 사는지 한 번쯤은 생각해볼 일이다.

감사할 일은 찾으면 참으로 많다. 평범한 생활에 있어 당연히 존재하는 것들, 건강한 육체, 말하자면 남의 의지 없이 먹고 마실 수 있고, 걸어서 화장실을 갈 수 있고, 목욕을 할 수 있고, 옷 입을 수 있고, 손톱을 깎을 수 있고, 가려운 곳을 긁을 수 있다는 것, 두 발이 있어 멋진 구두를 신을 수 있고, 두 눈과 귀와 두 팔이 정상이어서 사랑하는 이의 모습과 미소를 볼 수 있고, "여보 사랑해."라는 말을 해주고 들을 수 있으며, 상대를 안아줄 수 있다는 것에 감사해본 적이 있는가?

이런 것조차 누리지 못하는 사람들이 있다는 것과 그들의 고통을 헤아려본 일이 없었으며, 있었다 한들 직접 겪어보지 못한 추측이 얼마나 가벼운 것이었나를 깨닫게 된다.

'내가 가진 것은 기본이고 누구나 누리고 있는 것'이라고 생각한다면 삶의 깊이와 폭, 넓이가 없는 무미건조한 인생을 살아가고 있다 하겠다. 이러한 인생에서 삶의 보람은 단적으로 없다.

"손가락 한 개만이라도 움직일 수 있다면 컴퓨터를 배워 병든 아버지와 할머니를 도울 수 있을 텐데……."라며 절규하는 소년이 우리 이웃에 있다는 것을 생각해보았는가? 내 자식이 정상적인 모습으로 태어났기에 부모가 하루 종일 붙어 있지 않아도 되고, 제약 없는 시집 장가를 갈 수 있다는 것, 꼴등이라도 좋으니 남들처럼 일반 학교를 보내봤으면 하는 장애자를 둔 부모의 심정을 상상해

봤는가? 불치의 병마와 투병 생활하는 자녀를 둔 엄마의 심정을 헤아려보면 어찌 공부 못한다고 속상해할 수 있으랴! 그렇다면 '지겹도록 일할 수 있는 게 축복'이라는 생각을 하지 않을 수 없다.

"내일 갑자기 장님이 될 사람처럼 여러분의 눈을 사용하십시오. 소리를 갑자기 못 듣고, 말을 갑자기 못할 것 같은 마음의 자세로 살아가십시오."

앞 못 보고, 말 못하고, 듣지도 못하는 장애의 처지를 극복하고 불편함을 불평 대신에 오히려 감사하면서 살아간 헬렌 켈러(Helen Adams Keller, 1880~1960)의 수필집 『사흘만 볼 수 있다면(Three Days To See)』에 나오는 글이다.

어떻게 그녀가 고난을 극복하고 사물을 직시한 사람 이상으로 감동 스며드는 명작을 남길 수 있단 말인가! 우리는 말할 수 없이 얼마나 좋은 환경에 놓여 있는가를 느낄 수 있다. 무한한 가능성을 지닌 우리는 작은 소우주이다.

행복지수는 갖고 있는 것을 가지고 싶은 것으로 나눈 수치다. 그러니까 행복지수를 따지다 보면 갖고 싶은 것보다 더 많이 갖고 있는 경우는 없다. 그렇다면 만족을 느끼는 경우는 어떠한 경우도 실존할 수 없는 것이다.

그러므로 자신이 갖고 있는 것에 만족하려면 기대치를 낮추면 된다. 집이 좁다 말자. 이러한 집도 없는 가정이 더 많은 것이 사실인데 거기에 불만족을 느끼는 것은 욕심 때문인 것이다. 욕심 때문에 잃는 것이 어디 한두 가지인가.

잃고 난 뒤에야 소중함을 느끼는 어리석은 존재인 우리!

이렇듯 감사할 일이 너무도 많은데 감사하지 못하고 만족하지 못하는 것은 무엇 때문이며, 만족의 기준은 무엇인가를 되묻다보면 상대적으로 비교하는 삶을 살고 있음을 발견할 수 있다. 일 년에 단 한 번이라도 눈을 감고 내가 받은 복이 얼마나 많았던가를 생각해보자. 감사의 잔이 넘치고 넘치지 않는가!

병든 가족, 남편의 치료비를 벌기 위해 그들이 잠든 후에야 일을 시작하는 여인들을 생각해본다면 직장을 잃었다고, 사업에 실패했다고 어찌 좌절하거나 불평할 수 있을까? 단란한 가정은 아내, 남편, 아이가 있어 서로 의지할 수 있고, 돈은 많이 못 벌어도 아이들이 "아빠!" 하고 실컷 부를 수 있는 아버지가 계신 그 자체가 행복한 것이다.

건강한 아내나 남편이 그토록 소중하다는 것을 헤어지거나 저세상으로 떠나보낸 후에야 비로소 아는 우리이다.

모든 사람에게 필요하고 또 유익을 주는 사람의 삶처럼 아름다운 삶은 없다. 그러한 삶은 마치 하늘에 있는 구름이나 노을과 같다고 할 수 있다. 아무 것도 없는 빈 하늘을 생각해보라. 빈 하늘은 아름답기보다는 오히려 삭막하고 을씨년스럽기까지 하다. 그러나 이 모양 저 모양의 구름과 붉은 노을이 있을 때 하늘이 아름답다는 탄성은 자연스럽게 쏟아져 나온다.

마찬가지로 모든 공동체에는 반드시 있어야 하는 사람이 있을 때 아름다운 것이다. 반드시 있어야 하는 사람은 감사를 주는 사람이요, 마치 하늘에 있는 구름이나 노을과 같은 사람인 것이다.

무식한 우리를 가르쳐주신 스승님에게 감사드려야 하고, 형제와 이웃에게 감사드려야 하고, 일하는 직장이 있음에 감사해야 하고, 이토록 건강을 유지하게 됨에 감사해야 하고, 이 땅에 존재하는 대자연이 인간에게 베풀어주는 특혜에 감사할 줄 알아야 한다.

내가 마음 밑바닥으로부터 진심으로 감사한 일은 나의 자식들이다. 신학문을 캔닸시고 성장기라는 중요한 시기에 교육의 연속성을 무시하고 막무가내로 세 번씩이나 미국을 오가며 초등학교, 중학교를 다니게 했다. 아무런 준비 없이 너 알아서 해보란 식으로 압박을 주었으니, 이게 소위 신학문을 배운 사람인가에 대한 반성을 많이 했다. 그러나 너무나 고맙게도 가정, 학업, 경제적 어려움을 극복하고 바른 젊은이로 성장하였으니 피로 맺은 질긴 인연들에 늘 감사한다.

이보다 더 감사해야 할 일은 조국이다. 세계지도를 펴놓고 반도인 작은 우리나라를 들여다보면 감탄할 일이 한두 가지가 아니다. 강대국 사이의 반 토막 우리나라, 천 번 이상의 외침에 우리네 선조들은 뼈 휘도록 당했다. 그토록 외세와 싸우고, 이기고 지키면서 터를 보금자리로 마련해 후손들에게 물려준 선인들의 고마움에 고개를 숙인다.

그 옛날 말할 것이 뭐 있는가? 근세 조국이 강점되어 일제 36년 동안 우리 조상들은 이름도 성도 뺏기고 모든 것을 빼앗겼으나 그들은 한민족의 핏줄만은 앗아가지 못하였다. 이러한 슬픔을 딛고 광복한 우리나라이기에 조국에 누가 되지 않게 조국을 위해 힘써야 할 것이다.

또 하나 감사할 일은 이 시대, 이 순간에 태어난 것이다. 우리는 과학의 발달, 컴퓨터의 발달로 삶의 질이 성숙한 사회에서 문명의 이기를 누리며, 최대의 편의를 유지하며 살고 있다.

행복은 불편이 없는 것이다. 편리한 도구가 있기에 행복한 것이다.

어릴 때 우리 집으로 불씨를 받으러 오던 옆집이 있었다. 성냥이 없어 부싯돌로 마찰하여 불을 일으킬 때인데, 비가 와 불씨가 안

생기니까 온 것이다. 옛날 이야기다. 문명의 발달로 삶의 풍요를 느낌에 대한 감사는 외국여행을 하면서 더욱 피부에 와 닿는다. 한국인 특유의 불굴의 근면함, 투지 그리고 끈기 등이 자원이 없는 나라의 유일한 살 길이다.

그러나 그 무엇에도 비교할 수 없고 눈물겹도록 고마운 가장 큰 감사함은 그 큰 산통을 참으면서 나를 낳아주시고 길러주신 어머님의 사랑과 희생에 대한 감사함이다. 살아가면서 가장 슬픈 날을 맞이해본 나는 돌아가신 부모님께 불효한 나 스스로 사죄하고 매일 감사드리려 부모님의 사진을 책상에 걸어놓고 매일 인사를 드리는 것으로 하루를 여는 시간을 갖기도 했었다. 그러나 단 1주를 견뎌내질 못했다. 왜냐하면 부모님의 삶을 따라 단 하루도 살 수 없었기 때문이다. 지금도 두 손만 모아볼 뿐이다.

다그 함마르셸드(Dag Hammarskjold, 1905~1961)는 스웨덴의 경제학자이자 정치가로, 노벨평화상을 받은 분이다. 이분이 남긴 말씀 중에 짧지만 우리에게 도움이 될 수 있는 말이 있다.

"지나간 모든 것에 감사합니다. 그리고 다가올 모든 것을 긍정합니다."

난 아직도 감사함에 있어서 여러 가지로 부족하다.

그렇다. 감사와 행복은 한 몸이요, 한 뿌리다. 감사하는 마음에 행복이 깃들고, 그 행복 속에 더 큰 감사가 자라난다. 넘치는 감사의 조건들을 생각해보면 현실은 비록 어렵고 힘들지만, 감사하는 마음으로 오늘을 살 수 있으므로 우리는 진정 행복한 사람이다. 감사함에 자축하고 자위하면서 즐겁고 유쾌하게 살아가야 할 것이다.

3

아름다움

외형적인 아름다움보다 **내면적인 아름다움**이 더 멋지다. 아름다움의 상징은 자신을 사랑하고 정성을 담는 **마음의 뿌리**인 것이다. 친절과 미소 또한 아름다움의 상징이며 **스스로**를 명품으로 만든다.

아름다움

그레타 가르보(Greta Garbo, 1905~1990)는 스웨덴 출신 미국 할리우드 슈퍼스타로, 〈두 개의 얼굴을 가진 여인〉이라는 영화를 끝으로 1941년 은퇴 후 1990년 사망할 때까지 공식행사에 모습을 나타내지 않았다. 늙고 추한 모습은 더 이상 삶의 희망을 주던 자신이 아님을 스스로 잘 알았기 때문이었다. 자신의 이미지를 영구히 보존하기 위한 그의 결단은 인기스타로서 영원히 은막의 여왕으로 군림하겠다는 욕심에서였을까?

우수(憂愁)를 머금은 듯한 미모와 어딘지 불행한 면모가 엿보이는 쓸쓸한 분위기는 배역에 썩 어울렸으며, 결과적으로 그녀 자신까지도 폐쇄적인 성격으로 변하게 했을 것이라 추측해본다. 아니면 아름다움이란 여름의 과일 같아 상하기 쉽고 오래가지도 못한다는 것을 깨닫고 스스로 실천한 것일까?

어릴 때 읽었던 레오나르도 다빈치의 일화가 생각난다. 그의 역작인 〈최후의 만찬〉을 그릴 때 가장 묘사하기 힘들었던 인물이 예수와 유다였다. 그래서 그는 여행을 떠났다.

깊은 산골 농사만을 생업으로 하는 곳에서 그는 정말로 순수하고 착한 농부를 만났다. 그의 얼굴은 예수님의 얼굴처럼 인자함과 사랑이 넘쳐흘렀다.

유다의 모델은 수년 동안 방랑한 끝에 사형수들이 매달린 십자가에서 이 세상에서 가장 추한 얼굴을 찾을 수 있었다. 그가 유다의 얼굴을 그리려 할 때였다. 사형수가 말하는 것 아닌가? "화가시여, 몇 년 전 당신은 저를 모델로 예수님을 그리셨나이다."

모든 인간은 농부와 같이 악마와 천사를 오가는 이중 인격적 속성을 지니고 있어서 부단히 노력하지 않으면 자기는 선하게 살고 있다고 믿지만, 실제로는 자신도 모르게 아름다운 길을 비켜가고 있는지도 모른다.

그렇다. 본질적으로는 선한 사람도 악한 사람도 없다. 그러면 어떤 사람이 선한 사람인가? 그저 간단하게 말해서 아름다운 사람이다. 우리가 꽃을 보았을 때 아름답게 느끼는 것, 그것이 선이다. 선과 아름다움은 구분되는 것이 아니다. 물론 선하지 않은 것은 추하게 보이는 것이다. 긴 머리 짧은 지식, 아름다운 옷에 품위 없는 행동, 지성인 같지 않은 언어를 구사하는 사람의 모습은 추하게 보인다. 꼭 외적으로 아름다울 필요는 없다. 진정으로 아름다움을 볼 줄 아는 사람만이 착하다, 아름답다, 말할 자격이 있다.

밤나무 그늘 밑에서 호박 넝쿨을 헤치면서 애호박을 따시는 어머니, 공부에 열중하고 있는 학생, 물고기를 낚은 어부, 열창하는 가수, 들녘에서 열심히 김매는 농부, 공장에서 열심히 물건을 만드는 사람, 열심히 걸어가는 사람, 아이를 젖 먹이는 엄마, 석양을 바라보는 노인, 설거지하는 어머니의 뒷모습, 안전하게 운전하는 운전사, 열심히 가르치는 선생님, 연구에 전념하는 교수, 실험에 몰두하는 연구자, 어린아이들의 천진한 얼굴…… 모두 다 착하고 아름다운 모습들이다.

이들 중 가장 아름다운 모습은 우연히 그리고 순간적으로 본 우리 어머님의 애호박 따시는 모습이다. 구부정한 허리에 너무나 천연스러운 투박한 얼굴은 선과 아름다움의 참모습 그대로였다. 꾸밈없는 그 모습에 반하여 난 가식(加飾)을 멀리하게 되었다. 지식의 수준과 직위를 떠나 자신의 일에 최선을 다하는 모습, 이보다 더 아름다운 모습이 또 있을까 생각해본다.

또한 항상 긍정적 사고와 웃음을 잃지 않고, 욕심 부리지 않고, 소박하게 살아온 사람의 얼굴에서만 느낄 수 있는 잔잔한 미소가 아름답다. 평범함 속에서도 그 사람의 내면에서 풍겨지는 그윽한 향기가 있어 씻으려고 해도 씻기지 않는다. 객관적인 미(美)의 기준으로 잘생기고 못생기고를 떠나서 자신의 속마음까지 빙어처럼 환하게 비추어오는 얼굴, 그리하여 그 투명한 삶이 드러나는 솔직해 보이는 그런 얼굴, 그런 얼굴이 아름다운 얼굴이 아닌가 싶다.

"나이 40이 넘으면 자신의 얼굴에 책임을 져야 한다." 링컨의 말이다. 말하지 않아도 삶의 이력이 얼굴에 묻어나기 때문인가 보다.

이 세상에서 가장 귀하면서도 가장 천한 것이 있다면 혀일 것이다. 아름다운 혀를 가지고 있다면 아름다움의 극치인 것이다. 말이 없다면 사람은 짐승과 다름없을 것이며, 이성적인 행동도 사회생활도 못할 것이다. 또한 꼭 필요할 때 적절한 말을 한다면 얼마나 귀한 것이 되겠는가.

하지만 말을 함부로 내뱉게 되면 그 이상 천한 것도 없을 것이다. "죽고 사는 것이 혀의 권세에 달려 있으며(잠 18:21)" "혀는 뼈가 없지만 뼈를 부술 수 있다(J. Wycliffe)." 뼈 있는 말이다.

리로이 쿠프만(Leroy Koopman)은 아홉 가지 아름다운 혀에 대하여 조용한 혀, 감사하는 혀, 증거하는 혀, 깨끗한 혀, 친절한 혀, 험담하지 않는 혀, 진실한 혀, 만족한 혀 그리고 소박한 혀라 했다. 그러한 혀를 지니고 있는 사람을 상상해보라. 그리고 이런 사람과 자신을 비교해보라. 아름다운 사람인가를 스스로 점수화해 보면 얼마나 자신이 분별없는 인간인가를 새삼 느끼게 될 것이다.

입 안에 맴돌던 그 말은 내가 지배할 수 있지만 쓸데없이 입 놀려 뱉은 말들에 의해 얼마나 후회하며 스스로 지배당하는가!

아름다운 얼굴이 잔주름으로 지워지면서 굵게 패이기 시작할 때, 거기에 채워질 교양의 아름다움을 장만하지 못하면 그러한 아름다움은 그로써 수명을 다한 것이다. 총알이 장착된 총은 조심스럽게 다루면서 말은 두서없이, 시도 때도 없이 함부로 하니 아름다운 사람이 아니다.

눈, 비 그리고 사람은 멀리서 보아야 아름답다고 한다. 그렇다. 이 세 가지는 멀리서 보아야 아름답다. 창밖을 바라볼 땐 그지없이 아름다운 눈과 비. 그러나 가까이 다가가면 갈수록 진흙탕 물로 변하고 질퍽여서 처치 곤란일 때가 많다. 그뿐인가. 빗방울이 모인 홍수, 눈꽃송이가 어느 순간 눈사태를 가져와 재난의 주범이 되기도 한다.

살다 보면, 자세히 알면 알수록 실망시키는 사람도 있다. 그러나 정반대의 사람들도 많다. 멀리서나 가까이에서나 볼수록 더 아름다운 사람도 많다. 그렇다고 실망할 것이 없는 완벽한 사람이란 뜻은 아니다. 실망할 점도 있고 상처도 많지만, 그 모든 것을 박꽃 같은 웃음과 언제나 감싸주는 사랑으로 바라보는 청순한 눈이 우리는 필요하다는 말이다.

탐스럽고 화려한 꽃은 향기가 없고 쉽게 시드는 반면, 수줍은 듯 눈에 확 띄지 않는 아무렇지도 않게 생긴 꽃은 그윽한 향기가 오래 간다. 여자의 아름다움은 멀리 있지 않다. 다른 사람의 고통이 내 것인 양 아파할 줄 아는 여자가 진짜로 아름답다.

사랑이 없는 아름다움은 아무리 외모가 완벽하다 할지라도 결코 아름답지 않다. 그것은 겉치레이며 속임수이고 거짓이다. 아름답게 살 그대는 아는가. 아름다운 의상보다는 웃는 얼굴이 더욱 인상적이고 매력적이다. 백합 같은 아름다움을 가진 여자라도 사랑과 미소로 키스할 때, 마치 붉은 장미꽃같이 얼굴이 붉혀지지 않는다면 사랑할 그리고 사랑 받을 자격이 없는 사람이다.

까르비(Karbi, 1440년경 인도시인)의 시에 이런 구절이 있다.

"꽃을 보러 정원에 가지 말라. 그대 몸 안에 꽃이 만발한 정원이 있다. 거기 연꽃 한 송이가 수천 개의 꽃잎을 안고 있다. 그 수천 개의 꽃잎 위에 앉으라. 수천 개의 그 꽃잎 위에 앉아서 정원 안팎으로 가득 피어 있는 아름다움을 보라."

따지고 보면 우리는 이 세상 유일한 한 송이 아름다운 꽃이다. 문제는 어떻게 가꾸느냐에 달려 있다. 아름다운 여자는 오래가지 못하지만, 훌륭한 어머니는 영원하다. 아름다움을 뽐낼수록 추해져가고 초래해진다.

나는 젊은이들이 꾸미는 것을 보면 이해할 수 없다. 미국의 토크쇼 진행자 오프라 윈프리(Oprah G. Winfrey, 1954~)는 한국은 '성형수술의 천국'이라고 소개한 적이 있다. 영국의 BBC에서도 한국의 20대 여성 절반 이상이 성형을 하고, 수입의 30%를 미용에 쓰며, 남성 화장품을 많이 소비하는 나라 또한 한국이 세계 1위로, 한국의 지나친 외모지상주의를 신랄하게 비판한 적이 있다. 최근 한 정당 대표가 "요즘 룸(살롱)에 가면 '자연산'을 찾는다."는 발언으로 취임 이후 최대 위기에 몰렸다. 정신 나간 사람이다.

문제는 얼굴과 몸매에만 집착하는 데 있다. 외모에 걸맞게 아름다운 정신과 마음도 갖추어야 조화를 이루게 되고 교양과 에티켓

이 스며들어 삶의 질을 업그레이드(up-grade)할 수 있는데, 불균형이니 안타깝다. 마음은 못생겨도 괜찮은지 묻고 싶다.

있는 그대로가 아름다운데 가꾸질 않고 꾸미니 문제인 것이다. 꾸미거나 장식하지 말라. 건강한 생각, 부끄럼 없는 마음, 텅 빈 충만, 좀 부족한 외모, 그러면서도 누구나 만나고 싶어 하고 이야기 나누고 싶어 하는, 느낌이 참 좋은 사람이 아름다운 사람이다.

외형적인 아름다움보다 내면적인 아름다움이 더 멋지다. 아름다움의 상징은 자신을 사랑하고 정성을 담는 마음의 뿌리인 것이다. 친절과 미소 또한 아름다움의 상징이며 스스로를 명품으로 만든다.

약속 그리고 시간

미국 유학 때 있었던 일이다. 중고 라디오를 사겠다고 처음 미국 사람과 약속을 하였다. 유학생 오리엔테이션에서 시간은 정확하게 지켜야 한다는 것이다. 때로는 교통수단 등 사정에 따라 늦을 수가 있으리라 은근히 걱정도 하였으나 막상 도착해보니 버스도 예정된 시간에 정확하게 운행 일정에 따라 오가고 있었다.

십 분 정도 미리 약속 장소에서 기다리는데 아무도 없었다. 저쪽에서 할아버지가 라디오를 들고 오고 있었다. 이렇게 하여 난생처음 외국인과의 약속과 만남이 이루어졌다.

"You were late(너 늦었다)."라고 하니까 할아버지가 시계를 들여다보더니 "No, you came early(아니다, 네가 일찍 왔다)."라고 말하지 않는가!

사실 그렇다. 할아버지는 제시간에 오신 것이다. 대체로 약속을 하는 데 시간이 오래 걸리는 사람일수록 가장 약속을 잘 지킨다.

오래전에 미국으로 이민 간 친구의 첫 월급에 관한 이야기다.

미국은 시간당 임금을 정하여 2주에 한 번 월급을 정산하여 준다. 원하면 우리와 같이 한 달로 계산하여 주기도 한다. 친구는 주유소에서 휘발유 판매 일을 하였는데, 시간당 계산하여 2주 월급을 280불 받아야 되는데 약 160불밖에 안 주더라는 것이었다.

“한 번도 늦은 적도 일찍 퇴근한 일도 없는데 왜 월급이 이렇게 적은가?” 발끈하면서 따지자 사장은 “시간은 잘 맞추어 근무는 착실히 잘하였다. 그러나 휘발유 판매 대금에서 차이가 난다.”고 하였다. “무슨 소리냐. 단 한 푼도 누락시키지 않았다.”고 하니 사장은 그 사실은 인정하였다.

그러나 그 당시 실제 주유 시 10불어치 휘발유를 넣으라면 정확하게 10불을 맞추어 넣는다는 것이 쉬운 일은 아니었다. 그 많은 수동식 펌프를 사람의 작동으로 되풀이해 주유하다 보면 10불어치 넣어달라고 하지만 딱 맞추기가 어려워 실제는 10불 2센트, 때로는 10불 3센트, 이렇게 넣고 10불을 받게 된다. 사정이 이렇다 보니 그 액수가 누적되어 주인 입장에서는 그 차액을 직원한테 받을 수밖에 없다는 것이었다.

근무 시간만 잘 지켜 무얼 하나, 제대로 돈도 못 받고. 그러나 이런 과정을 통해 일을 하되 철저하게 해야 된다는 것을 비싼 월사금 내고 배웠다고 친구는 고된 이민생활을 토로하였다.

친구는 6개월 주유소에서 일하는 동안 제대로 월급을 받아본 적은 단 한 번도 없다고 하였다. 그로부터 30여 년이 지나도록 자동차 관련 사업을 해오고 있음은 무던하게 끈질긴 한국인의 일면이 있지 않나 긍정적으로 평가도 해본다.

시간에 비례하여 돈을 받을 줄 알았던 그 친구는 지금은 다섯 명의 멕시코 정비공을 데리고 차 정비 영업도 겸업하는데, 점심시간은 30분으로 그 시간은 계산해주지 않는다. 출퇴근하면서 시간을 기록한다. 정말로 시간은 어떻게 보면 돈이다.

『탈무드(Talmud)』에 사람을 재는 척도 네 가지는 '돈, 술, 여자,

시간'이라는 말이 있다. 나는 네 가지 중 가장 중요하다고 생각되는 것 하나만 고르라고 한다면 시간을 고르고 싶다. 시간이 있으면 돈도, 술도, 여자도 능력 여하에 따라 뜻을 이룰 수 있을 것이라 생각되기 때문이다.

나이를 먹으면서 우리에게 주어지는 시간은 계속해서 줄어들고, 이에 반비례하여 시간의 가치는 더욱 높아진다. 인간이 가진 것 중에서 가장 귀한 것은 바로 삶이다. 그리고 삶 속에서 가장 중요한 것은 시간이다. 삶을 이루고 있는 것이 바로 시간이기 때문이다.

시간은 정지를 거부하고 똑딱똑딱 부지런하게 흘러간다. 가장 부지런하게 지나가는 것이 바로 시간이다. 주어진 시간은 한정되어 있고 일회성이어서 한 번 지나가면 끝이다. 시간의 낭비는 생명의 낭비이며, 자기 삶을 허비하는 엄청난 실수인 것이다.

벤저민 프랭클린(Benjamin Franklin, 1706~1790, 미국 100달러 지폐 인물, 미국 독립선언문 기초한 정치인이나 대통령을 지내지 않음)은 "만약 네가 네 인생을 사랑한다면 네 시간을 사랑하라. 왜냐하면 인생은 시간으로 구성돼 있기 때문이다."라고 했다. 그가 서점을 경영할 때 그의 친구가 책값을 깎으려고 실랑이를 하다가 책값을 깎기는커녕 '벤저민 시간'을 빼앗은 대가로 웃돈을 얹어줘야 했던 일화가 유명하다. "시간은 돈이다."라는 지극히 미국적인 격언을 남긴 것도 바로 벤저민이다.

그러나 여행할 때 비행기를 갈아타기 위하여 기다리는 시간은 정말로 지루하고, 돈과는 아무런 관련이 없어 보인다. 생활하다 보면 자투리 시간이 있다. 그런 시간은 참으로 무료하기 그지없다. 인생의 낭비인 것 같은 느낌이 있고 말이다. 갈아타지 않고 직행도 있으나 그건 비싸다. 여러 공항을 거치면서 몇 시간씩 기다리는 비행기는 그만큼 요금이 저렴하다.

그러니까 기다리는 시간도 따지고 보면 돈을 벌고 있는 셈이다. 시간은 또 목숨일 수도 있다. 물에 빠져 허우적거리는 사람은 익사전 빨리 구출해야 한다. 몇 초 늦어서 사망하였다면 시간 때문에 목숨을 잃은 격이 된다.

유학을 마치고 귀국할 때 참으로 아찔한 순간이 있었다. 원래 계획은 1983년 9월 1일, 뉴욕 케네디 공항을 출발하여 앵커리지를 경유해서 서울로 가던 중 소련 요격기의 공격을 받고 사할린 섬 근처에 추락, 승객 전원이 사망한 대한항공 비행기를 타게 되어 있었다. 그런데 한국 대학에서 임용을 9월 1일로 하면 곤란하다는 것이다. 그리하여 6개월 앞당겨 귀국하였기에 화를 모면하게 된 것이다.

상처를 크게 입은 사람, 수술 기회를 놓쳐서, 때를 놓쳐서 생명을 잃는 경우도 마찬가지다. 반대로 차를 놓치고 발을 동동 구르다가 그 차가 사고를 당했다는 뉴스를 듣고 나서 아찔하게 사고를 모면했다는 것을 알게 된 경우는 알다가도 모를 일이다. 1초가 생사를 좌우하다니, 시간이란 정말로 무정하다.

일상생활에서 멈추고 싶은 순간이 얼마나 많은가! 그러나 시간은 정지를 거부하고 가슴이 뛰는 한 한시도 쉴 새 없이 우리를 몰아간다.

우리는 피하고자 하는 일, 만나기 싫은 사람에게는 항상 '시간이 없다' 고 한다. 그 말은 '내 시간을 공유할 가치가 없다' 라는 뜻이 아닐까. 사실 변명 중에서도 가장 어리석은 것은 '시간이 없어서' 라는 변명이다. 짬을 이용하지 못하는 사람은 항상 짬이 없다. 가령 똑같은 상황에서 연인이나 만나야만 할 사람이 만나자고 하면 대답은 뻔하다.

시간이란 정말 묘한 것이다. 느낌에 따라 같은 시간이라도 길기도 하고 짧기도 하다. 시험, 월세, 이자 갚을 날은 금방 온다. 11시간 비행을 해야 목적지까지 간다면 그 시간은 답답할 정도로 더디 간다. 연인을 기다리는 마음엔 하루가 3일 같으나, 만나면 그 순간부터 시간은 빨리 간다.

옥중의 죄수보다 시간이 더디 가랴. 시간은 돌이킬 수도, 빨리 가게 할 수도, 늦출 수도, 빌려 쓸 수도 없다. 초지일관 똑같은 템포로 흘러간다. 때로는 미워하는 마음으로 가득 차 있을 수도 있고, 계략을 꾸미면서 질투와 중상 모략하면서 자신의 구덩이를 파는 수도 있으니, 말없이 흘러가는 시간 속에 선악의 쌍곡선이 영롱한 무지개같이 변화무쌍하게 이뤄지고 있다고나 할까.

사람은 시간 위에 태어나 시간의 지배를 받다가 시간 속에서 죽어간다. 베르길리우스(Vergilius, B.C.70~B.C.19)는 "시간은 만물을 운반해간다, 마음까지도."라고 했다.

프랑스의 실존철학자 가브리엘 마르셀(Gabriel Marcel, 1889~1973)은 "인간은 약속하는 동물이다. 가능한 한 약속을 하지 말라. 그러나 약속을 했으면 목숨을 걸고 지켜라."라고 했다. 다소 과장된 말이지만 약속시간을 지킨다는 것이 얼마나 어려운 것인가를 단적으로 표현한 말이다.

시간을 지배할 줄 알아야 인생을 지배하게 된다. 이제부터라도 자투리 시간도 알뜰하게 써야겠다. 잘게 토막을 내서 말이다.

시간은 우선 철저하게 지키고 볼 일

"시간을 잘 지키려면 시간을 지키지 않는 사람들을 기다릴 줄 알아야 한다."

알도카미르타가 한 말이다.

이런 말은 너나 밑줄 칠 글이지 나는 상관없는 격언이라고 부정할 수 있으나, 살다 보면 부득이한 경우로 약속시간에 늦을 때가 있다.

외국에서 생활할 때는 언제나 이 시각에 한국은 몇 시나 될까를 생각하면서 계산을 해야 한다. 예를 들어 10월 초 우리나라가 오후 6시면 미국 중부지방의 네바다 라스베이거스 시간은 새벽 2시다. 미국은 동부에서부터 알라스카 캄차카까지 영토가 동서로 길게 뻗어 있어서 시차가 8시간이나 난다. 그러니까 선거하는 것을 보면 가히 우리로서는 이해할 수 없는 일이 벌어진다. 한쪽 지역에서는 투표가 완료되어 개표하고, 다른 지역에서는 결과를 보면서 투표하러 간다. 결과를 참고할 뿐 그렇다고 영향을 주는 것도 아니어서 크게 신경 쓸 필요를 느끼지 않는다.

그러나 여기에서 말하는 '코리언 타임'은 미국에서 한국의 몇 시에 해당하는가의 뜻으로 하는 말이 아니다. 한국인들은 시간의 관념이 없어서 시간을 잘 지키지 않는 경우를 빗대어서 한 말이다. 옛날이야 한사코 기다리는 것을 미덕으로 생각하고, 기다리고 참고 견디는 것이 습관화되어 있을 수 있으나 요즈음은 시간관념이 뚜렷해져서 약속이 늦으면 일단 상대방에게 큰 실수를 하게 되고 곤란을 당하는 경우가 많다. 지금은 교통이 발달하고 항상 시계를 가지고 다니기 때문에 코리언 타임이라는 말이 거의 사라졌다.

내가 아는 한 초등학교 동창은 시간을 잘 지키기로 이름이 나 있는데 그 덕분에 퇴직 후 한동안 놀다가 더 좋은 직장을 얻을 수 있었다고 한다. 그 일화인즉 이러하다.

그 친구가 퇴직하여 자녀도 다 출가하였기에 집을 직접 팔기로 하였다. 3개월이 되도록 오간 사람은 많았으나 정작 사겠다는 사람이 없어 걱정하던 차에 집을 사겠다는 사람이 나타났다. 이 얼마나 고마운 손님인가. 집을 판다는 일이 그렇게 번거로울 수는 없지만 뚜렷하게 하는 일도 없고 매일 출퇴근하던 사람이 집에서 놀고 있으니 답답해 미칠 지경인 것이다. 그래서 집이나 내 손으로 팔아보겠다고 스스로 매매에 필요한 서류를 이리저리 돌아다니면서 준비해가지고 그 사람에게 전달하곤 하였다고 한다.

그 사람과 중간 되는 편리한 지역에서 시간을 정하여 만나기로 하였는데 혹시 늦으면 집을 못 팔까봐 일찍 약속장소에 나가서 기다리기로 작정하였다. 직업이 무엇인지 어디에 근무하는 사람인지 물어볼 필요도 없거니와 집만 팔면 되니까 다른 신경을 쓸 필요가 없었다. 더욱이 무엇을 하는 사람이냐고 물어보면 직업에 따라 집을 팔고 안 팔고 한다고 오해할까봐 두려워 묻지도 않았다 한다.

그 사람과 맨 처음 약속을 하였는데 약 40분 정도 늦게 도착하면서 늦어서 죄송하다는 사과를 하더란다. 그래서 교통이 막히고 복잡하니까 늦었으려니 이해를 하고 아무런 짜증이나 불평 한 마디 하지 않았으며 늦은 이유를 물어보지도 않았다고 한다. 그저 늦으면 늦는 대로 무표정하게 기다리면서 마지막까지 불평 없이 만나기를 계속하였다. 그 사람은 30분 늦는 것은 보통이고, 1시간 정도 늦을 때도 있었다고 한다. 할 일 없이 집에서 멍하고 있느니 손님을 기다리는 재미가 있었다고 한다. 늦을 때는 속으로 오늘은 얼마나 늦을까 하고 스스로 점을 쳐보기도 하면서 기다리기도 했다고 한다.

약속 한 번 지키지 못하던 그런 그가 뜻밖의 제의를 할 줄은 전혀 기대하지 않았을 것이다. 마지막 잔금을 지불하면서 친구에게 "사실은 내가 중소기업의 사장인데 회사일이 분주하여 그동안 한 번도 시간을 지키지 못하여 죄송하다." 사과하면서 우리 회사를 좀 도와주실 수 없느냐고 제의를 해와 그 친구는 퇴직 후 그 회사에서 각별한 대접을 받으면서 근무했다는 것이다.

친구 말에 의하면 사장이 직원들 앞에서 자신의 예를 들어 칭찬을 자주 하여 아주 조심스럽다고 했다. 그러기에 신경이 무척 쓰인다면서 열심히 근무했다고 한다.

시간을 못 지켜 인생에 큰 손해를 본 경우가 많지만 친구는 참 유별나게도 재수가 좋은 사람임에는 틀림없다.

좋은 뜻일 수도 있겠으나 코리언 타임이 생길 정도로 고의로 늦는 경우는 없을 것이다. 지금 늦는 이유는 변명이 될 수 없겠으나, 옛날에는 시계가 없으니 낮에는 해나 그림자를 보고 밤에는 별이나 달을 보고 시간을 대충 짐작할 수밖에 다른 방법이 없었을 것이다. 그러니 시간 개념이 있을 수 없다.

"시계를 차고 다닌들 무슨 소용 있는가! 시간을 지키지 않는데."

친구에게 가끔 들어본 말이다.

"자네는 아직도 친구 고향을 모르나?" 대꾸한다.

느려터진 날 보고 출신지를 들먹이며 빈정대지만 사실은 약속시
간은 잘 지키는 편이다.

급한 충청도 사나이

모임에 갔다 좀 늦기라도 하면 으레 변명이 "충청도 놈인게 그렇지, 늦는 것은 너의 기대가 아니었나? 저번에 일찍 오니까 실망해하는 눈초리던데."이다.

이쯤 되면 합리화의 극치가 아닐까 생각이 든다. 충청도 산골 청양이 고향인지라 성격이 느리고 민첩하지 못하다지만 그래서 항상 손해만 보는 것은 아닌데도 그런다.

출생지를 보고 인물을 평가하는 의견을 전혀 무시하는 바는 아니다. 하지만 원만한 계곡과 능선, 굽이굽이 내려가는 실개천과 자주 보는 암소 등이 앞산과 어울려, 느리고 게으르고 미지근한 선입관이 있을지는 모르나, 나 자신은 돌출내기로 정반대다. 그래서 나를 아는 친구들은 너만은 돌연변이 같다고 한다.

나는 성질이 급하다. 그래서 처음 미국에 갔을 때 미국 친구가 "한, 넌 성질이 급한 녀석이야(Short temper guy, Han)."이라 하기에 처음에는 무슨 뜻인가 했다. 급하게 서두르는 것을 나한테서 읽어 본 것이다. 그래서 '그렇고 말고, 누가 충청도 사람을 느리다 했나. 여기 이 친구가 인정하지 않나. 나는 급한 충청도에서 온 촌놈이다.' 라고 마음속으로 구시렁거렸다.

서둘다가 낭패를 본 경험은 나에겐 다양하다. 그래서 느긋하게 다음 기회를 보고 길게 보는 안목이 생겨 재미를 보는 경우가 많다.

서두르는 것은 칭찬할 일이 아니다. 초기 미국 유학생 시절에 서두르다 낭패를 본 쓰라린 경험이 있다. 미국에 가서 눈앞에 닥치면 보자는 마음으로 미국 대학의 학위 규정에 관하여 자세히 읽어보지 않았다. 그러니 느린 것 아니겠는가. 어떻게 하면 한국을 서둘러 떠나느냐에 관심을 가졌지 학교 일정은 완전히 덮어놓았던 것이다. 도착해서도 여유를 부려 "닥치면 하지." 하고 수강신청을 하려고 안내서를 들여다본 것은 한참 후의 일이었다.

미국 대학은 우리와 같은 학기(Semester)제가 있고 쿼터(Quarter)제가 있는데 내가 다니는 학교는 그 당시는 쿼터제였다. 3개월 단위로 학기가 운영되기 때문에 무척 바쁘다. 박사학위 규정을 보니까 145학점 이상을 따야 되는데, 과목당 3~4학점 되었다. 언뜻 계산해 봐도 3쿼터에 9학점씩을 해도 일 년에 27학점 정도밖에 안되니 빨라도 5년 넘게 걸린다는 간단한 계산이 머리에 스쳤다.

그리하여 학부과목 2과목하고 대학원과목 2과목, 4과목 12학점 수강신청을 하였다. 학부 2과목 수강은 대학원 학생평가시험에 2과목은 학부에서 들으라는 권고가 있어 수강하게 되었다. 미국 교수는 영어실력을 감안하여 9학점 정도 들으라고 권고하였으나 나는 고집하였다. 계절학기도 수강하고 일 년에 36학점 정도 하면 4년이면 학위를 끝낼 수 있다는 계산이 나왔다.

사실 고등학교 화학교사로 재직하면서 책을 꾸준히 접해왔지만 유학을 와서 막상 강의실에 앉아보니 실제상황은 장난이 아니었다. 결국 대학원 2과목을 취소하러 지도교수한테 사인 받으러 가는데 그 순간이 참 잊을 수 없는 내 인생의 한순간이었다. 첫 학기는 거의 공친 셈이다.

그러나 수강을 취소하고도 청강은 계속하였다. 결과적으로 5년이 넘게 걸린 배움의 세월을 이제 생각해보면 서둘러 된 것이 하나도 없었다. 5년 정도 지난 후에 총 수강한 학점을 더해보니 놀랍게도 150학점 정도가 되었다. 3, 4학점을 합산한 총학점이 세월과 함께 쌓여 졸업하기에 충분한 학점에 이른 것이다.

서두르고, 빠르고, 민첩하고, 잽싸다고 하여 항상 득을 보는 것만은 아니다. 학문의 특성상 결과는 반드시 실험에 대한 내용으로 직결된다. 실험조건도 변수가 너무나 많다. 이번에는 게으른 탓에 좋은 실험결과를 얻을 수 있었던 예를 들려고 한다.

9달째 시도해보았으나 뜻대로 원하는 생성물이 만들어지지 않고 무엇이 생기기는 하는데 알 수가 없었다. 그래서 그 반응에는 전혀 관계가 없는 시약을 넣고 반응시간에 관계없이 주말을 보냈다. 그놈의 같은 실험도 매일 되풀이하기도 싫증나고 화학과 건물은 쳐다보기도 싫고 그 방향으로는 아예 소변도 보질 않았다. 거의 일 년 동안 결과가 없으니 체면이 말이 아니다.

그래도 어떻게 하나! 돌이킬 수 없는 길을 이토록 걸어왔는데 포기할 수는 없는 것이다. 월요일 실험실 가보니 반응물은 검게 변하여 있었다. 그래도 결과를 점검해야 하기에 별 기대 없이 분석을 해보았는데 결과는 뜻밖에도 원하는 물질이 생성된 것이었다.

금요일부터 월요일 아침까지 반응시간은 처음 주어진 시간이었고, 내가 부지런떨어 매번 해왔듯이 주말에 가서 서둘러 반응을 중지했더라면 그러한 결과를 얻었을 수 없었을 것이다. 이론과 실제는 엄청난 차이가 있다. 결국 늦춘 것이 좋은 결과를 얻게 된 셈이다.

이상하게 결과는 노력의 합산으로 쌓여야 되는데 그놈의 실험은 그렇지가 않다.

그러니 젊은이들은 뚝딱하고 1~2년 시도해보다가 짧은 인생에 내가 왜 이런 고생을 해야만 하나 하고 집어치운다. 2000년 일리노이대 교환교수로 있을 때, 화학과는 미국 내에서도 유명한 학과이니까 따라서 대학원생들은 자질을 인정받은 유능한 학생들이 입학한다. 그러나 실제로 학위를 마치는 학생은 입학생의 70%를 채 넘지 못한다. 그러니까 연구는 은근과 끈기로 붙잡고 늘어지는 수밖에 없다. 동물의 왕국에서 하이에나 같이 말이다.

실험이나 공부는 머리로 하는 것이 아니라 궁둥이로 하는 것이니 책상머리에 일단 자기를 붙잡아 놓아야 한다. 그래서 나는 가끔 공부는 머리로 하는 것이 아니라 '히프'로 한다고 말한다.

급한 사람은 시간도 급하게 흘러가는 것 같다. 친구들은 정년을 앞두고 계획을 세우기 야단들이다. 남이 날 평하길 낙천적이라 한다. 저놈이 걸린 일들을 생각하면 걱정이 태산이나 태연하니 하는 말일 게다. 인생은 철저하게 현재 진행형이다. 완급(緩急)을 조절하며 현재를 철저하게 살아가면 되고, 그때는 그때 가서 대응해가면 된다. 앞이 훤하게 내다보이는 미래설계는 난 싫다. 이쯤 되면 역시 너 같은 충청도 놈은 느린 게 맞는 말이다.

울타리

현대인은 갖가지 벽 속에 갇혀 살고 있다. 그리고 그 벽을 쌓아 올린 것을 남들 탓으로만 돌리려고 한다.

벽이 생기는 까닭은 독선, 배타, 비타협에서 비롯된다. 도대체 역지사지(易地思之)하려는 마음도, 용서하는 아량도 누렇게 바라고 있다. 입은 멋대로 지껄이면서 귀는 틀어막고 살고 있다.

남들과의 대화는 풍성했으면서도 가족들과는 울타리가 있는 것인지, 오순도순 정감 넘치는 대화엔 소홀했던 일들이 오늘따라 모질게 나를 매질한다.

미국에서 있었던 실화를 생각해보면 지금도 피식 웃음이 절로 난다. 미국에 처음 도착하여 공항에서 택시를 잡아타고 기사에게 말했다.

"Let us go to the university school gate(대학 교문으로 가자)."

기사가 대뜸 "Why school gate?(왜 학교 교문?)" 한다.

그래서 내 대답이 "To enter the university(대학을 들어가기 위하여)."

기사가 "Where are you going?(어디 가는데?)"

내가 "Old main building office(올드 메인이란 건물 사무실)."

기사가 "OK(알았다)."

학교에 들어가려면 교문으로 가야 하지 않는가. 당연한 질문이다. 그러니까 기사한테 교문으로 가자고 한 것이다.

한참을 가는데 저 멀리 학교인 듯한 높은 건물들이 서 있었다. 점점 가까이 그 방향으로 가는데 느낌이 캠퍼스 근처에 온 듯한데 담벼락이 없다. 지나쳐온 거리의 집과 집 사이에도 울타리가 없었다. 바둑판같이 정리된 거리가 개인집, 상가 등과 바로 길 건너 사이를 두고 캠퍼스가 자리 잡고 있는 것이다. 도심 속에 대학 캠퍼스가 자연스럽게 어울려 연결되어 있었고, 캠퍼스를 지나면 건너편 마을이 나온다. 그러니 택시기사가 캐묻던 이유를 알 수가 있었다. 대학원 본부 사무실 건물을 간다고 하고 학교 교문을 가자고 하니 이상할 수밖에 없다.

계절 따라 동네 아이들이 캠퍼스 잔디밭에서 게임도 하고 장난도 치고 눈싸움을 하면서 재미있게 놀기도 하였다. 우리와는 너무나 비교가 되었다. 미국은 캠퍼스가 동네에 항상 개방되어 있었다. 사실 주립대학이 주민들의 세금에 의하여 설립 운영되고 있으니 주인은 주민인 것이다.

미국과 우리는 다방면에서 서로 다르다. 미국에 가서 처음 느낀 것은 개인주의가 팽배해 있으면서 울타리가 없다는 것이다. 우리나라 옛날 시골집의 나뭇가지로 엮어 만든 엉성한 울타리는 집 안에서 바깥이나 뒤뜰을 내다볼 수 있게 트여 있어 좋다. 그런데다 그렇게 높지도 않았다. 아늑한 분위기 감도는 경계 정도의 상징적인 투박한 모습이다. 봄에는 새들의 집터를 제공하고, 여름에는 그늘을 제공하고, 호박넝쿨의 받침이 되어 가을에는 엉성한 울타리 뒤편에 누런 호박이 숨어 있었다. 담이라고 말하면 너무나 차가운 표현이다. 친환경적인 울타리는 초가집과는 썩 잘 어울린다.

울타리는 왜 필요한가. 울타리는 테두리다. 영어로 'fence' 인데

'장애물' 이란 뜻도 있다. 경계의 표시이며, 외부 사람의 침입을 막고, 안에 있는 사람과 그 안의 모든 것을 보호한다. 또 울타리의 품 안에서 겸손하고 양보하며, 장유유서(長幼有序)의 질서를 익히고, 서로 이해하고 사랑하는 포근한 감성을 기르며 성숙해왔다. 이 울타리에 붙어 있는 쪽문은 항상 반쯤 열려 있어 누구나 언제든지 드나들 수 있게 개방되어 오는 사람을 거부하거나 배척하는 일 없이 너그럽게 맞아들였다.

사실 서양식 주택은 튼튼한 벽으로 쌓여 출입문만 닫으면 밖과 차단되고 보호되지만, 우리 한국 가옥은 어떻게 보면 그보다 훨씬 개방식이어서 울타리가 없으면 민망하게도 집 안이 전면 노출된다. 그러므로 강아지도 쉽게 구멍을 내고 드나드는 우리 울타리는 외부인의 침입을 막기보다 노출된 내부를 살짝 가려서 집의 외관을 갖추고, 외래인과의 체면도 지키기 위한 것이라고 하겠다.

서양식 주택에 집집마다 울타리가 사방에 둘러쳐 있다고 가정해 보면 도대체 어울리지 않는다. 만약에 울타리를 쳐주면 불편이 너무 커 누구나 금방 걷어낼 것이다. 정원을 보호하기보다는 옆집 사람도 당신 울타리 때문에 시야를 가려 답답함을 참지 못할 것이다. 집집마다 넓은 잔디 정원이 있는데 울타리가 있으면 탁 트인 정원은 아니다. 또한 자신의 울타리가 옆집의 울타리가 되는 셈이기 때문에 함부로 치지도 못한다. 만약에 눈이 와 치울 경우를 상상하면 울타리가 큰 장애물 역할을 할 것은 물론이다.

미국의 집과 집 사이에 경계가 애매하게 되어 있는 것은 아니다. 아름드리 상록수나 낙엽수 그늘에 아름다운 정원수가 집과 집 사이에 있어 자연스럽게 잘 조화를 이루면서 또한 경계 역할을 한다.

우리 한옥은 울타리를 침으로써 집안 분위기가 아늑해지고 가족적인 정을 느끼게 된다. 우리 선조들은 기와집에는 담을 쌓고, 초가에는 개나리, 무궁화 등을 심어 생 울타리를 치거나, 억새 같은 키 큰 풀이나 싸리 나뭇가지를 엮어 울타리로 삼았다. 이러한 울타리는 호박 넝쿨, 울타리 콩이 열리고 나팔꽃, 능소화가 때로는 뒤엉켜 꽃을 피우기도 하며, 거미도 집을 짓고 잠자리도 쉬었다 가는 한국적이고 서민적인 정서가 흐르는 삶의 친환경적 테두리였다.

건넛마을 초가집은 탱자나무 울타리여서 가을에 노란 탱자가 집 둘레를 쌓고 있는 모습이 보기 좋아 나도 탱자 씨를 나무 울타리 사이사이에 심었다. 마침 먼 친척이 나를 보고 언제 싹이 트고 자라서 탱자나무 울타리가 되느냐고 마치 부질없는 짓은 하지 말라는 눈치다. 나는 탱자 씨를 파종한 기억조차 잊었는데, 우연히 울타리 밑에 잡풀을 이겨내며 제법 자란 탱자나무의 작은 가시를 보고 억척스런 나무임을 새삼 느꼈다. 아름답던 탱자나무 울타리는 도로 확장 공사 때문에 뿔뿔이 뽑혀 어디로 갔는지 지금도 궁금하다.

울타리는 눈에 보이는 것만 존재하는 것은 아니다. 자녀를 사랑하고 보호하는 부모는 자녀의 울타리요, 노쇠한 부모를 봉양하는 자녀는 부모의 울타리가 된다. 엄마 등에 업힌 어린아이는 울타리 안에 있는 느낌이고, 둥지 안에 있는 새끼를 보아도 같은 느낌이다. 또 학문, 취미, 친목, 그리고 직장이나 사회단체 등 크고 작은 학회 같은 동아리들이 따지고 보면 각각 어떤 단체라는 울타리를 치고 모인다. 울타리 안에서 서로 도우며, 순수한 모임의 취지를 위해 열심히 노력하고 정보를 나누면서 서로의 이익을 추구하며 정진하는 모습은 아름답다.

그런데 일부 모임 중에는 배타적으로 자기 집단만의 이익을 위해 힘을 모으고 사회질서를 역행하는 사람들이 있어 이웃 간의 친화를 깨고 질시를 받는 일이 있어 안타까울 때가 있다. 학내에도 동아리가 우리가 상상하는 것보다 많다. 이름을 봐서는 무슨 일을 하는지 알 수 없는 동아리도 있다. 정당이란 동아리는 언급하기 싫다.

대학에 왜 울타리가 있는가? 필요한가? 처음 우리 대학을 방문한 미국 지도교수가 나에게 한 질문이다. 오래전부터 대학에 울타리 철거를 여러 번 건의했지만 무소식이다.

요즈음 학교의 담벼락을 허물고 이웃 간의 담을 허물면 그 비용을 보조해준다고 한다. 지난 봄 초등학교를 지나는데 허문 담벼락 자리에 꽃을 가꾸고 천진난만한 아이들이 노는 것을 보고 잠시나마 동심에 젖어본 일이 있다.

요즈음에는 아파트, 빌라 등으로 주거양식이 바뀌어 시골에도 토속적인 가옥이나 울타리가 사라지고 대형 아파트 단지가 생겨 철조망 울타리 안에서 살게 되니 옛날 울타리가 그리울 때가 있다. 하루 종일 전화벨 한 번 안 울리는 집, 일주일이 지나도 방문객 한 명 없는 집도 주위에는 있다. 우리가 간수해온 관계의 울타리가 혹시 너무 좁고 옹졸한 것은 아닐까?

철의 장막 같은 마음의 울타리는 열린사회에서는 빨리 제거할수록 좋다.

문

한옥과 아파트의 다른 점은 너무나 많다. 그중에서도 집을 드나들 때 항상 거치게 되는 문을 한번 생각해본다.

한옥의 문은 다양하다. 위치에 따라 대문, 사잇문, 뒷문이 있어 필요시 아무 곳으로나 드나들 수 있다. 굳이 꼭 현관문으로만 드나들 필요가 없다.

유년 시절 시골 초가집에 살 때 아침 일찍 대문을 여는 것은 아버지의 일과였다. '삐꺽' 하고 대문 여는 소리에 깨어 일어나 하루를 시작하였다. 그러니까 자명종이 필요 없었다. 제일 늦게 일어나 눈을 비비며 나가 보면 대문은 활짝 열려 있고, 문 밖에 멀리엔 막 산머리를 벗어난 아침 해가 마치 누런 황소 등에 앉아 있는 모습으로 반기곤 하였다. 난 지금도 그 아름다운 광경을 잊을 수가 없다. 대문은 항상 열어놓고 있어 누가 오는지 알 수 있고 또 예고 없이 반가운 사람이 올 때면 보이기 때문에 미리 마중도 나갈 수 있다.

아파트는 문과 문이 마주치는 구조이며 또 여는 방법 또한 한옥과는 큰 차이가 있다. 문이 열리는 방향이 서로 다르다는 것이다. 한옥 대문은 밖에서 안쪽으로 열리지만 반대로 아파트는 안쪽에서 바깥쪽으로 열리게 되어 있다. 즉 한옥은 손님이 들어오는 방향과 문이 열리는 방향이 같아 조화를 이룬다. 그러므로 환영의 의미가 있다. 또한 한옥은 처음으로 맞이하는 장소가 문 앞뜰이나 마당이

다. 반면 아파트는 손님이 문을 잡아 당겨야만 집에 들어갈 수 있
게 되어 있다. 그러니까 잠겨 있는 뚜껑을 미안한 마음으로 열고
들여다보면서 들어가는 모양새이다. 이러한 관계는 손님을 맞아하
고 반가워하는 메커니즘이 결코 아니다.

시골문은 항상 열어놓고 있기에 저 멀리 누가 오는지 다 볼 수
있다. 손님의 입장에서는 방문을 항상 환영한다는 의미가 있어 친
근감을 줄 뿐더러 주인을 볼 수 있기에 미리 마주 볼 준비도 할 수
있다. 문이 닫혀 있을 때는 출타하고 없다는 뜻이기에 이 또한 방
문객에 대한 배려이기도 하다. 아파트는 문을 항상 다 잠그고 산
다. 아파트는 손님이 초인종을 눌러야 한다. 잠을 자는지, 계신지
도대체 알 수가 없어 아무리 친한 사이라 해도 때로는 미안한 생각
이 든다. 그리고 잘 서 있어야지 그렇지 않으면 여는 문에 부딪혀
재수 없으면 상처가 날 수도 있다. 시골집은 문패가 있어 혹시 모
르는 사람이라도 누가 사는지 알 수 있다. 그야말로 친절한 친인간
적 구조가 조화를 이룬다.

시골집은 문이 하나가 아니다. 대문, 사잇문, 옆문, 뒷문이 동서
남북으로 나 있어 아무데서나 멋대로 드나들 수 있다. 대문은 그렇
다 해도 쪽문들은 울타리 사이에 싸릿대로 만든 엉성한 문으로 되
어 있어 집 안에서 바깥이나 뒤뜰을 내다볼 수 있게 트여 있어 좋
다. 방 안에 앉아 있어도 문에 나 있는 유리창을 통하여 싸리문 사
이로 방문객이나 오가는 사람들을 내다볼 수 있다. 새벽에 열어놓
은 대문은 저녁에 닫아놓으나 쪽문들은 잠그지 않는다.

그런 집에서 어린 시절을 보내면서 내면세계가 머리에 그려져
있는 사람이 아파트에 살고 있으니 얼마나 답답하겠는가! 상상해
보면 가히 짐작이 갈 것이다.

한번은 새벽 베란다에서 무심코 건너편을 바라보고 있는데 희미한 불빛이 깜박거려 자세히 보니 움직이는 물체였다. 그 모습은 마치 울안에 갇혀 있는 동물이 탈출구를 찾아 발버둥 치는 모습과 흡사하였다. 그 사람도 날 보면 같은 느낌이었으리라. 출입문은 하나이고 창마저 창살이 있는 문이 문인가 말이다.

나는 지금 아파트에서 모퉁이에 달려 있는 철문 한 짝을 여닫고 산다. 그 문을 여닫으면서 시골의 대문을 상상해본다. 비교는 장난이다. 천당과 지옥과 같은 차이가 난다고나 할까. 아파트는 삶의 터전인데 촌놈에겐 숙소의 기능이 강한 공간이란 마음을 떨칠 수가 없어 안타깝다. 손님이 가실 때는 엘리베이터 앞에서 전송한다. 편해서 좋기는 하지만 앉은자리에서 맴도는 것 같은 답답함과 협착함을 면할 길이 없다.

대문은 의복으로 치면 관이고, 사람으로 치면 얼굴이 아닐까. 그래서인지 우리 조상들은 대문을 지극히 신성시했다. 도성에는 시구문(屍口門)을 따로 만들어 시체가 대문으로 나가는 것을 금했고, 관가나 가정에서는 파장 문이라는 것도 있었다. 대문을 정문이라 하는 연유도 짐작이 간다.

얼마 전 우리 아파트와 뒤쪽 아파트 건물 사이의 울타리를 일부 거두고 문을 냈다는 말을 듣고 너무나 신기해서 저녁 산책을 그쪽으로 갔다. 그러니까 사잇문이라 할까, 쪽문이라 할까 그런 문이 옆구리에 생긴 것이다. 아파트 앞쪽으로 상가가 바로 보이는 곳에 철조망을 한 칸 걷어내고 정식으로 출입문이 나 있었다. 그 전에는 개구멍 식으로 드나들던 그곳에 문을 낸 것이다. 그곳은 얼마나 아이들이 넘어 다니면서 애용하였던지 잔디는 밟혀 죽고 길이 나 있었다.

나는 그 출입문을 지나 상가 앞까지 걸으면서 지난 일을 회상했다. 내가 이곳으로 이사 왔을 때 주민들은 대부분 아파트 상가를 이용했는데 이제는 크고 작은 상점이 많아 아이들이 철조망을 넘어 다녔다. 그 아이들이 철조망에 걸려 옷이 찢어지고 몸에 상처를 입고 해서 주부들은 통로를 내 달라고 반상회에서 여러 번 건의했지만 쪽문은 울타리가 우선이고 경계의 우상이라 번번이 대표자 회의에서 부결을 당했다. 주민의 민도를 이쯤 되면 알 수 있지 않겠는가 말이다. 그 후 나는 이 일을 까마득하게 잊고 있었다. 우리 사회도 점점 성숙해가는 것일까? 기쁜 일이다.

아이젠하워(Dwight David Eisenhower, 1890~1969, 34대) 대통령이 콜롬비아 총장으로 재직할 때의 일화가 생각난다. 취임 후 비서의 건의인즉, 잔디밭을 학생들이 하도 빈번하게 가로질러 다녀 길이 나 있으니 그 길을 막아달라는 것이었다. 아이젠하워 총장은 오히려 당장 그곳에 길을 내라 지시하면서 "학생들이 다녀 잔디가 죽어 길이 나 있다면 그것이 바로 길"이라 했다는 것이다. 말만 들어도 시원한 조치다. 그러한 훌륭한 식견을 가지고 계셨으니 훗날 대통령까지 당선된 것 아니겠는가. 우리는 너무나 생각이, 마음이 닫혀 있다. 이것은 사회구조와 무관하지 않다. 안타까운 일이다.

간혹 단독주택 단지가 있는 마을을 지나면서 빈집처럼 꼭꼭 닫혀 있는 대문들을 생각해본다. 대문은 꼭꼭 잠그되 마음은 활짝 열어놓고 살면 되는 것이다. 문은 항상 닫아놓고 마음을 여는 일은 언제 한번 연습이라도 할 수나 있는가 말이다.

웬일인지 오늘은 불현듯 아침마다 일찍 대문을 열어놓고 복을 받아들이신다던 할아버지가 그리워지면서 분명 그 맑은 아침 햇살이 바로 복이었으리라는 생각이 든다. 가장이 여는 대문소리에 집

안이 움직이기 시작하던 가정질서는 까마득한 추억이다. 활짝 열어놓을 대문이 없는 오늘의 우리 생활에서는 영영 가슴을 열어놓고 살 때가 없을 것인가! 큰 기침소리와 함께 대문 열리던 소리를 마음으로 들으면서 승강기에서 목례하는 이웃들의 얼굴을 생각해본다. 어쩌면 그들도 이런 생각을 하고 있는 것은 아닐는지.

뭐 그리 어두운 생각만 할 것이 아니다. 문은 여행의 종착역이며 동시에 출발역이다. 잠겨 있다는 건 열리기도 한다는 뜻이 아니겠는가. 돈도 한 푼 안 들어가는 마음에 문뿐만이 아니라 창문도 여러 개 달아보자. 지금 이 순간부터 말이다. 그러나 마음의 문을 여는 손잡이는 안쪽에만 달려 있으니 문제다.

사기꾼

아침까지 비가 오더니 오후부터 개이기 시작한다. 오래간만에 근처에 있는 축구 경기장에서 올스타전이 있다 하기에 날씨도 개이고 하여 막 집을 나섰다.

아파트 입구 길가에 참외장수도 언제 왔는지 무더기로 참외를 정리해놓고 한가롭게 앉아 있었다. 축구장에 갔다 오는 길에 참외를 살 계획인지라 앞을 지나치려는데 반갑게 인사를 한다.

난 별나게 참외를 좋아한다. 학창시절 하숙을 하였고 방학은 시골집에서 지냈는데 보따리장수들이 참외를 이고 팔러 다니면서 꼭 점심때면 시골 우리 집에 들르곤 하였다. 참외도 팔고 밥도 얻어먹기 위해서였다. 한 끼를 걱정하던 보릿고개 시절에는 매끼를 해결하기란 큰 스트레스였을 것이다. 참외를 사시면서 돈 대신 겉보리를 주고 담에 또 꼭 와서 점심을 먹으라 하시는 꼬부랑 어머님의 인정이 정을 들게 한다. 그리고 "음식을 가져온 그릇을 빈 그릇으로 돌려주지 말라."고 하신 어머님의 그 말씀을 지금 지키지 못하고 신세만 지며 살기에 체면이 말이 아니다. 그때의 고향풍경은 아니지만 참외에서 나는 익은 과일향내는 옛날이나 지금이나 변함이 없다. 그래서 3일마다 나타나는 참외장수 아저씨에게 나는 단골손님이 된 것이다.

참외장수 아저씨가 말을 건넨다. 바쁘지 않으시면 십 분만 자리 좀 지켜줄 수 없냐고 부탁을 하는 것이었다. 내용인즉 손님이 참외를 만 팔천 원어치 사가고 십만 원짜리 수표라면서 내밀기에 팔만 이천 원을 거스름돈으로 주었는데 참외를 들고 앞 건물로 갔다고 한다.

잠시 후 그 손님이 다시 오더니 아까 수표를 잘못 드렸다고 해서 확인해보니 백만 원짜리 수표였다. 횡재할 뻔한 것이다. 그러니 나머지 돈을 거슬러달라고 해서 없다고 하니 그럼 내가 앞에 보이는 저 건물 3층에 있는 학원 원장인데 사무실에 가서 수표를 가지고 올 테니 백만 원짜리 수표를 달라고 해서 주었는데 십 분이 더 지났는데도 소식이 없어 급히 다녀오겠다는 것이었다. 혹시 손님이 오면 참외는 제시한 가격대로만 팔아주시면 고맙겠다고 부탁하는 것이었다.

나도 시골 출신이고 굵은 손과 검게 탄 얼굴을 볼 때마다 옛 생각이 떠올라 되도록 아저씨한테 참외를 자주 사온지라, 날 믿고 참외 차를 맡기는 고마움이 있어 축구구경이 좀 늦더라도 도와드릴 생각으로 일시적이나마 참외 장사를 시작하게 되었다.

십 분이면 온다던 참외장수는 이십 분이 지나도 오질 않았다. 한 가정주부가 오더니 참외 무더기를 보면서 "동업하세요?" 한다. "예, 이건 오천 원이에요." 하면서 "당도도 좋고 막 따온 참외입니다, 담에 또 오셔요." 하였다.

벤처 일에 관여하면서 나도 장사 기질을 익혀온지라 역할을 충분히 하였다. 참외를 판 오천 원을 손에 쥐고 곰곰 생각에 한동안 잠겼다. 재료비, 인건비 인상을 감안하면 작년에 비하여 참외 가격은 큰 차이가 없는데 생산원가는 얼마이고 그래서 결과적으로 이익금은 얼마인지가 궁금하여 머릿속으로 계산해보니 별로 소득이 없겠다고 생각되어 마음이 착잡하였다. 대학을 나와 고향을 지키며 터를 넓힌 고맙고 감사한 동생이 있어서 마음이 더욱 무거웠다.

이십여 분이 지났을까, 아저씨의 모습이 심상치 않았다. 하는 말이 3층 학원에는 문이 열려 있는데 아무도 없어 기다리다가 사람이 와 물어보니 그런 사람은 없다고 하더란다. 2층 식당 아주머니한테도 인상착의를 말하고 그런 사람이 건물에 있느냐고 물어보니 없다고 했단다. 참외 만 팔천 원어치하고 거스름돈 팔만 이천 원 그러니까 결국 십만 원을 사기 당한 것이다. 하루 종일 다 팔아야 십만 원 남짓 남는데 걱정하는 모습을 뒤로하고 축구장으로 향했다.

시간은 촉박하여 입장객으로 입구는 매우 붐볐다. 서둘러 매표구를 향하여 가는데 외치는 소리가 들렸다. "입장표 매진!" "세 장 남았다!" 표를 들고 있는 손에는 한 움큼 돈을 쥐고 있었다. 그 말을 듣는 순간 헷갈리기 시작하였다. 벌써 다들 입장하여 표가 동이 나 일부 입장객이 돈을 더 주고 표를 사 입장했구나 하면서 순간 참외장수를 원망하였다. 감시경찰이 지나가기에 물어보았더니 일언 대답이 없다.

한편으로는 7만여 관중석이 만원일 수는 있지만 오전엔 흐리고 오후에 잠깐 맑아진 날씨인데 아무리 올스타 경기에 경품 행사가 있다 해도 그 많은 입장객이 입장을 과연 했을까 의문이었다. 다른 입장객들은 이미 표를 구한 듯 외치는 소리에는 관심이 없다. 망설이다가 그냥 가서 표가 없으면 인연이 없는 것으로 알고 돌아와 TV로 시청해야겠다 생각하고 매표구를 향하여 걸어갔다.

과연 줄은 길게 늘어서 있었다. 가까이 가보니 입구가 아니라 매표구에도 줄이 서 있지 않은가. '매진' 이란 안내문은 보이지 않았다. 경기장에 들어가 보니 예상과는 달리 공석이 많았다. 축구경기를 내내 보면서 오늘의 있었던 일들을 간추려 연상해본다. 오늘은 참 내 생애에 사기 당한 얘기를 들은 바로 뒤에 사기 당할 뻔한 날 이라고.

나는 처음 축구경기 구경을 갔지만 경찰은 알고 있었을 텐데 왜 나한테는 대답이 없었는지, 표가 매진됐다는 사기꾼의 외침을 듣고 그냥 지나치는 경찰 또한 이해 못할 일이다.

돌아오는 길에 참외장수 하는 말, "원장님은 오실 거예요, 저는 그분을 믿거든요."

"아니야, 당신은 걸려든 거야."

학원장으로 사칭한 사기꾼한테 처음부터 걸려든 것이 아닐까?

의도적으로 백만 원짜리 수표를 내밀면서 십만 원짜리라고 속이면 대책이 없었을 것이다. 혹시 수표를 당신이 확인했다면 백만 원짜리 수표를 못 거슬러주니까 참외 안 팔면 그만인 것 아닌가. 참외를 팔면서 수표를 확인 안 하고 받는 것을 노리는 것이다. 수표 또한 가짜일 가능성이 높다. 참 그런 머리를 올바르게 쓰면 얼마나 좋을까 생각하니 아쉬움이 더 컸다.

지금도 원장님을 기다리는 참외장수가 애처롭다. 원장님이 나타나길 고대해본다.

날씨가 갑자기 찌푸리더니 빗방울이 얼굴을 친다. 걸음을 재촉하면서 말을 믿을 수 없는 사회에서 믿고 살아야 하는 나 자신이 서글펐다. 어수룩한 나 스스로는 유사한 사기에 걸려드는 일은 시간문제 아니겠는가. 그러니 사기 당하고 웃어넘길 각오나 해두어야겠다.

잔소리

알아보고 싶은 말 중에 '잔소리'는 영어로 뭐라고 할까?

영어로 강의를 하는 중 잔소리 좀 하려니까 어떻게 표현할까 영생각이 떠오르지 않아서 속으로 웃으면서 유머러스하게 'small story'라 중얼거리다가 강의가 끝난 후 사전을 찾아보았다. 동사로 잔소리하다는 'nag'이며 그 밖에 'pick a hole', 'henpeck', 'pick on' 등 숙어도 수두룩했다.

그 내용을 요약하면 상대의 잘못을 지적한다는 의미로서의 잔소리다. 영한사전에 'nag'는 성가시게 잔소리하다, 들볶다, 바가지 긁다, 끈질기게 괴롭히다, 끊임없이 고통(불쾌감)을 이야기하다라는 뜻으로 해석되어 있다. 'nag'란 동사는 갉다, 우물우물 씹다, 콕콕 찌르다 등의 의미로 원래 스칸디나비아에서 유래되었으며 대부분의 사전에서 남성명사가 아닌 여성명사로 분류되어 있다. 여자들은 언제나 잔소리꾼들로 지목되어 여성들의 모임을 남성들은 잔소리모임으로 규정짓고 비아냥거리는 말로 'Hen party(암탉들의 모임)'라는 말을 만들어내기도 하였다.

잔소리를 듣기 좋아하는 사람이 누가 있겠느냐마는 잔소리로 생각하지 않기 때문에, 또는 그 말을 잔소리로 간주하는 편견 때문에 갈등이 야기되는 것이다. 잔소리가 일리가 있어 충고로 받아들이고 고쳐야 할 점을 지적하였다면 그것은 생활에 오히려 귀담아 들어야 할 양념이며 소금에 해당된다고 할까. 충고를 잔소리로 느끼는 한, 듣기 싫고, 짜증나고, 화나고 불쾌하고, 부정적인 마음이 드는 게 백 퍼센트다. 그러나 보다 냉철하고 냉엄하게 잔소리를 여과할 필요가 있는 것이다.

부모가 자식에 대한 성적부진을 탓하는 것은 자녀들에게는 잔소리로 들린다.

시어머니가 며느리에게 우리 아들은 무엇을 좋아하니까 꼭 해주어라, 저녁은 무엇을 해주려고 하느냐, 식사를 챙겨주어라 등등 녹음기 재생음 틀어놓은 것 같이 툭하면 전화 걸어 지시하는 말이야말로 잔소리다. 아들이 결혼 전부터 흡연이나 폭음을 하는 것은 생각도 안 하고 어쩌다가 감기 걸리면 건강관리를 잘못하여 그렇다는 둥 그 책임을 며느리에게 전가하려는 말투가 잔소리다. 혹시 아침은 챙겼느냐 하기에 "죽 끓여줄까 물어봤더니 귀찮다고 안 먹는다."고 하면 아무 말 없이 전화통 내려놓는 내정 간섭이 심한 시어머니는 정말 짜증나게 하는 고수임에 틀림없다.

그러나 정작 시어머니 스스로는 사랑과 관심과 배려로 간주하고 있기 십상이다. 주말마다 수북하게 반찬을 해가지고 외아들 새살림 집에 와서 자식 며느리 보는 희생도 지극하지만, 며느리의 입장에서는 오랜만에 여가를 오붓하게 보내려는데 초치러 와 살림에 조언함이 과연 달갑게 들리겠는가를 생각하면 분명 며느리에게는 잔소리다.

식은 차나 찬밥은 참을 수 있다. 그러나 잔소리는 도저히 참을 수 없는 것이다.

결혼 후 며느리의 첫 생일을 맞이한 시어머니가 선물 선택이 고민되어 며느리에게 물어본즉, "선물 다 그만두시고, 매주 반찬 해가지고 오시는 것 그만두시고 안 오셨으면 좋겠어요."라고 대답하더라는 실화를 들은 적이 있다. 주기적으로 찾아와 아들은 이것을 이렇게 만들어 먹여야 한다는 투로 훈련을 일 년 정도 받으려면 인내심은 위험 수위를 넘기에 충분하다.

이탈리아에서도 고부의 갈등은 별난 것으로 유명하다. 자식의 사랑을 자식이 결혼하는 순간부터 며느리에게 빼앗겼다는 느낌이 든다는 것이다. 엄마 입장에서는 어떻게 기른 자식인데 며느리에게 독차지하게 하겠는가 말이다. 아들도 이제는 아내와 보내는 시간이 많아지고 엄마와는 멀어지는 것이 당연함에도, 엄마는 내 품 안의 자식인 양 미련을 포기하지 못하니 문제다.

통계에 의하면 여자는 하루에 2만 5천 단어를 사용하지만 남자는 1만 단어를 사용한다. 확실히 여자가 말이 많은 것은 사실이다. 시시콜콜한 작은 일들이 언제나 화제의 대상이 되는 것이다. 매일 만나는데 무슨 그렇게 말이 많은가 한편으로는 신기하기까지 하다. 남자가 말이 많으면 잔소리가 많다고 말 듣고, 말이 적으면 무뚝뚝하다고 몰아세운다. 어떤 경우에는 솔깃한 표정으로 재밌게 이야기를 듣고는 그 친구 말 참 많다고 평하곤 한다. 침묵은 금이고 웅변은 은이라니, 차라리 침묵함이 본전은 하는 듯하다.

나이 든 유경험자가 젊은 무경험자에게 염려의 심정으로 들려주는 이야기가 잔소리로 들리는 케이스라 하겠다. 부모가 볼 때에는 자식의 나이에 관계없이 출타하면 걱정이 따르기 마련이다. 내 나이도 잔소리가 많아질 때다. 요사이 젊은 여자들을 보면 때로는 위대해보이기도 하고 불안해보이기도 한다. 왜냐하면 그들이 아이들의 어머니가 될 것이기 때문이다.

역시 잔소리는 안 하는 것이 상책이다. 그렇다고 해서 할 말을 포기하라는 뜻은 결코 아니다. 젊은이들이 과음, 줄담배, 미래 하향적인 생활을 할 때는 인생의 선배로, 사회의 경험자로, 가정의 어른으로, 지도자의 위치에서 그들을 타일러 길 안내자 역할을 주저해서는 안 된다. 어차피 교육도 간섭이고, 잔소리도 간섭이다. 다른 사람에게 잔소리하는 만큼 스스로에게 잔소리를 해보는 것은 현명한 발상이다. 자신은 모순투성이면서 타인을 평하는 행동은 올바른 자세가 아니다.

이제부터 잔소리는 단지 각자가 자기에게 해볼 주제다. 잔소리도 상대의 틈을 이야기하는 것이니만큼 조금만 비켜 가고, 조금만 옆으로 앉아서, 조금만 양보하고, 조금만 뒤돌아보면 세상만사가 다 편해지지 않을까? 이러한 입장이라면 잔소리는 훨씬 건설적인 좋은 생각의 목소리로 들릴 것이다.

그러나 잔소리는 잔소리다. 지난번 고향 근처 오서산을 등산하고 유유히 흐르는 금강 변을 지나오면서 잔소리는 마치 산골짜기에서 쫄쫄쫄 소리 내며 흐르는 물과 같이 간사하다는 느낌이 들었다. 골짜기 물도 흐르고, 금강 물도 흐른다. 큰물이 소리 내면서 흐르는가!

정수유심(靜水流深) 심수무성(深水無聲)이다. 고요한 물은 깊이 흐르고, 깊은 물은 소리 내지 않는다. 침묵이 금이란 말과 같이 고요함 속에 참 진리가 있다.

고갯길에서

삼십여 년 전으로 기억된다. 언덕길을 지나다가 무심코 들은 대화다.

가파른 언덕에 잠시 쉬고 있는 연탄배달 리어카를 사이에 두고 남루한 옷에 연탄가루를 뒤집어쓴 부부가 서로 편한 위치를 양보하고 있었다. 그 부부의 순박한 대화가 잊히지 않는다.

"이제 내가 좀 앞에서 끌어볼게, 뒤로 와."

"아녀, 조금만 더 올라가면 평지거든."

부인의 제안을 거부하는 남편, 남편의 땀을 지켜보기가 안쓰러워서 강제로 리어카를 정지시키고 앞에서 끌러보려는 가냘픈 부인의 정겨운 목소리가 지나가던 발길을 잠시 머뭇거리게 했다.

그러한 대화를 듣고 그냥 지나가는 젊은이가 있다면 싸가지도 없는 비열하고 냉정한 인간 아닌가. 옆에 낀 책을 리어카 옆구리에 쑤셔 넣은 채 리어카를 밀기 시작하였다. 구둣발이 살얼음에 미끄러져 때로는 밀어주기는커녕 끌어내리고 기대기를 여러 번 반복하였다. 이마에 땀이 보송보송 날 때쯤 되어서야 겨우 비탈 언덕길을 벗어날 수 있었다.

평평한 곳에 이르러 리어카를 파킹(?)해놓고 구슬땀을 닦아내며 다시 책을 꺼냈다. 다른 어느 때보다도 비장한 결심을 갖게 한 것은 후회하는 연탄 배달 아저씨 인생 이야기 덕택이었다. 그때는 내가 유학 준비에 매우 바쁜 시기였다.

"보자 하니 영어로 된 책인데, 내가 젊은이 같이 젊었을 때 공부할 기회가 많았었는데 그만 시기를 놓쳐 평생 아쉽지. 공부 열심히 해서 성공하쇼."

공부는 때가 있다며, 자신은 어부 생활을 몇 년 하다가 망망대해에서 고기잡이 어선이 조난사고를 당해 고기밥 신세를 간신히 면하고 제2의 인생을 시작했다면서 들려준 금쪽같은 얘기다. 허름하게 생긴 연탄 배달부 같지 않은 이야기를 이어가는데, 오늘같이 훈훈한 날은 없었다면서 냉혹하고 냉정한 살얼음판에 젊은이 같은 사람은 드물다면서 칭찬도 아끼지 않았다.

저녁을 마치고 연탄 아저씨의 평범하게 던진 그 말이 뇌리에 자꾸 떠올라 책을 볼 수가 없었다. 이 순간같이 젊었을 때 우물쭈물하다가 청춘은 다 지나가고, 후회만 해가면서 여생을 보낼 수밖에 없다는 연탄 배달부 아저씨의 뜻밖의 큰 충고는 삶의 방향을 확실히 밝혀주는 횃불의 심지 같은 말이었다.

언덕길, 고갯길, 비탈진 길은 오르기 힘든 험한 길이다. 평소에는 그 길을 피하고 좀 더 시간이 걸리지만 우회도로로 퇴근하곤 했는데 그날은 우연히 고갯길을 택한 것이 인연이 되어 연탄장수를 만난 필연으로 이어진 것이다.

그날 밤도 고집 센 나 스스로를 달래며 새벽까지 공부했다. 연탄 아궁이를 살피러 나온 하숙집 아주머니의 구시렁거리는 소리가 들렸다.

"또, 선생님은 불 켜놓고 주무시네."

"아주머니, 저 안 자요."

이제는 고인이 되신, 미안해하시던 인정 많으신 아주머니가 그립다.

누구든 인생을 살며 이와 흡사한 어려운 시기가 분명 있을 것이다. 내가 참 행복을 느끼는 것은 어려울 때마다 내 손을 잡아주고, 조언해주고, 이끌어주신 분들이 주위에 너무나 많기 때문이다. 그것도 꼭 필요한 시기에 혜성같이 불쑥 나타나 큰 도움을 주고서 연락이 두절된 경우도 있다. 나, 가족, 사회 그리고 국가로 확장되는 복잡하게 얽힌 인과관계에서 잊지 못할 은혜를 받으면서 지금껏 건강한 몸을 지탱하고 유지하고 있는 것은 모두의 은덕이 뭉친 합작품이다.

인생이 사이클이라면 그 주기는 반드시 돌아온다.

고난의 길은 어쩔 수 없는 시간의 흐름이 낳은 소산으로 숙연하게 받아들이고, 참고 견디고 이기면서 가시밭길을 걸어가야 하는 숙명의 길을 걸을 각오를 고갯길에서 해보는 것이다.

유학이라는 높은 산을 넘어본 지금, 고갯길은 작은 언덕에 불과하다. 노래하면서 쉬기도 하고, 한눈팔지 않고 뚜벅뚜벅 걸어갈 때 그 삶은 더욱 테마가 풍성한 삶이 되지 않을까. 아름다움으로 짙게 물들어갈 내 인생의 황혼을 마음속에 그려본다.

댄스스포츠(Dance sports)

인생이란 현재 진행형이다. 멋진 경험을 안겨준 뜨거운 선물을 받는 순간의 기분을 안고, 숨만 쉬는 인생이 아닌 여유의 향주머니를 품고 지내는 윤기 나는 인생을 살고 싶다. 남은 인생이 타다 남은 초가 아니거늘!

남이 나를 평하기를 개성이 강한, 색깔 짙은 남자라 한다. 나는 이 말에 전혀 동의하지 않는다. 그런데 내 주변에 있는 대부분의 사람들이 이구동성으로 그렇게 평하니 할 말이 없다. 교사를 7년간 하다가 사직하고 유학, 요리 강습, 중국어, 댄스스포츠, 미술을 배우는 것만 봐도 참 별난 사람이란 것이다. '별' 이 난 사람은 아름다운 사람 아닌가! 장엄하게 별난 밤하늘을 바라보란 말이다.

운동을 좋아하여 1970년부터 테니스를 즐겨왔는데, 그것이 과격한 운동인지라 몸 이곳저곳이 자꾸 말을 하기 시작하니 대안으로 댄스스포츠를 해볼까 하는 생각이 들었다. 들리는 바에 의하면 댄스스포츠를 하다 보면 운동량이 많아 땀이 난다는 것이다. 한편으로는 대학 평생교육원에서 편리하게 배울 수 있다는 장점도 있고, 댄스스포츠 교실이 테니스장 옆에 있기에 평상시에도 언젠가는 테니스 대신 운동 삼아 댄스스포츠를 배워야겠다고 마음먹고 있었는데, 드디어 그 시간이 온 것이다.

또 다른 이유는 심각하다. 벌써 15년 전 일이 되었으니 세월의 냉정함이란 것이 여인의 떠나는 뒷모습보다 더 싸늘함을 느낀다. 못하는 술을 좀 했으니 이벤트를 찾기 위하여 친구의 등쌀에 밀려 오랜만에 노래방을 갔다. 도우미가 청하는 노래까지는 좋았다. 그런데 도우미가 손을 끄잡아 당기면서 춤을 추자는 것이 아닌가! 그래서 마음속으로 '못할 것이 뭐 있나, 무식해서 그렇지, 발짝만 따라 떼면 되지.' 하면서 여성의 손을 덥석 잡은 것이 가시지 않은 긴 여운을 남길 줄은 몰랐다.

잠깐 춤을 시도하다가 잡은 내 손을 뿌리치면서 '춤도 못 추는 등신' 이라는 비난을 보내는 무언의 그녀 표정이라니. 진실로 무식하여 상대를 못하겠다는 멸시의 눈초리였다. 무식을 접수해야 유식한데 이건 다분히 의도적으로 창피를 주는 것이 아닌가. 못난이 마음속에 뿌리 틀고 있던 독버섯 같은 자존심이 핵폭탄 후 버섯구름 같이 핏대와 함께 피어올랐다. 매일 아침, 밤사이에 돋아난 자존심을 자르고 하루를 열자는 다짐은 아랑곳없이 사라지고 바로 그 자리에 상처가 자리 잡은 것이다. 그 순간 '너, 다시 보자. 내 춤을 배워 본때를 보여주고 말겠다.' 는 마음이 든 것이다.

그리하여 때는 방학이라 친구를 끌어 모아 점심을 마친 후 1시간씩 사교춤을 배우기 시작했다. 그런데 그것도 어느 정도는 끼가 있어 기본감각은 갖추고 있어야 하는데, 굳어진 몸으로 춤을 배우려니 교습시간이 올 때마다 스트레스가 말이 아니었다. 1+1=2는 영원히 기억에 남는다. 그런데 몸, 손, 발동작이 리듬에 맞추어 물 흐르듯 부드럽고 자연스러워야 하는데, 매일 반복학습을 해도 배우고 익히기가 너무나 힘이 드는 것이었다. 그럼에도 한 달을 다녔는데, 최소한 6개월은 배워야 되겠구나 생각하면서 개학을 맞이했던 경험이 있다.

　이러한 사연을 안고서 드디어 댄스스포츠 수업이 다가온 것이다.

　첫 시간이 무척 궁금하였다. 어떤 분들이 이 순간 나와 같이 등록하였을까? 1년에 1, 2기로 등록을 받는데 내가 17기라면 9년차가 되는 것이다. 수강생은 남녀 28명으로, 20대에서부터 중년까지 연령층이 다양했다. 60대도 한 명 있었는데 그 사람이 바로 나였다. 일반 사교댄스와는 달리 댄스스포츠는 많은 운동량과 고도의 수련을 필요로 하는데 과연 내가 젊은 그들과 함께 수업을 따라갈 수 있을까 자문해보았다.

　그러나 이러한 불안한 감정은 처음 겪는 것이 아니지 않은가! 교사를 팽개치고 늦은 나이에 유학 가서 젊은 미국 학생들과 강의실에 앉아 "할 수 있을까?"를 뇌까리던 일이 문득 떠올랐다. 높은 산을 넘어본 사람이 댄스스포츠라는 낮은 언덕을 두려워할 것이 무엇인가! 평소 인간은 무한한 가능성을 지닌 소우주라 칭했던 것을 떠올리며 배움을 시작한 것이다.

　깔끔한 인상의 지도 선생님은 지도력과 통솔력, 유머와 재치가 넘치는 젊은 여성 박사였다. 선생이 싫으면 배우기도 싫은 것인데 일단 마음에 드니 천만다행이다. 남 얘기가 아니다. 학생으로 전락한 나는 잠시 학생들 눈에 비친 내 모습은 과연 저 선생님과 같은 모습일까, 잠시 반성의 시간을 갖기도 했다.

　댄스스포츠는 스포츠 요소가 가미된 사교댄스를 말하는 것이다. 국제경기 규정종목은 모던댄스 5종목 — 왈츠(waltz), 탱고(tango), 퀵스텝(quickstep), 폭스트롯(fox-trot), 빈왈츠(viennese waltz) — 과 라틴아메리카댄스 5종목 — 룸바(rumba), 차차차(cha cha cha), 삼바(samba), 파소도블레(paso doble), 자이브(jive) — 으로 나뉜다. 우리는 초보자 과정으로 라틴아메리카댄스 5종목 중 1학기에 우선 차차차, 룸바, 자이브를 배우고 2학기에는 차차차, 룸바, 자이브를 심화 연습하면서 나머지 삼바와 파소도블레 2과목을 배우기로 했다.

시와 음악이 시간 속에 존재하고, 회화와 조각 그리고 건축은 공간 속에 존재한다면, 댄스는 시간과 공간 속에 동시에 존재하는 예술인데도 댄스, 즉 '춤'은 불건전하다는 고정관념 때문에 춤이 무슨 스포츠냐는 둥 꾸며대지 말라는 둥, 시작부터 말이 많다.

아니, 춤이 스포츠가 아니면 얼마 전 중국 광저우에서 열린 아시아경기에 10개 세부종목으로 나누어 겨룬 댄스스포츠 경기는 팔다리운동인가? 시대가 이렇게 변해가는데 우리의 관념이 묶여 있으니 문제다.

사실 인간은 생각이나 감정의 표현 방법이 여러 가지가 있다. 문학가는 글로, 예술가들은 아름다운 음악이나 그림으로, 또는 신체의 동작으로 나타낸다. 무용 또한 신체의 동작으로 감정을 표현하는 예술 활동인 것이다.

결석 안 하고 열심히 배우기는 하는데, 한 달이 지나서면서 어떤 한계에 도달한 느낌이 들었다. 따라갈 수가 없었다. 배운 것도 모르겠는데 자꾸만 진도를 나가니 미칠 지경인 것이다. 막무가내로 너 알아서 따라할 수 있으면 하고 그렇지 못하면 그만두라는 식이다.

기러기 비행 논리다. 처지면 대열에서 멀어지고 따라서 지쳐 탈락되는 것이다. 수업 계획에 따라 진도를 나가야 하는데 처지면 할 수 없는 일 아닌가! 내가 드디어 그 꼴이 된 셈이다.

1학기에 차차차, 룸바, 자이브를 배우게 되어 있다. 처음에는 차

차차, 바로 룸바, 3~4주 후엔 자이브까지 세 종목의 동작을 동시
에 배우다 보니 헷갈려 자연스럽게 조금씩 뒤진 것이 쌓여서 한 달
사이에 완전히 왕따에 왕폭탄이 되었다.

선생님 지도에 따라 개인연습을 하고 파트너를 정하여 실제 연
습을 할 때 여성의 입장에서는 리드 잘하는 남성을 택하는 것은 당
연하다. 그러다 보니 나로서는 연습 파트너를 만나기란 쉬운 일이
아니었다. 어떤 때는 여성이 날 보고 오기에 '오늘은 재수가 좋구
나.' 하던 순간 '꿈 깨!' 란 식으로 내 앞을 지나쳐 옆으로 가기도
하고, 염치불구하고 연습하자고 말을 건네면 의도적으로 피하거
나, 어쩔 수 없이 마지못해 짝을 이루어 연습하기도 하였다.

댄스스포츠는 손발이 움직여 만드는 율동 조화의 동작 작품인
데, 몸과 음악과 리듬의 불협화가 스트레스로 엄습해왔다. 달 반쯤
지났을까, 차차차와 룸바의 기초를 배우고 자이브를 배울 때 이만
포기해야겠다고 가닥을 잡기 시작할 무렵이었다.

"이렇게까지 스트레스를 받으면서 꼭 배워야 하나, 이제 포기
다." 했더니 나를 잘 아는 선배가 하시는 말씀이 "그 어려운 학문도
포기하지 않고 끝마쳤는데 이까짓 댄스스포츠를 배우다 그만둔다
니 말이 되는가. 나 같은 사람도 하고 있는데." 한다. 위로의 말에
용기를 얻고 계속할 수 있었다. 하기야 자존심이 말이 아닌 것이
다. 이제껏 뭐든지 한다고 해놓고 중도하차한 기억은 없기 때문
이다.

지금은 함께 시작한 28명 중 남성은 오로지 2명이고, 여성은 1명
만이 띄엄띄엄이라도 꾸준하게 나온다. 청양 촌놈 개띠 치고는 하
이에나 같은 기질이 있어, 붙잡고 늘어지는 데는 앞만 보는 고집불
통 외눈박이다. 장점인지 단점인지 알다가도 모르겠다.

댄스스포츠를 지금껏 즐기는 행운을 잡아준 것은 그 선배님의 격려 덕분이다.

그러나 어떤 분은 파트너가 연습을 거절하자 자존심이 상하여 순간의 수치심을 이기지 못하고 박차고 나간 후 소식이 없다. 배우는 데 무슨 자존심인가 말이다. 자세가 틀려먹은 사람이다. 오히려 잘 해보라는 채찍으로 알고 더욱 열심히 하면 처지가 역전될 수 있는 것이다. 그나마 이 정도도 전혀 알지 못하는 수많은 다른 사람들보다는 잘하는 편이다. 좀 뻔뻔스러워 자신 있게 틀리기(?)도 하다 보면 따라가게 되는 것이다. 이런 면에서 나는 좀 얼굴이 두꺼운 편이다.

연말쯤 되었는데 선생님께서 일반 대중을 상대로 작품 발표회를 할 계획이라면서 파트너를 정해주었다. 남녀 일렬로 늘어서 짝을 짓는데, 건너편 여성이 파트너로 자연스럽게 정해지는 것은 우연은 절대 아니고, 인연이라면 그 표현이 빈약하고, 이것은 필연이자 숙명이자 기적이라 하겠다. 하필, 어떻게, 이렇게, 짝지어질 수 있을까를 생각해보면 기막힌 만남이다.

나처럼 이렇게 재수 없는 후배를 짝으로 만난 것은 분명 선배님의 입장에서는 악연이다. 나를 리드해주기 위하여 선후배를 묶어 짝을 맺어준 것이다. 내가 키가 작아 서로 어울리지 않는다는 선배의 의견을 묵살하면서 공연 연습이 시작되었다. 높낮이가 커야 낙차가 커서 아름다운 폭포를 이루듯, 짝도 크고 작아야 평균을 내면 보통이 되는 것이 아닌가!

한창 공연 연습을 하던 중이었다. 동작이 헷갈려 젊은이들을 따라가지 못하는 나를 보고 선생님은 연습을 중지시키고 나를 지목하였다. "한번 다시 해보세요." 갑자기 동료들의 시선이 나에게 집

중된 것이다. 그냥도 안 되는데 공포 분위기를 만들어놓고 하라니 동작이 제대로 될 리가 있겠는가!

"또 틀린 거 아시죠? 서른 번은 넘게 연습했어요!"

"어떻게 하시는 줄 아셔요?" 하시면서 흉내를 내신다.

어쩌면 그렇게 잘 흉내를 내는지 선생은 흉내도 잘 낼 줄 알아야 되는구나 내심 걱정되었다.

하기야 나 같은 머리로 어떻게 학생을 지도한단 말인가. 한심한 노릇이다. 그래서 학과 원로교수님이 붙여준 별명이 '새대가리'다. 그 머리 가지고 어떻게 공부했는지 의심스럽다는 것이다. 내가 곰곰이 생각해봐도 딱 어울린다. 연습을 아무리 완벽하게 해도 실제공연에서 실수를 하면 소용이 없다. 다행하게도 나는 실전에 강하다. 테니스도 시합에 나가면 연습 때보다 더 잘 친다. 전국 교수 테니스 대회에서도 0대 4로 뒤지다가, 또 3대 5 트리플 매치 포인트로 뒤지다가, 타이브레이크 4대 6을 극복하고 결국 역전 우승한 경험이 있다. 촌놈 치곤 돌출내기다.

드디어 공연 날. 450석 작품발표회장은 빈 좌석이 거의 없었고, 공연은 실수 없이 성황리에 끝났다. 특별공연으로 선생님도 직접 출연하여 깔끔한 연기를 보여주셨다. 나는 사실 그 순간 선생님이 틀리시면 망신스러워서 어쩌나 마음이 조마조마했었다. 칭기즈칸이 전쟁터에서 앞장서 진두지휘하듯 스스로 노력하는 모습이 그렇게 아름답게 보일 수가 없었다. 그 순간 나도 스스로 학생들에게 솔선수범으로 열심히 노력하는 모습을 보여줘야겠다고 다짐했다. 부모는 여행 가면서 자식들에게는 공부하라면 말이 되는가!

"교수님이 제일 많이 틀렸어요!"

공연 후 칭찬의 말을 듣고 싶던 차에, 선생님이 다가와 하시는 말씀이다.

"그것은 틀린 것이 아니라 나의 신 작품 발표회였는데……."

기죽을 줄도 모르는 뻔뻔스런 학생이다.

첫 공연을 마친 후 선배들과 2차로 7080 같은 가희 가능한 곳을 가는 것이 관례라서 추억의 여흥을 즐겼다. 순간 불현듯 옛날 생각이 떠오르는 것이었다. 노래방에서 도우미한테 창피 당한 사건 말이다. 그런데 댄스스포츠를 배운 후 처음으로 차차차도, 자이브도, 룸바도 아닌 막춤을 추는데, 신나는 꺾기 춤 동작이 저절로 나오는 것이 아닌가! 너무나 신통하고 신기하였다.

두 번째 발표회는 첫 번째보다 훨씬 여유가 있었다. 후배 파트너가 오히려 잘 리드해주니 스스로 즐거움을 만끽할 수가 있었다. 발표회 준비과정에서 많이 배우고 실력이 늘었다.

이렇게 재밌게 잘 가르쳐주시던 선생님께서 갑자기 미국 유학을 가셨다. 자기투자를 위하여 온갖 것 다 뿌리치고 미지의 세계로 떠난 것이다. 얼마나 멋있나! 유학이 별건가. 누구나 다 하면 된다. 유학 소감이 궁금하다.

새로 오신 젊은 선생님은 댄스스포츠를 대학에서부터 시작하여 영국에 가서 유학하신 분인데, 그 짧은 기간에 남녀 동작을 딱딱 끊어 자세하게 가르쳐주셨다. 선생님 또한 우리 흉내를 어떻게 그렇게 잘 내시는지 그 모습이 참으로 똑같아 폭소로 스트레스를 달래기도 한다.

되풀이하기도 한두 번이 아니다. 이쯤 되면 알아들어야 하는데 까먹기 일쑤다. 짜증을 내실 만도 한데 친절하게 반복연습을 지도한다는 것은 대단한 인내력 없이는 불가능하다는 생각이 들었다.

나 같은 피라미 성깔의 소유자는 이런 수업은 못한다.

　세 번째 공연은 유림공원 야외무대에서 대전시 생활체육 댄스스포츠 경연대회에 참가하여 18개 출전 팀 중 3등을 했다. 아쉬워하는 동료 출연자에게 2등보다 낫다고 위로하였더니 처음 듣는 말이라 한다. "2등은 1등하고 싸우다 져서 2등을 한 것이고, 제일 아쉬운 등수는 입상도 못한 4등이다."라고 설명했더니, 궤변인데 듣기 싫지는 않다고, 말도 잘 만들어낸다고 하기에 "박사잖아." 대꾸하면서 한바탕 웃었다.

　이번 대회 준비과정은 너무나 힘들었다. 새로 편집한 음악에 맞추어 춤을 추어야 했고, 장소도 실내가 아닌 야외무대로 바뀌어 좌우에 계룡산, 유성구청, 홈플러스, 이마트가 보이니까 방향감각이 헷갈려 대형 맞추는 데 힘이 더 들었다. 4분 10초의 공연을 위해 늦게까지 리허설(Rehearsal)했기에 입상하였다고 생각된다. 김연아가 출전에 대비하여 미리 리허설을 하는 이유를 이해할 수 있었다.

　네 번째 대회는 50세 이상만 출전하는 대회라 나이 때문에 나는 자격이 안 되지만(?) 남성 인원이 부족해 귀하신 몸으로 참가하게 되었다. 나이 육십이냐 십육이냐는 마음먹기에 달렸다.

　연습하는 동안 처음으로 선생님에게 칭찬을 받았다. 나를 지목하여 "그 동작만은 한 교수가 제일 잘한다." 꼬리표가 붙은 칭찬이다. 그러나 나에게 이것은 사건이다. 우리는 2등을 하였다. 나는 결과에 만족한다. 이제 생각하면 대회를 위하여 준비하고 연습하는 과정이 더 재미있었다는 느낌이 든다. 이제 그만큼 원숙해졌다는 뜻일까. 즐길 줄 안다고나 할까.

　운동이 된다. 또한 등수를 초월하게 되었다. 1등에 큰 의미가 없다. 최선을 다했다면 꼴찌도 아름다운 것 아닐까.

난 진실로 연습과정에서 젊은 대원들의 최선을 다하는 진실한 표정이 너무나 아름다웠다. 난 그 순간순간을 추억으로 한 아름 듬뿍 담아 지니고 지금도 연습한다.

여성이 자이브를 할 때는 때로는 귀엽게, 섹시하게, 그리고 건방지게 보여야 경쾌한 자이브 음악에 잘 어울린다는 선생님의 그 표현이 예술과 철학, 그리고 문학을 넘나드는 기분이라 참 멋들어진다.

이 모든 것은 자기투자와 노력의 결과다. 누가 날 봐도 댄스스포츠는 어울리지 않는다는 것이다. 그 어려운 것은 너는 못할 텐데 하니 말이다. 룸바는 애절한 사랑의 표현이다. 느려서 가장 쉽더니 지금은 가장 어렵다. 때로는 몸이 몹시 불편한 사람같이 걸어야 춤의 모양이 아름다울 때가 있다. 성난 게 모양 같이 팔을 치켜들고 몸을 취한 척 비틀거리면서 그러나 꼿꼿한 자세로 각도 있게 움직이는 모습이 웃기지만 재밌다. 이렇게 역동적인 운동이 댄스스포츠이다. 그 어떤 경지에 도달하지 않고는 할 수 없는 말들이다. 화학(化學, Study for Change, 변화를 공부하는 학문)이라는 학문도 따지고 보면 변화무쌍한 예술이고, 댄스스포츠 또한 예술이라는 생각을 떨칠 수 없다. 궤변이라 단정할 수도 있지만 손발이 움직여 만드는 율동이 조화된 동작 작품이란 말이다.

오늘 따라 댄스스포츠 시간이 기다려진다. 내가 어느덧 이 지경까지 도달하였으니 그만두기는 이미 틀렸다. 그런데 '롤링 오브 디 암(rolling of the arm)' 동작이 생각 안 나니 고급반 가기란 한낱 희망사항이고 중급반에서 영원히 유급생으로 남을 준비나 해야겠다.

이렇게 한심한 사람에게 배우는 학생들이 불쌍하다고 걱정이 태산인 표정들이다. 친구가 "또 유급이냐? 댄스스포츠 제대로 가르치네. 선생님이 대체 누구야?” 고소해하면 변명할 여지는 없다. 다만 늦게나마 자기 주제를 파악하고 있으니 그나마 천만다행이다.

그런데 인생은 어차피 도전이라면서 고급반에 등록해보라는 임 선배님의 권유가 솔깃하다.

몰라서 의자에 우두커니 앉아 있는 나의 손을 끄잡고 “그러면 점점 더 처진다.”고 끌어내어 가르쳐주신 조 선배님, 짝지어 공연하던 최 선배님, 이 후배님, 한 총무님, 박 후배님에게 감사드린다. 연습 과정에서 그렇게 힘들어 하면서도 짜증 한 번 없이 소녀 같이 해맑은 미소를 잃지 않으신 파트너들에게 꾸뻑 인사 드린다. 훌륭하고 겸손하신 분들이다. 스포츠는 겸손이다.

바둑 감회 — 백을 쥐고 2점 놓고

바둑! 재밌는 게임이다. 처음 만난 사람이라도 바둑을 두다 보면 금방 친숙해지고 대화가 잘 통하기도 한다. 바둑을 두면 상대방의 성격을 금방 알 수가 있다. 통이 큰 사람, 속이 좁은 사람, 소심한 사람, 스케일이 있는 사람, 깐죽거리는 사람, 매너 좋은 사람, 요행을 바라는 사람…… 별별 사람들이 다 있다.

나는 바둑을 누구한테 배운 것은 아니다. 처음엔 아버지 취미가 바둑이어서 동네 어른들과 겨울에는 호롱불을 켜놓고 사랑방에서 자주 바둑 두시는 것을 구경하였다. 오목을 알려주시어 형님하고 오목을 두기 시작하여 잡아먹는 게임을 하다가 바둑을 배우게 된 것이다.

처음에는 어떻게 계산하는 줄도 몰라 잡은 돌이 많으면 이기는 줄로만 알았다. 그러다가 차츰 바둑을 두게 된 것은 아마 초등학교 3학년 때쯤이었던 것으로 기억한다. 약 5급 실력이라고 할까.

형님이 중학교에 다니기 위해 공주 하숙집으로 떠난 후부터는 중학교 갈 때까지 바둑을 두지 못했다. 중학교 2학년 때 하숙집에 바둑이 있어 하숙생과 시간 나면 바둑을 두었는데 일기장을 검사하시던 담임선생님께서 한번은 점심시간에 숙직실로 오라는 것이었다.

내가 무슨 잘못이라도 하였나, 걱정스럽게 숙직실에 갔는데 뜻밖에 바둑을 두자는 것이었다. 무릎을 꿇고 바둑을 두는데 속기바둑이었다. 시간도 없는데 빨리 두라고 재촉하시는 것이었다. 점심시간에 잠깐 짬을 내어 두는 속기바둑인 셈이다. 몇 수를 두시는데 나보다는 한 수 아래였다. 그런데도 빨리 두시니까 질 수밖에 도리가 없다.

선생님은 물리거나 둔 돌을 다시 집어내거나 그런 실례(?)는 하지 않으셨다. 싸움 바둑을 두셨는데 대마가 잡히니까 깨끗하게 돌을 던지고 주말에 집으로 오라고 하셨다. 담임선생님 댁은 하숙집과 5분 거리에 있기에 자주 가서 점심도 얻어먹고, 바둑도 두고, 담임선생님한테 온갖 귀여움을 받으면서 즐거운 시간을 보낸 추억이 있다.

고등학교, 대학교 시절에 바둑을 배울 절호의 기회가 있었으나 더 이상 늘지 않고 자칭 2급으로 복기 정도 할 실력이 전부였다.

인천여자상업고등학교에 근무할 때의 일이다. 숙직실에 바둑판이 두세 개 있었다. 알고 보니 교장선생님이 바둑을 좋아하셔서 바둑 두시는 선생님이 숙직할 때에는 오셔서 바둑을 즐기신다는 것이었다. 자칭 고수 선생님 몇 분이 숙직실에서 바둑을 두는 것을 보니 실력이 나보다 한 수 아래인데, 교장선생님하고 맞둔다는 것이었다. 간접적으로 계산해보니 교장선생님이 2점 정도 깔고 두어야 될 것 같았다. 나도 구경하다 제일 잘 두는 선생님과 바둑을 몇 판 두어 내리 이기니 강수가 나타났다고 야단들이었다.

내가 바둑을 잘 둔다는 소문이 교장선생님까지 전해졌다. 늦은 봄에 연수를 가는데 바둑판을 챙겨 가라는 교장선생님의 전갈이 있었다. 바둑판을 총동원해 가지고 갔다. 점심을 먹고 쉬고 있는데 교장선생님이 부르셨다. 이유는 뻔했다. 맥주를 거나하게 드신 교장선생님은 얼굴이 불콰한데다 담배를 피우시고 계셨다.

"내 한 수 아래인 것 같은데, 한번 맞두어 보세."

그러고서는 백을 잡고 먼저 두시지 않는가!

나는 혹시 교장선생님이 흑을 백으로 착각하고 놓으신 줄 알았다. 어른과 바둑을 두어본 경험은 거의 없으나 아무리 그렇다고 해도 바둑에는 도가 있는데, 백을 잡고 먼저 두는 것은 말도 안 되는 교장의 횡포다. 나 또한 그런 것은 그냥 안 넘어가는 성질이 있다.

"제가 흑이라서 먼저 두어야 합니다."

교장선생님이 취중에 실수하신 거라 간주하고 말씀드렸더니 "구경꾼도 있는데 교장 체면도 있잖아. 이런 상황에 흑 잡을 순 없잖아." 하신다.

쪽 둘러앉은 선배 선생님들이 보는 앞에서 교장선생님 체면을 봐서는 져드려야 하지만 그 말을 듣는 순간 오기가 발동하기 시작하였다. 대마를 모는데 툭하면 물리자고 한다. 한 수를 두니 대마 둘 중에 하나는 죽게 되었다. 두 번을 물려도 죽게 되었다. 두다가 거두기를 세 번, 대개 이쯤 되면 백을 내놓는 것이 예의다. 그런데 교장선생님은 백을 잡고 두 점을 깔고 두자는 것이 아닌가! 바둑을 그렇게 많이 두어보지는 못했지만 이런 경우는 처음이다. 이제 생각하면 참 재미있는 교장선생님이셨다. 그러기에 지금도 그때의 추억을 생각하면 절로 웃음이 피식 난다.

바둑 매너는 영점이었으나 틀이 크신 대교장이셨다. 그때 나는 현직에 있으면서 대학원을 다녔는데, 낮에 강의를 들어야 하니 교장의 허락이 필요하였다. 전근을 가자마자 시간을 내달라고 하니 교감이 곤란하다고 했다. 그럼 사표를 내겠다고 하고 학교에 안 나

가버렸다. 일주일 후 사표를 써가지고 학교에 가니 교장선생님이 불렀다.

"젊은 선생이 공부를 하겠다는데 등록금은 내주지 못할망정 시간을 못 내주겠나. 그런데 그 먼 공주까지 어떻게 다니려고 하나. 3일이나 학교를 비울 수는 없잖나."

"아닙니다. 서울 성균관대학원 다녀요. 일주일에 두 번, 오전이나 오후에 가면 됩니다."

교장선생님은 교감을 당장 부르시더니 시간표 조절하여 시간을 내주라는 지시를 내렸다. 내가 공주사범대학 출신이라서 공주로 다니는 줄로 알고 계셨다. 교감의 농간인지, 안 된다고 하면 포기할 줄 알았는지 지금도 궁금하다. 사실은 그 교장선생님 덕분에 오늘의 내가 있는 것이다.

취미 치고 바둑은 흥미 있는 게임이다. 이기거나 진다. 비기는 경우는 없다.

나는 1983년 충남대학교 화학과로 부임한 이후 한때 자연대 교수바둑동아리 모임인 기우회 회원 자격으로 바둑대회에 참가하여 우승하면 규정에 의하여 무조건 일 단씩 승단하는데, 1단까지 승단하고 해외 장기출장으로 기우회를 탈퇴한 후 지금껏 가입하지 않고 있다.

기우회 말고도 학과 교수님과 가끔 바둑을 즐기곤 하였는데 학과에 원로교수님이 고수여서 2점 깔고 두었다. 아버지께 원로 교수님과 바둑도 둔다고 말씀을 드렸더니 깜짝 놀라셨다. 아버지는 교장선생님으로 계실 때 교감이나 선생하고는 절대 바둑을 두시지 않으셨다. 한번은 시골집에 가서 아버지께 심심한데 바둑을 두자고 말씀드렸다가 "건방지게 무슨 소리냐" 하는 꾸중을 듣기도 하였다.

지금은 인터넷 바둑 또한 유행이다. 바둑 프로그램도 다양하여 재미를 더한다. 지금은 3단까지 올라가 50% 승률을 유지하고 있다. 인터넷 바둑은 상대와 대화도 할 수 있어 더욱 흥미 있다. 그러나 매너가 좋지 않은 상대를 만나면 골탕 먹는 수가 있다. 지고도 던지지 않고 계속 두는 것이다. 이럴 경우 내가 참지 못하고 포기하면 내가 지는 걸로 기록된다. 상대는 이것을 노리는 것이다.

한번은 내가 집이 모자라지만 상대의 실수를 유발하는 수를 두어 상대의 집에서 수를 냈다. 사실은 상대가 좀 화가 난 상태였을 것이다. 왜냐하면 내가 집이 부족하니까 신사답게 얼른 돌을 던져야 하는데 자꾸 두니까 짜증이 날 수밖에 없는 것이다. 그러나 그렇다고 소홀히 하다가 오히려 지게 되는 경우가 있다. 다 이겨놓은 바둑에서 어이없게도 지게 되어 던지는 신세가 된 것이다. 상대는 화가 났는지 단수만 찾아다니면서 두기 시작하더니 창에 문자가 뜨기 시작하였다.

"수도 안 되는데 내 집에 들어와서……."

내가 답하기를 "그것도 실력."

"그것도 수인가."

내가 "꽁 수도 수." 하니까 계속 단수만 찾아서 두다가 단수 칠 곳도 없으니까 이제는 자기 집을 스스로 메우기 시작하는 것이 아닌가!

안 두면 시간패 하니까 따라 두어야 한다. 30초 내에 두어야 한다. 안 두면 규정패 한다. 계속 따라 두는데 메시지가 뜬다.

"밤 새자, 심심한데."

밤을 새자니, 다 끝난 바둑을 가지고. 그때가 밤 11시 40분쯤 되었는데 끝내고 자야 하는데 밤을 새자고 하니 기가 막혔다. 화가 단단히 난 모양이다. 운영자의 도움으로 1승을 챙긴 후로는 인터넷 바둑은 잘 안 두는 편이다.

최근에는 바둑 TV에서 유명한 대국을 관전하는 것으로 만족한다.

바둑은 인생의 축소판이다. 처절한 싸움이 돌 하나하나에 달려 있다. 하나의 연속이 한 판이 된다. 때로는 한 수를 잘못하여 패하는 경우가 허다하다. 마지막 순간까지 최선을 다해야 하며, 긴장을 늦추어서는 역전당하고 만다. 바둑은 동적인 사람의 마음을 가라앉게 한다. 산만한 어린아이에게 집중력을 길러주는 데 바둑을 권장하고 싶다.

그러나 바둑을 오래 두면 이것은 휴식이 아니라 중노동을 한 듯 온몸이 쑤시고 아프다.

중국 항주 천원호텔 정문 앞 둥근 돌에 '위기십결(圍棋十訣)'이라는 글이 새겨져 있다. 바둑을 두는 데 꼭 명심해야 할 열 가지 비결이 인생의 교훈이 된다는 것이다. 즉, 적을 공격하기에 앞서 먼저 자기를 잘 살펴야 한다는 공피고아(攻彼顧我), 사소한 이해득실보다는 큰 것을 취하라는 사소취대(捨小取大), 경솔하게 하지 말고 신중히 하라는 신물경속(愼勿輕速), 적이 강한 곳에서는 자신을 보호하라는 피강자보(彼强者保), 지나치게 급하게 이기려고 하면 손해 본다는 부득탐승(付得貪勝) 등이 인생살이에도 그대로 적용된다.

그러나 인생은 바둑과 다르다. 가령 바둑은 친구와 두면 친구를 이겨야 한다. 봐줄 수가 없다. 여유와 아량과 상대방의 이해나 배려 등이 일체 없다. 친구의 실수 한 수가 나에게 승리의 쾌감을 느끼게 하는 것이 바로 바둑이다. 누가 바둑을 인생에 비유하는 말을 들으면 내가 꼭 제기하는 반론이다. 극성스런 바둑애호가까지도 "바둑 두듯 인생을 살면 그 인생은 낭패한다."고 말한다. 말이 된다.

바둑을 인생에 비유하지 말라며 나서는 사람은 바둑을 낮춰 보거나 무가치한 것으로 생각해서가 아닐 것이다. 앞서 언급했듯이 참아야 하고, 서두르지 말아야 하고, 넓게 봐야 하고, 큰 것을 볼 줄 알아야 하고, 작은 것을 과감히 버릴 줄 알아야 하고, 패배를 겸허하게 인정할 줄 알아야 하고, 겸손의 미덕을 배우기도 한다. 역설적이지만 그러나 엄연히 바둑과 인생은 그 본성이 확연하게 다르다. 상대의 작전을 방해하고, 상대의 집 모양을 일그러뜨리며, 상대에게 어떤 경계를 두고, 어떻게 해서든 나는 취하고 상대 것도 내 집으로 삼으려고 안간힘을 다하면서 괴롭힌다.

상대를 곯려주고 곤경에 빠뜨리면 곧 내게 이익이 된다. 실수를 유발하는 수를 두어 어쩌다 상대가 실수라도 하면 내 입가엔 미소가 번진다. 내가 봐도 멋들어진 수를 상대가 구사하면 묘수에 대한 칭찬은커녕 그저 입맛이 쓰다. 그러하기에 바둑 두듯 인생을 살다가는 인생을 버리게 된다는 것이다. 상대가 놓고 싶은 곳에 한발 앞서 내가 두어야 유리하다. 왜냐하면 상대 급소가 내 급소이기 때문이다. 그래서 상대방에게 가장 필요한 점에 내 돌을 놓곤 한다. 이런 게임이 바둑인 것이다.

우리 인생은 친구와 어울려 서로 돕고 애환을 나누며 때론 의지도 하고 이상의 집을 공유하면서 공생하는 관계이다. 바둑이라는 게임은 이것과는 거리가 있다.

그러나 우리 인생은 그렇지 않다. 바둑처럼 상대방을 괴롭혀 이

익을 취하려는 자세로 인생을 살면 그야말로 소탐대실(小貪大失)이
다. 사실 친구에게 바둑을 이기면 미안한 마음이 든다. 그것도 다
진 바둑을 실수로 이기게 되면 친구의 찡그린 얼굴에는 평소 안 보
이던 주름도 보인다. 반면 아무리 넓은 마음으로 즐기며 바둑을 둔
다 해도 번번이 지고 나면 은근히 화가 난다. 그런데다 실력 운운
하면서 한두 마디로 성질을 건드리면 신경이 칼날같이 곤두서면서
오기가 발동한다. 이겨서 기쁠 때는 져서 언짢아하는 상대의 마음
을 헤아리는 배려가 필요하다. 자칫 잘못하면 바둑 두다가 친한 친
구를 잃기도 한다.

　바둑은 여유가 없고 팍팍하고 각박하다. 윤기 짙은 인간다움과
는 거리가 멀다. 바둑은 두고 또 두고 할 수 있다. 바둑은 복기 또
한 가능하다. 때로는 장난기 섞인, 그야말로 초 바둑도 가능하다.
반면 인생은 연습이 없다. 그러니 인생 한구석에 둥지를 틀고 있는
한 가지 취미로서의 바둑은 철저히 일회성이다. 특히 진 바둑을 교
훈 삼아 자기를 이기는 저력을 길러 성공의 발판을 마련한다면 바
둑은 큰 의미가 있다. 바둑을 잘 두면 인생도 잘나간다.

　중국 남송의 육상산(陸象山)은 하도낙서주역이치(河圖洛書周易理致)
가 바둑 속에 있다고 갈파했으나 바둑 한 판은 천연만화의 과정을
겪는다. 인생도 역시 한평생 동안 수많은 호기와 위기가 있다. 그
인생의 기회 가운데 바둑 한 판에 행과 불행을 가져오는 경우도 있
다. 바둑 한 판 두는 사이 인연이 깊어져 재상의 대우를 받은 도림
이 있는가 하면, 바둑 한 판에 몰입하다가 거란군에게 패하여 포로
까지 되었다가 결국 죽음을 당한 강조의 일생을 들먹이지 않더라
도, 바둑 한 판에 인생의 행과 불행이 결정되는 경우를 많이 보게
된다.

고수들은 바둑을 두다 어떤 계산서가 나왔는지 갑자기 돌을 던진다. 그게 고수의 도리인지는 모른다. 이래 가지고는 두어봤자 시간 낭비라고 판단한 것 같으나, 심지어는 몇 수 안 두고서 포기한다. 그러나 인생은 그렇지 않다. 절대 도중에 돌을 던지면 안 된다. 나름대로 최선을 다하는 모습도 인생에 있어 더할 나위 없이 중요한 것이기 때문이다.

이런 말, 저런 말, 엉킨 말을 많이 늘어놓았지만 바둑에서 배울 것도 많다는 것이 나의 결론이다. 앞으로는 다 이긴 바둑을 지는 일은 다시는 없어야겠다.

테니스 감회

'테미교(테美教)' 라는 신조어는 나를 아는 주변 사람들은 그 깊은 뜻을 잘 알고 있다.

'테니스를 아름답게 치는 교수들의 동아리.' 멋들어진 말이다.

테니스를 너무나 열심히 미친 듯이 치다 보면 '테니스에 미친 교수' 라는 해석도 그런대로 수긍이 간다. 바쁜데도 불구하고 시공간을 같이 하면서 허공을 가르며 종횡무진하는 친우들의 모습을 보노라면 가히 장관이다.

테니스는 단순한 구기종목이 아닌 종합예술과 철학이 내재된 귀족들의 스포츠다. 고상하면서도 인격을 도야하고 다스리는 자기수양의 구기종목이기도 하다. 나는 1969년부터 테니스를 치면서 삶의 유연성을 얻었고, 이상(理想)의 교차가 화해로 맺어짐을 알았으며, 승패를 넘나들면서 뼈저린 반성과 피나는 각오로 스스로를 키워왔다. 또한 곡선의 테두리 안에 직각의 씨줄 날줄을 틀로 잡아주고 있는 조화로운 라켓은 우리에게 무언의 큰 교훈을 시사해준다. 이러한 환상적인 라켓을 잡고 테니스 경기를 할 때 나는 마치 종합예술연주의 지휘봉을 잡은 듯한 느낌마저 든다.

'상대방의 실수가 나의 기쁨' 보다는 '나의 Good shot' 에 더 무게를 두고 싶다. 'Good try' 보다는 'Nice play' 라고 칭찬을 더하고 싶다. 승리의 기쁨보다는 상대방의 패배의 아픔을 순간이나마 함께하는 마음의 여유를 갖고 싶고, 나보다 기량이 나은 상대방에게는 최선을 다하고 승패에 연연하고 싶지 않다. 생각하는 테니스를 치면서 언제나 어제보다 발전하는 진행형의 선수가 되기를 고대한다. 그리하여 mind training을 게을리 말아야겠다. 아웃이나 그물(net)에 걸리는 공, 공이 뜻대로 안 되는 원인을 알고, 분석을 통하여 스스로의 장단점을 파악하여 개선하고 싶다.

테니스 경기에서는 축구 같이 비기는 경우가 없다. 승리와 패배를 음미하는 것은 승률을 높이는 데 중요한 과정이다. 게으른 동작으로 의미 없이 치는 테니스는 마치 주제가 없는 글과 같다. Good shot의 이유를 간직하고, 아웃의 원인을 파악하는 테마 있는 테니스를 권장한다. 기술, 체력, 정신력을 균형 있게 유지함이 중요하며, 화려한 기술만이 전부가 아니라 근력과 지구력이 필요하다. 어떤 상황에서도 흔들리지 않기 위해선 평소 mind control 연습이 필요하다.

내 행복 때문에 다른 사람이 불행해질 때가 있다. 내가 승리했기 때문에 땅을 치며 통곡하는 이가 있음을 알아야 한다. 내가 감격과 환호와 박수와 꽃다발에 묻혀 펄쩍펄쩍 뛰는 순간, 수치와 굴욕과 절망으로 뼈마디가 부서져나가는 듯한 아픔을 겪으며 울부짖는 패자가 있음을 알아야 한다. 내가 최고의 자리에 올라 축포처럼 쏟아지는 햇빛 아래서 월계관을 쓰고 서 있는 시간에, 다시는 일어설 수 없는 패배의 그늘에 던져진 채 인생이 끝나버리는 사람도 있다. 내가 모차르트처럼 일찍이 최고의 찬사와 화려한 조명을 받을 때, 나로 인해 살이 에이는 독을 품고 원한이 쌓여가는 사람이 있을 수 있다는 말이다.

내가 의도한 바는 아니었으나 나로 인해 비롯된 시기와 원망이

독화살이 되어 나를 향해 날아오는 날도 있다. 내게 황금의 훈장을 안겨주었던 교향곡들이 진혼곡이 되어 스스로를 쓰러뜨리는 날도 있다. 내 기쁨으로 인해 눈물 흘리며 통곡하는 사람이 있다면, 내 기쁨의 일부는 패자를 위로하기 위해 돌려져야 한다. 내 안락함이 고통 받는 사람의 땀으로 인해 주어진 것이라면 나는 안락함을 버려야 한다. 내가 얻은 영광이 다른 사람의 고통 위에 세워진 동상과 같은 것이라면 허물어버릴 줄도 알아야 한다.

나의 행복으로 인해 다른 사람이 불행하게 되었다면, 언젠가 나는 또 다른 사람에게 행복을 빼앗기고 그 옛날 불행했던 사람의 자리에 쓰러져 울부짖는 날이 올 것이다. 내 승리가 다른 사람의 원한이 사무친 것이었다면, 나 역시 쓰러져 패배한 채 가슴에 한을 품고 살아가는 날이 오게 될 것이다. 내가 차지한 자리가 남의 인생을 짓밟고 얻은 것이라면, 나도 언젠가는 가진 것을 모두 잃고 처참한 모습으로 자리에서 쫓기듯 물러나는 때가 오는 것이 우리네 인생사다.

승리를 함께 나누어 가질 수 있는 사람이어야 한다. 함께 웃을 수 있는 사람, 영광의 관을 패자의 머리에 씌워줄 줄 아는 사람, 불행을 함께 나눌 수 있는 사람이 되어야 한다. 자기 혼자 성공하는 사람은 내 행복의 그늘에 가린 남의 불행을 잘 모른다. 그러나 아파보았던 사람은 남의 아픔도 알며, 처절하게 절망스러웠던 사람은 남의 절망을 안다. 함께 행복해지기 위해 남의 처지를 헤아릴 줄 아는 사람이 진정으로 승리한 사람이다.

전국 교수 테니스대회에서 역전 우승한 순간이 지금도 생생하다. 상록수는 겨울에야 알아볼 수 있듯이 진정한 테니스 애호가는 기후를 마다하지 않고 정기적으로 코트에 나온다. 나에게 테니스는 멈춤이 없다. 의사는 무릎이 좋지 않으니 집어치우라 한다. 하지만 사십 년간 해오던 운동을 그만둔다는 것이 어디 쉬운가.

일화도 많다. 이런 일도 있었다. 언젠가 주말에 동료 교수와 테니스를 치는데 전화와 왔다. 친구 왈 "알았어." 부인한테 온 전화다. 한참을 치는데 또 핸드폰이 울린다. "응, 가는 중." 테니스를 계속 치는데 가는 중이라 말이 되나. 얼마 후 또 전화다. 친구의 말이 걸작이다. "다 도착했다." 쇼핑 나왔다 잠깐 물건 사는 동안 한 판 치러 온 것이다. 나는 친구가 부러웠다. 아직도 친구는 집에서 쫓겨나지 않고 가장 행세를 하면서 출근하고 있으니 사모님이 존경스럽다.

2010년 전국 교수 테니스대회에 출전하여 1회전에서 탈락했지만 단체전을 응원하여 역전 2년 연속 우승하는 즐거움을 어찌 말로 다 표현할 수 있겠는가. 테니스를 통해 코트에서 맺은 인간적 신뢰감과 우정을 아름답게 승화시키고, 지친 심신을 달래 첨단 학문 창출의 에너지를 비축하는 역동적인 시간이 되기를 간절히 염원한다.

글·바·람·난·화·학·교·수·2

4

나는 매를 든 교사였다

갯바람에 윤기 흐르는 검은 단발머리를 휘날리며 달아나는 뒷모습들이 짓궂으나 한편 너무나 아름다웠다. 장차 무엇이 될지 모를지언정 학창시절 바로 이런 사건들이 그들에겐 아름다운 추억거리가 될 것이다.

말도 많은 동창회

동창이란 주제를 가지고 끼적거리려고 하는데 문득 '동창이라는 단어의 뜻은 무엇인가?' 자문하면서 나대로의 풀이를 해보았다. 그리고 사전을 보고 스스로 채점도 해보았다.

나는 "같은 시기에 학교에서 만나 공부하던 관계"라고 정의를 내렸으나 동아 새국어사전에는 "같은 학교나 같은 스승 밑에서 공부한 관계. 동창생의 준말. 동문, 동학, 동창생, 동기생 등이 있다."라고 나와 있다.

나의 점수는 얼마일까? '같은 학교'는 맞추었는데 '같은 스승'이 빠졌으니 후하게 50점이라고 할까. 나의 정의대로라면 그저 그때 그 시절 교정에서 오간 사람은 다 동창이다. 그러니까 '동문'에 더 가까운 답이다.

동창하면 나는 할 말이 많다. 왜냐하면 초등학교에서부터 대학원까지 동창회가 있고, 대학원 동창회만 해도 셋이다. 어림잡아 세어보니 열 개는 되는 것 같다. 그중에서도 가장 애착이 가는 동창회는 뭐니 뭐니 해도 초등학교 동창 모임이다.

청양 화성 화암초등학교는 46명이 한 반으로 입학하여 졸업할 때까지 6년 동안 같은 반으로 보냈다. 큰 학교일 경우 매년 반이 바뀌고 친구들이 바뀌지만, 우리는 친구와 또 같은 반이 되기를 기다리거나 친구가 바뀔 걱정이 없었다. 이쯤 되니 진정한 동창 아니겠는가? 그러니까 당연히 관심과 애착이 많이 갈 수밖에 없다.

처음에는 동창회에 가면서 여러 가지를 염려하였다. 이 동창회가 얼마 안 가 깨질 것이라는 예감이 들었다. 대부분의 동창회에 나가 보면 모임의 성격이 생산적이기보다는 시간 낭비적이다. 핵심 없는 대화가 대부분이고, 그렇다고 주제가 있는 모임도 아니다. 그저 조금 궁금했던 사람들 한번 만나보는 것, 그러니까 첫 만남의 순간이 중요하고 그 후로는 잘못하면 본전도 못 건지고 올 수도 있다. 자리가 산만해지면 대화도 거칠어지게 마련이다. 그래서 첫 모임 내내 고심하였다.

모든 동창회가 그런 것은 아니지만 대부분은 보이지 않는 인생의 성공 비교 채점장이 되기도 한다.

첫 모임은 몇 십 년이 지난 지금 코 흘리던 그 친구들이 어디서 무엇을 하고 있는지 궁금하여 나가게 되는데, 이것은 고향을 그리워하는 향수와 같은 맥락이다.

우리는 동창회에 왜 가는가. 동창의 공통분모는 사회적 직위나 성공 여부를 떠나 그 시절 같은 학교 같은 선생님을 모시고 공부하던 사람끼리의 만남 그 자체이다. 살면서 옛 시절이 그리워질 때, 정답고 순수했던, 어린 잔뼈가 함께 굵어가던 친구들과 어울려 쉬어가면서 각각 다른 분야에서 열심히 뛰어보자는 의미가 있지 않겠는가 말이다.

사업이 어떠니, 돈을 얼마만큼 벌었느니, 누구는 아파트가 몇 평이고, 얼굴이, 옷이, 땅이, 건물이, 차가, 패물이, 자식이, 남편이, 시어머니가, 가계가 어떠니…… 끝이 없다. 그것쯤은 이해하고 넘어갈 수도 있다. 그것이 삶의 현주소이고 화제로 삼기에 재미가 있으니 말이다. 그런데 대부분 부정적인 내용이 첫 화제이다. 누구는 지난번에 그렇게 자랑하더니 사업이 홀딱 망했다느니, 맞장구를 치면서 그럴 줄 알았다느니, 셋방살이를 고소해하는가 하면, 누구 아이는 대학에 떨어졌다느니…… 끊임이 없다.

누구는 너무나 재수가 좋아 잘 풀렸다고, '빽'으로 된 거지 그럴 리야 있겠느냐, 능력도 안 되는데…… 하면서 마치 목마른 게가 입에 거품을 품고 있듯 쉴 사이 없이 서로 말꼬리를 이어가는 것이 동창회의 전부라고 해도 지나친 말은 아닐 듯싶다.

상대방이 꺼내지 않는 개인적 이야기는 꺼내지 않는 것이 기본 예의다. 툭하면 "너, 지금 뭐하니?" 하는데 이러한 질문은 해서는 안 된다. 그것은 상대방의 입장을 전혀 배려하지 않은 자기중심적인 질문이다. 그럼 상대가 직장이 없다면 도와나 줄 것인가. 그렇지도 않으면서 왜 물어보나. 대개 그런 질문은 그런대로 떳떳한 직장이나 사업을 하는 사람이 만나는 사람한테 흔히 던지는 질문이다. 자기과시적인 심리가 있는 것이다. 그러면서 은근히 자기는 무엇 한다면서 재미를 보면서 으쓱거린다.

친구들 입장에서 보면 사업에 참고가 될 만한 내용은 없다. 단지 자기 자랑과 과시에 지나지 않는다. 친구들한테 스트레스나 잔뜩 받으려고 동창회에 왔나 후회하는 경우도 있을 것이다. 실제로 처음 모임에 열의를 가지고 나왔던 몇몇 친구들이 지금은 소식조차 두절하고 나오지 않는다는 것이다. 얼마나 욕지기나는 말을 들었기에 안 나오겠는가. 잘못을 반성하기는커녕 오히려 그 친구들을 무성의하다고 몰아붙이는 태도는 결코 바람직하다고 볼 수 없다. 서로가 기분 좋은 만남이어야 하고 즐거운 시간을 보냈고 다음에 또 만나고 싶고 만날 기약을 다짐도 하는 모임이어야 한다.

술에 취한 친구가 묻는 질문에 모른다고 하니까 "야, 인마, 무식하게 박사가 그것도 몰라. 너 혹시 가짜 박사 아냐?" 옆에 있던 친구가 "이 자식아, 진짜 박사한테 무식하다고 하는 너는 더 무식한 놈야." 이런 말을 한두 번 들은 게 아니라서 이제는 익숙해졌다. 나는 조금도 불쾌하거나 기분이 상하거나 화가 치밀어 오른 적이 없다. 모르는 것이 많은 것은 사실이고, 그 친구 또한 무식하다고 윽박질함으로써 스트레스가 풀리는 고소한 맛을 느꼈다면 그 또한 친구에게 즐거운 시간을 제공한 셈이 되니 난 행복하다는 느낌이 든다.

고향 땅을 지키면서 검게 탄 농업인의 굵은 손마디가 말해주는 의미를 사람들은 모른다. 이 땅의 모든 이들이 도심으로 진출하였지만, 고향을 지키는 그들은 구김 없이 순수한 어릴 적 그 마음으로 꼬박꼬박 나와 묵묵히 듣기만 하다가 궁금한 고향소식을 전해준다. 그 고향지킴이 친구들이 참으로 자랑스럽고 대견하고 존경스럽다.

우리가 인간인 이상 유년시절 그토록 진한 추억이 있는 한 고향 땅이 그립고 옛 시절이 그리운 것은 누구나 마찬가지다. 화제는 너무나 풍부하다. 6년을 같은 학년으로 보냈으니 말이다. 철부지 개구쟁이 시절을 함께 넘긴 추억담이 얼마나 정겨운가. 술 한잔 걸치고 나면 옛날 이야기를 하게 마련인데, 당사자도 잊은 지 오래된 아픈 사건을 꺼내면서 그런 네가 지금 뭐 어쩌고 어째 하면서 아킬레스건을 건드리는 친구도 있다. 아니, 초등학교 때 공부 꼴찌 한 것이 왜 이제 와서 화젯거리가 되냔 말이다. 그래서 서로 기분 좋을 게 뭐란 말인가! 하기야 그런 심리는 네가 출세는 하였어도 옛날에는 저 밑에 있었으니 까불지 말라는 심리인지도 모르거니와, 그렇게 못난이였지만 지금은 인생역전이 되었잖아 이놈들아 하는, 경쟁에서 승리한 것 같은 어떤 쾌감을 느끼려고 하는지도 모른다.

아예 무관심한 동창은 허풍쟁이들보다 고차원적일 수도 있다. "그래, 너희들이나 모여, 잘났다, 이놈들아……." 그리고 한편으론 두고 봐 하면서 이를 갈며 합리화할 것이다. 실제로 생면부지인 생소한 사람끼리 만나 의기투합하여 사업에 협력하는 경우가 동창의 경우보다 잘되는 것은 바로 이러한 심리가 암암리에 내재되어 있기 때문이다. 아이러니컬하게도 뒷동산에 올라 생사를 같이하자던 코흘리개 친구들이 서로 경계하며 경쟁 상대가 되어 소원해지는 것이다. 이러한 내면에는 사고방식의 변천에도 문제가 있지만 1등만이 최고이고, 누가 어떻게 되든 알 바 아니라는, 경쟁 심리만을 심어준 잘못된 교육정책도 큰 원인이 있는 것이다.

옷을 잘 입고 나온 동창은 지난번 동창회에 나오고 싶었는데 입고 나올 옷과 마땅한 귀걸이가 없어서 못 나왔다 한다. 첫 만남이 기대와는 너무나 어긋난 동창들의 모습이 새삼스럽다. 우아하고 검소하기보다는 과시하거나 사치성 차림이 많다. 옷 보여주러 동창회에 온 것인가. 동창 옷 입은 것 심사하러 참석하나. 그래도 아직 그들은 착하고, 억척스럽고, 다정도 하다. 이 모든 이야기는 자기과시, 허세, 경쟁 심리에서 비롯된 것으로 이 모두가 교육자인 내 책임이라 자책도 해보았다.

발 없는 말이 천 리 간다는 격언과 딱 들어맞는, 금방 깨질 것만 같던 동창회가 지속된 지 20년이 넘었다. 나의 염려는 기우였다. 배운 체하면서 거드름 떨지 말고, 겸손한 마음으로 서로 존경하고 아끼는 마음으로 모임을 가꾸어나가면 될 성싶다. "너나 입방아 조심해, 인마!" 하고 자문하면서, 제발 동창회에서만이라도 훈장 표시를 내지 않아야겠다고 다짐하면서 열심히 참석해볼 작정이다. 개구쟁이 그 동무들이 보고 싶다.

감나무 밑 우물가 추억

언제인가, 무심코 청명한 가을 하늘을 바라보다가 감 딸 때가 지났다는 생각이 들었다. 감이 익어가는 시기라는 것을 올해는 어쩐 일인지 까마득히 잊고 있었던 것이다. 계절도 잊고 사니 그냥 숨만 쉬는 느낌이라 삶이 점점 팍팍해져만 간다.

제목과는 엉뚱한 내용이라 실망하기에 충분한 다소 썰렁한 이야기다. 내가 대학 다니던 때에 있었던 일로 원래 나는 좀 엉뚱한 짓을 하는데 그 또한 매력이라 피식 웃어도 본다.

나의 고향은 청양이다. 그러니까 갈대숲으로 유명한 오서산 자락 밑으로 면소재지에서 십 리 길 떨어진 그야말로 청정지역(?)이다. 내가 태어난 집은 눈만 크게 흘겨도 금방 허물어질 듯 허술한 초가집이었고, 그 집을 끼고 앞뒤로는 커다란 호두나무와 감나무가 여러 그루가 있었는데, 유난히도 우물가 감나무는 대추나무와 은행나무를 사이에 두고 우뚝 자라나 감 또한 많이 열렸다.

우물 바닥에 떨어져 박살난 방금 떨어진 홍시를 보고 "아까 따려 했는데……." 후회도 하고, 긴긴 겨울밤 어디에다 감추어두셨는지 물렁한 감을 공부하는 책상머리에 조용히 놓아주시던 어머니의 정성, 비 오는 날 홍시를 따려다 감나무에서 떨어져 얻은 아마의 영원한 깊은 상처 등이 이때까지의 감나무에 얽힌 잊지 못할 추억이다.

이야기는 공주사범대학 3년 때 그러니까 1967년에 있었던 일이다. 하숙을 하였는데 하숙비로 돈 대신 쌀을 6말씩 주었기에 쌀과 용돈을 타러 매달 시골집에 갔다. 6월 주말 점심때쯤에야 집에 들어서는데 낯선 젊은 애가 집 앞 우물에서 빨래를 하고 있었다. 힐끗 쳐다보다 마주친 얼굴 모습이 언뜻 보기에 19세 정도의 보기 드문 미모였다. 지난달 집에 왔었을 때는 없었던 애다.

그 애의 중얼거리는 소리가 들렸다.

"그렇게 사나운 개가 왜 안 짖지, 이상하다."

그 말을 듣는 순간 나는 속으로 중얼거렸다.

"주인 아들이 왔는데, 짖긴 왜 짖어. 그 개는 나하고 지난 겨울방학 내내 들과 산을 다니면서 사냥을 다녔는데 반가워 꼬리를 흔들지, 너는 주인도 몰라보는 개 봤냐?"

그 개는 눈치가 빠르고 냄새 또한 기똥차게 맡아서 토끼나 꿩이 숨어 있으면 영락없이 찾아내주어 새총사냥에 토끼, 꿩 잡게 해준, 주인 체면깨나 세워준, 똥개 치고는 꽤나 영리한 개였다. 그러나 낯선 사람이 오면 무섭게 짖어대곤 하였다.

궁금함을 가슴에 안고 집에 들어서니 어머니께서는 부엌에서 점심을 준비하고 계셨다. 여쭈어보니 건넛마을에서 사는 애인데 집안일을 도와주러 왔다고 하셨다.

그 애도 내가 누군가 궁금한지 빨래를 하다 말고 부엌에 들어오더니 어머니께 "아까 젊은 아저씨가 누구기에 개도 안 짖어요?" 하고 물었다. "아들인데 대학 다닌다." 이 말을 듣는 순간 그 아이의 표정을 보니 깜짝 놀라 기절초풍한 눈치다. 나에게 다가와 "저는 몰랐어유, 안녕하세유우. 제 이름은 이삼분유우." 투박하면서도 윗사람 섬기는 표정의 인사를 하면서 자기소개를 하는 게 아닌가. 어

172

찌나 상냥하고 귀여운지. 가식 없는 순박한 표정이 물씬 풍기면서 매력이 넘친다. 그 몇 마디 인사에 나는 모든 게 열중쉬어 자세였다. 서로 바라만 보면서 말 한마디 못하고 나는 아버지와, 어머니는 그 애와 점심식사를 하였다.

눈만 자주 마주치고 그저 바라만 보다가 다음날 공주로 떠나면서 방학이 은근히 기다려졌다. 방학 때도 계속 있을지 궁금해 하면서 마음은 벌써 여름방학을 맞이하고 있었다.

대충(?) 기말시험을 보고 방학하자마자 달려가듯 집에 갔다. 부모님보다는 그 애가 아직도 일하고 있을까 하는 궁금함과 제발 가지 말고 일하고 있으라는 기도하는 마음, 보고 싶은 심정 때문이었다.

그러니까 어려우신 그 많은 농사일을 뒷바라지하면서 고생하시는 어머니를 도와주는 고마움에서가 아니라 이성적인 그리움과 만남 그리고 그 이상을 상상하면서 방학 때 즐거움을 맛보려는 내면적 순수한 기대감과 기다림이 있었기 때문이다. 애정이 있어 그러는 것은 아니었다.

시골의 여름은 항상 바쁘다. 논김, 밭을 매고 소 깔을 매일 베어야 하고 채소의 모종 등 할 일이 많아 큰 일꾼, 작은 일꾼이 상주하였기에 부엌 도우미는 절대 필요했었다.

방학이 시작되자마자 집에 가는데 기대 반 회의 반이 뒤범벅되면서 제발 그 애의 모습이 나타나기를 고대하며 발걸음을 재촉하였다. 저만치서 일을 하던 그 애가 고개를 옆으로 하고 윤기 흐르는 머리카락을 휘날리며 책, 옷, 보따리를 받으러 마중을 나온다. 무척이나 기다렸던 모양이다. 그 애 행실이 마음에 쏙 들어 기분이 너무나 좋았다.

"안녕하셔유, 아저씨. 이번엔 오래 있을라나봐유, 보따리가 많은 거 보니까유."

감잎을 배경으로 한 그 아리따운 수줍은 미소와 순박하고 애틋한 표정이 난 지금도 눈에 선하다.

"응, 방학이라."

내가 방학인데 애가 더 반기며 기뻐한다.

"대학 방학은 길다는디." 중얼거린다.

"고년 참 상냥도 하지."

속으로 지껄이면서 앞서 가는데 어느덧 우물가 감나무를 지나 집에 도착하게 되었으니 이렇게 하여 테마 있는 여름방학이 시작되었다.

무더운 날씨에 특히 시골에서는 더운데 뭐 걸치고 다닐 필요가 있나. 그저 웃통 벗고, 헐렁한 반바지 입고 다니는 게 일쑤고, 툭하면 시냇가로 투망 가지고 고기 잡으러 다니는 것이 일과 중의 즐거움이었다.

그늘 밑에 돗자리 깔아놓고 책 볼 때면 오이, 토마토, 참외 등을 따 가지고 온다.

"아저씨는 뭐 배워유?"

"화학."

"화학이 뭐유?"

"영어 좀 가르쳐주세요."

영어를 한 번 알려주면 알아듣는다. 그 애는 분명 명석하지만 가정형편이 어려워 진학하지 못한 아까운 애였다. 난 그때 그 애 보기가 미안했다. 배우고 싶은 지적 욕망을 접고 살아야 하는 그 애의 처지와 입장이 애처로웠기 때문이었다.

한번은 고기 잡다 땀과 진흙투성이가 되어 집 우물가로 왔는데,

마침 그 애가 감나무 밑 우물가에서 콩밭 열무를 씻고 있었다. 나는 이따금씩 엎드려 등물을 하는데 등은 스스로 씻을 수가 없어서 대개는 어머니한테 부탁하곤 하였었는데 그날따라 다행히도(?) 어머니는 안 보이셨다. 서성거리니 나 자신 또한 답답하였다. 그 애는 하여간 어찌나 적극적이고 눈치가 빠른지, 어쩌면 내가 원하는 대로 바로 '딱' 이었다.

"지가 등물 해줄게유."

머뭇거리는 내 마음을 잘도 알아준다. 어찌나 시원한지 어머니보다 더 시원하게 씻어주는데 어머니하고 비교한다는 것은 장난이다. 그 당시엔 이렇다 할 브래지어도 없었기에 질끈 동여맨 사이로 부풀어 튀어나온 하얀 가슴이 등쪽을 등물하면서 닦아줄 때의 짜릿하고 부드러운 접촉감은 간지러움이라면 그 표현이 간사하고 너무나 빈약하다.

그 당시에 아버지는 인근 초등학교 교장으로 계셨다. 따져 보면 목수 아들 목수 한다고, 나도 아버지의 영향을 많이 받은 것은 사실이다. 아버지는 점심을 드시고 바로 학교에 가곤 하셨는데, 그날따라 머뭇거리시더니 내가 점심을 다 먹고 난 후에 사랑채가 있는 바깥방으로 부르시는 것이 아닌가. 나는 뭐 잘못한 것이 없는데 왜 부르시나 걱정을 하면서 갔는데 아버지께서 하시는 말씀이 "너, 앞으로 등물 할 때는 반드시 엄마한테 하고 그 애한테 하지 마라." 하신다.

처음으로 그 애가 등물해주는 것을 아버지께서 보셨던 것이다. 난 그것도 모르고 "이제부터는 엄마 대신 그 애한테서 등물 해야지." 하고 다짐하면서 즐거운 미소를 짓기도 했는데 이제는 다 끝장이 나버린 것이다.

남녀칠세부동석(男女七歲不同席)이라는 전형적인 유교적 사상을 교육받으신 아버지께서는 젊은 나를 염려하셨던 것이다. 요사이는 남녀칠세 지남철이라는데…….

어느 사이 붉혀진 얼굴로 마루에 걸터앉아 있는데, 그날따라 매미소리가 요란하고 날씨 또한 폭염이라 찌는 듯 더웠다.

한편 나는 낮에 등물로 땀을 식히지만 그 애는 저녁에 우물가에 나와 몸을 씻는다. 여름에 부엌에서 더위와 싸우면서 일하는 그 애는 저녁때면 땀으로 옷이 젖어 있었다. 저녁 설거지가 끝나면 호롱불을 켜 들고 우물에 가서 목욕하곤 하였는데, 그날따라 물 끼얹는 소리가 풀벌레 소리와 함께 요란하게 들릴 뿐, 칠흑 같은 어두운 밤에 무성한 잎이 사랑채와 우물 사이를 가려 불빛조차 보이질 않았다. 그때 호기심이 발동했다. 미리 우물가 감나무 위에 올라가 엿보기로 작정한 것이다. 이 얼마나 기발한 발상인가! 박사학위 감이다.

때를 기다리고 있는데 비가 오려는지 날이 후덥지근하고 무덥다. 기회가 온 것이다. 그날 밤 모닥불 자욱한 마루에 앉아 사랑채 초가지붕 위에 살짝 핀 박꽃도 바라보고, 등잔불 아래 어둠침침한 부엌을 힐끔힐끔 쳐다보는데, 그 애는 반소매였던 옷도 더웠는지 겉옷을 벗어던지고 설거지를 서둘러 끝내가고 있었다. 희미한 등불 아래 허연 속살이 우윳빛이다. 이제 곧 호롱불을 들고 우물가로 목욕하러 나갈 때가 된 것이다.

슬그머니 일어나 우물가 감나무 위로 기어 올라가 우거진 잎, 나뭇가지 사이에 몸을 지탱하고 양반 똬리를 틀어 좌정(?)하고 기다리고 있는데 만만치 않다. 세상에 공짜가 어디 있나. 이 정도 대가는 싸다. 그러나 움직여선 안 되고, 소리 내도 낭패다. 쪼그리고 꼼짝 말고 있으려니 장난이 아닌 것이다.

계획은 각본대로 흘러 그 애가 호롱불을 들고 우물로 나왔다. 물소리가 나면서 드디어 하얀 속살을 드러내고 목욕할 순간이 온 것이다. 흥분되는 순간이다. 머리를 도리채 같이 사방으로 돌려가며 내려다보아도 무성한 감나무 잎이 앞을 가려 불빛조차 보이질 않았다. 잎을 살그머니 치우고, 몸을 아래로 늘어트려 보아도 볼 수가 없었다.

꿈이 깨지는 순간, 예기치 않았던 일이 생겼다. 우물가 습지라 모기가 많았는데 처음엔 한두 마리가 달려들기 시작하더니 온 동네 집안 형제 모기들이 달려들어 앵앵거리면서 물기 시작하였다. 따갑다. 소리 내어 잡을 수도 없다. 얼굴, 목, 팔뚝, 다리에 달려드는 모기 쫓기에 바쁘다. 미칠 지경이다. 구경도 못하고 나무 위에서 모기에 물려가면서 소리도 낼 수도 없고 도대체 이게 무슨 짓인가 한심하다는 생각이 들었다. 그러나 이대로는 모기 때문에 목욕이 끝날 때까지 못 참는다.

순간 기발한 생각이 떠올랐다. 그 애가 물 끼없는 소리에 장단을 맞추어 모기를 때려잡는 아이디어다. 번뜩이는 기지 아닌가! 알뜰했던 계획이 이제는 물 건너갔고 모기 때려잡는 것이 문제다. 드디어 밑에서 물소리가 난다. 때는 이때다. 물소리에 장단 맞추어 '딱딱 딱, 딱딱 딱.' 따갑게 무는 놈부터 세게 내리치면서 쫓기만 하던 신세가 잡는 처지가 되니 한결 시원했다.

그런데 큰일 났다. 사랑채에서 아버지가 나를 부르는 소리가 들렸다. 마루에 앉아 모닥불 연기를 쬐고 있던 녀석이 갑자기 사라져 사랑채에 간 줄 알았는데 없으니 한밤중에 어딜 갔나 궁금하셨던 모양이다. "병희야! 병희야!" 감나무 위에 앉아 물소리 장단에 맞추어 모기를 때려잡고 있는 나를 상상이라도 하셨겠는가. 몇 번 부르시더니 주무시는지 조용하였다. 아버님한테는 영원한 비밀이다.

그날따라 목욕은 유난히 길었다. 호롱불이 집으로 사라지자 내려와 살금살금 방으로 기어 들어가는데 아랫방에서 아버지가 아직도 주무시지 않고 기다리고 계셨다. "어디 갔다 이제 오느냐?" 도둑질하러 들어갔다가 주인한테 들킨 심정이었다. "산책하고 왔습니다." 사람이 이런 상황에서 이 정도 능청은 떨 줄 알아야 한다.

잠을 청하려는데 온통 몸이 가려워 잘 수가 없었다. 그러면서 나오는 웃음을 간신히 참았다. '너는 산책을 감나무 위로 가냐?' 정말로 웃기는 녀석이다. 아침에 일어나보니 마치 피부병 걸린 사람처럼 온몸이 모기 물린 자국으로 얼룩져 있었다. "피부가 왜 그러냐?" 아버지의 질문이시다. "웬 모기가 방에 들어와 잠도 잘 못 잤어요."

그 애는 참 적극적이다. 아버지와 식사를 할 때 숭늉을 가지고 오면서도 눌은밥을 나한테만 주기도 하고, 국이 떨어지면 밥 먹다 말고 일어나 국을 더 퍼가지고 와 부어주기도 하였다. 그러니까 아버지는 나 때문에 찬밥 신세가 된 것이다. 나는 이렇게 적극적인 사람이 좋다. 눈치코치 볼 필요가 뭐 있느냐 말이다. 사태가 이러한즉 아버지께서 신경이 무척 쓰인 것이다. 나의 성격을 가장 잘 알고 계신 아버지는 아마도 방학이 빨리 끝나기를 기다리셨을 것이다.

일상대로 또다시 구멍 난 투망을 손질하고, 장독에 가서 된장을 호박잎에 싸가지고 양재기 그릇 메고 다시 냇가로 갔다. 냇물에 된장을 풀면 붕어, 피라미가 모여든다. 기다렸다가 투망을 치면 고기가 잘 잡힌다. 그날 한 번 투망질에 98마리 큰 피라미를 잡은 것이 최후의 기록이 되었다. 큰 붕어도 있었는데 다 빠져나가고 성질 급한 피라미만 겁에 질려 이리저리 뛰다가 그물에 걸린 것이다. 큰 붕어는 놓치기 쉽다. 그물 안에 들어 있어도 긴장하지 않고 자갈 사이로 누워버리니 보통 노련한 생물이 아닌 것이다. 내 성격을 물고기에 비유하면 피라미 성격이다. 붕어같이 침착하지 못하고, 큰일도 아닌데 이리저리 방황하면서 당황하는데 아직도 나는 피라미 수준밖에 안 되니 문제다. 세월도 저만치 흘러갔는데 언제 붕어같이 침착해질 수 있나. 생각해보면 한심한 녀석이다.

학생에게 방학은 왜 그리 빠르게 가는지. 들판에는 어느새 벼이삭이 나올 채비를 서두르고 있었다. 그동안 질문이 많았던 그 애도 나에게 많은 것을 느꼈을 것이다. 내가 어려운 단어를 외우려고 노력하는 모습을 보면서 자기도 공부하고 싶다고 무척이나 부러워했다.

"너도 일하면서 공부할 수 있어. 내가 가르쳐줄게."

난 지금까지 중학생, 고등학생, 대학원 예능계열 영어를 지도한 경험이 있으나 그 애에게처럼 친절하게 열정적으로 가르쳐준 기억이 없다.

"영어 가르쳐주어 고마워유."

고마움을 알고 있는 청순한 어투가 가슴을 후빈다.

짐을 싸 들고 집을 나설 때 동경하며 바라보는 그 애의 표정에서 나는 부모님을 잘 만나 학교를 다니게 된 것에 얼마나 행복하고 감사함을 느꼈는지 모른다.

방학이 끝난 후 10월에 집에 가보니 그 애는 서울로 가고 없었다. 어머님이 딸같이 잘해주셨는데 서울이 뭐 그렇게 좋은가. 딸 셋이나 결혼시킨 어머님도 간다는 말에 미련 없이 보냈다 말씀하셨다.

대학까지 진학한 주인집 아들은 집 도우미인 그 애에게는 존경과 동경 그 자체이었을 것이며, 감히 청년과 처녀의 이성관계로는 상상조차 할 수 없는 시절이었다. 사실 출신과 학벌이 살아가는 데 무슨 관계인가. 상식에 따라 섬기면서 살아가면 되지 않는가. 지금 되짚어보면 그렇게 나를 선망의 대상으로 삼아 따르고, 존경하고, 공부를 갈구하던 그 애가 너무나 그립고 아쉽다.

모든 계획이 불발(?)로 끝난 그 여름방학이 아련하고 삼삼하다. 지금은 어디서 무엇을 하고 사는지. 젊은 날 이성간의 야릇한 감정이 이렇게 질긴 줄은 몰랐다. 지금도 고향집엔 아직도 늙은 감나무와 낡은 우물이 날 기다리고 있다. 여름만 오면 그 시절 등물 해주던 그 애와 어머님이 사무치게 그립다.

나는 매를 든 교사였다

미국으로 이민 간 친구가 오랜만에 귀국하여 친구의 친척집을 우연히 함께 방문하게 되었다. 그곳에서 여대생 아버지와 대화를 나눈 적이 있는데 친구가 나를 소개하기를 대학교수라니까 잘 만났다는 듯이 딸 이야기를 하며 애비한테 그럴 수가 있느냐고 하소연하는 것이었다.

내용인즉 이러하다. 대학 4학년 다니는 딸이 있는데 무조건 밤 10시까지 집에 들어오도록 엄명을 내렸는데 아무런 연락도 없이 10시 30분이 지나서야 집에 오기에 종아리를 호되게 두 번 때렸다. 그런데 딸이 하는 말이 "한 대만 더 때리면 경찰에 신고하겠다." 하니 너무나 충격을 받았다는 것이다. 딸의 행동에 잘못을 반성하기는커녕 오히려 화가 치밀어 올라 더 이상 어떻게 하다간 큰 사고를 저지를 것만 같아 며칠 화를 삭이고 있는데 가라앉질 않는다고 하소연하는 것이었다.

당신 스스로는 할아버지, 아버지한테 매를 맞으며 버릇이 길들 어져왔는데 내 자식들은 오히려 애비를 원망하고 있으니 한탄스럽다고 생각했을 것이다. 그런 젊은 아이들을 어떻게 지도하느냐며 신기하다는 듯이 날 바라보고 있었다. '당신은 과연 이런 경우 어떻게 할 것인가'를 묻고 있는 표정으로 내가 당연히 딸의 잘못을 지적할 것으로 기대하는 눈치다.

내 기억으로는 고등학교 때나 아버지한테 매 맞았을까, 대학생이 되어 까까머리를 기른 후에는 매 맞은 기억이 없다. 교육자이신 아버지는 교육이라는 큰 틀에서 체벌하셨다. 화가 나셔서가 아니라 버르장머리를 고쳐야겠다는 교육적 입장에서의 사랑의 회초리였다. 지금이 어느 시대인가! 어린아이를 때렸다가는 아동학대로 몰리는 세상임을 망각하고, 성인이 된 지 오래인 대학 4학년 딸의 종아리를 여름에 때리면 어떻게 외출하란 말인가? 회초리 자국을 숨기기 위해 여름에도 짙은 색 스타킹을 신고 외출할 수밖에 없는 딸의 심정을 그 아버지는 알 리가 없다.

나는 "당신이 또 다시 따님에게 매를 가하면 내가 경찰에 신고할 것입니다."라고 목까지 치밀어 오르던 말 대신 "딸을 이해합니다."라고 짤막하게 답변하였다. 그는 발끈하면서 "그럼 내가 잘못했다는 말입니까?" 따지듯이 묻는 것이었다. "대학 4학년 딸이 좀 늦게 들어왔다고 그 경위를 무시하고 매질한 것은 분명 잘못된 것입니다." 나는 분명하게 잘못은 아버지에게 있다고 말씀 드렸다. 아버지는 말로 표현은 안 했지만 나 같은 생각을 가지고 있는 교수 밑에서 배우는 학생들이 불쌍하다는 듯한 표정이었다.

조선 후기의 고암(顧菴) 이경근(李擎根, 1824~1889)이 그의 자손들로 하여금 효도의 정신을 길이 간직하게 하기 위하여 남긴 가훈집 내용 중에 다음과 같은 구절이 있다.

"……부모가 종아리 때리는 것을 달게 받고 조금도 원망하지 말 일이다."

그러나 옛날의 교육방법을 오늘날에 대입하여 그대로 적용하려는 고착된 관념 때문에 자녀는 속병을 앓고 있는 것이다. 내가 학교 다닐 때는 이러했는데 너는 도대체 뭐냐는 식의 채찍은 시대착

오적 발상이다. 세상이 이렇게 변해가고 있는데 사고방식은 옛날 그대로 고착되어 있으니 마찰과 갈등의 폭이 큰 것이다.

대학 4학년이면 성숙한 성인이자 지식인이자 교양인으로 인정하고 의견을 존중하고 잘못은 대화를 통하여 다스려 해결해야 정답이다.

요사이 자녀교육은 무한한 인내를 부모에게 요구한다. 교육환경에 유혹인자가 많아 자녀가 공부하기에는 무한한 집념을 요구하는데 젊은이들이 극복하기가 힘이 드는 것이 현실이다.

나무에 가위질하는 것은 나무를 사랑하기 때문이다. 부모님한테 꾸중 듣지 않고 자란 자녀는 대체로 버릇이 없다. 겨울이 춥기에 봄이 따스하듯이 역경에 단련되지 않고서는 큰 인물이 될 수 없는 것이다. 그러나 가정교육의 최후 수단으로 교육적 체벌을 가하는 것은 부작용이 많다. 영국이나 미국에서 체벌을 가하는 부위는 주로 볼기다. 그에 비하여 우리나라는 주로 노출되는 부위인 손, 빰, 종아리다. 나도 할아버지한테 한문을 배울 때 회초리로 종아리를 맞은 기억이 있다.

"아이를 가르치고자 체벌할 때 종아리를 벗어나면 가르치는 뜻이 사라진다."고 말한 것은 고암(顧庵) 선생이다. 감정의 균형을 유지하지 못하고 스스로 화가 치밀어 화풀이 식으로 체벌하는 것은 인격적 모독이요 개인을 무시하는 행위일 뿐더러 신체적으로도 큰 손상을 면할 길이 없다. 얼굴이나 머리를 가격하게 되면 조직이 손상되어 감정을 유발시킬 수 있다. 특히 머리는 일곱 겹으로 둘러싸인 대뇌피질이 이성과 감성을 조절하는 망상체로 되어 있다.

내가 받은 체벌 중 기억에 남는 것은 중학교 다닐 때로 나무 막대기로 머리를 얻어맞은 경우다. 잔소리하다가 머리를 하도 세게 얻어맞아 순간적으로 아찔했다. 이런 기억을 송두리째 잊고 사범대학을 나와 첫 발령을 받아 장호원 중·고등학교에서 근무할 때 일이다. 중학교 1학년 첫 담임을 했는데 학생들이 귀엽고, 순진하고, 재밌고, 사랑스러워 매를 들 생각조차 할 수 없었다. "손자 귀여워해주면 할아버지 수염 잡는다."는 말과도 같이 인내의 한계가 수위를 넘어 매 대신 손들고 있기, 무릎 꿇고 있기, 서 있기 등을 시도하였는데 한눈을 팔면 장난을 치고 있으니 화를 참지 못하여 회초리로 종아리를 때렸다.

그날 저녁 강둑을 산책하던 길에 물장난하고 귀가하던 그 녀석을 만났는데 양쪽 종아리에 붉게 세 줄로 할퀸 자국이 나 있는데 풀잎에 스친 상처 자국이 아니었다. 나는 체벌 사실은 잊은 채 한동안 태훈이의 상처 난 종아리를 걱정하고 있었던 것이다. 매질한 상처가 그토록 깊을 줄은 몰랐다. 죄책감을 느꼈다. 내가 봐도 이건 사랑의 매가 아니었다.

하숙집에 가니 웬 아주머니가 나를 기다리고 있었는데 태훈이 어머님이었다. 자식의 매 맞은 종아리가 마음이 아프셔서 오신 것이다. 나는 태훈 어머니에게 잘못했다고 말씀드렸다. 눈물 흘리며 흘쩍거리는 어머니의 모습을 보면서 양심에 가책을 받았다. 매질도 버릇인데 스스로 걱정되었다.

방학이 되어 고향을 갔는데 어머니께서 "너, 아이들 때리느냐?" 물으시는 게 아닌가! 머뭇거리다 "예."라고 대답하였다. 사실 죄스런 마음이 채 가시기 전이었기에 망설일 수밖에 없었다. 집 떠나는 나에게 어머님은 "아이들 때리지 마."라고 말씀하셨다. 훗날 들은 이야기로 어머님은 내가 아이들 때린다는 말을 듣고 한동안 식사를 못하셨다고 한다. 집에서는 귀한 아이인데 학교에서 매 맞았다면 이유를 막론하고 기뻐할 부모님은 없다. 어머니께서는 7남매를 낳아 키우시면서 매를 단 한 번도 드신 적이 없다. 그 후 체벌을 절대 안 하기로 결심하고 매를 버렸다.

말썽부리는 아이들 때문에 너무나 속상하여 종례시간에 그만 눈물을 흘린 적이 있었다. 아이들도 고개 숙이고 훌쩍거리며 소매로 눈물을 닦으며 울었다. 그날 저녁 하숙집으로 태훈 어머님이 다시 찾아오셨다. 애비 없이 자라 버릇이 없으니 태훈이를 때려서라도 바르게 키워달라고 부탁하러 오신 것이다. 아이들이 부모님한테 "우리 선생님이 우셨다."는 말을 한 모양이다. 사실 그때는 태훈이만 잘못한 것은 아니었다. 태훈 어머님은 그 후 어렵게 농사지어 수확한 사과, 배, 감, 고구마, 밤 등을 보내왔다. 난 지금껏 그렇게 큰 과일은 본 적이 없다. 순박한 학부모님들의 정성이지 극성도 아니고 뇌물도 아니었다.

나는 결심을 자주하는 간사한 변덕쟁이인지라 매를 멀리하겠다는 결심도 잠시, 인천여상에 근무할 때 다시 매를 들었다. 화학 실험을 한 후 뒷정리를 해놓고 가라는 말을 못 들은 체하고 그냥 실험실을 도망치듯 힐끔힐끔 내 꼴을 쳐다보면서 말만한 학생들이 줄행랑치는 것이다. 숙덕거리며 시시덕거리는 표정들을 보니 총각 선생을 골탕 먹이려고 짜고 의도적으로 작정들을 한 것이 분명했다. 지난 시간에도 정리를 하는 척 시늉만 하다가 슬쩍 눈치 보더니 사라지기에 애들을 부르니 못 들은 척 내뺀 기억이 있어 화가 아직 가시지 않은 상태였다. 참 맹랑하고 괘씸한 아이들이다. 통제 불능이요 설득은 불통이라 한계에 도달한 느낌이 들었다.

그러나 갯바람에 윤기 흐르는 검은 단발머리카락을 휘날리며 달아나는 뒷모습들이 짓궂으나 한편 너무나 아름다웠다. 장차 무엇이 될지 모를지언정 학창시절 바로 이런 사건들이 그들에겐 아름다운 추억거리가 될 것이다.

그러나 최소한 기본적 예의는 갖추고 시키는 일은 하고 난 후에 놀리려면 놀려야지, 보자 하니 갈수록 막무가내요 가관이다. 대학원 논문, 유학 준비 등으로 나도 심신이 극도로 피곤한데 아이들이 신경을 자꾸 건드리는 것이다. 선생의 체면이 말이 아닌 것이다. 권위 따위는 아니라 해도 이건 교육이 아니라는 생각이 들었다. 미리 매를 준비하고, 오늘은 뒷정리를 실험 분단별로 검사받고 가라고 경고성 주의를 주었다. 아이들의 표정이 시큰둥했다. 눈치를 보니 정리는 무슨 정리, 오늘도 뺑소니칠 게 뻔하다.

유독 한 분단만이 덩치들이 커서 그런지 말썽이다. 정리를 대충하고 검사는 무슨 검사, 무시하고 가려는 순간 소리를 빽 질렀다. 준비한 매로 손바닥을 한 대씩 세게 때렸다. 이것은 교육적 차원에서가 아니라 화풀이 매다. 아이들이 하는 말이 화나니까 무섭다고 한다. 극성스런 녀석은 "한 대 더 때려보셔요." 한다. 나는 때리는 시늉을 하다가 살짝 대기만 했다. 장난스런 아이들이다.

지금은 그 시절보다 아이들 가르치기가 정말 더 힘이 든다. 교육은 인내요, 희생이란 말이 실감난다. 1970년대 있었던 일이니 이제는 아련하게 아롱진다. 오늘은 문득 태훈이와 흰색 옷깃 교복 입고 깔깔대며 수다를 떨던 여학생들이 보고 싶다. 이제는 쉰을 넘긴 엄마 아빠가 되어 혹시 자식 때문에 가슴앓이를 하고 있는지 궁금하다.

여행

　누구든지 일생에 한두 번쯤은 멋있는 여행을 그려보았을 것이다. 그러나 시간과 경제적인 이유 그리고 건강상의 문제로 차일피일 미루다 보니 귀밑에 흰서리가 내리도록 변변한 여행 한번 체험해보지 못한 사람들도 있을 것이다.

　여행도 다양하여 나 홀로 혹은 가족, 친구, 사랑하는 사람과 아니면 출장으로 동료와 짧거나 혹은 길게 집과 직장의 자리를 비우고 떠나게 된다. 큰 임무를 수행하기 위하여 무거운 여행을 할 때는 여행이 오히려 부담이고 신경이 무척 쓰이기 마련이다.

　하루의 일상생활도 따지고 보면 짧은 여행이다. 아침에 집을 나와 저녁에 다시 돌아간다. 꼭 먼 길을 떠나는 것만을 여행으로 간주하는 우리네 생각은 착각이다. 지나치는 순간이 얼마나 많으며, 큰 매듭의 일들을 해결해가면서 시간과 함께 매일 삶의 여행을 하는 것이다.

　인생은 긴 여행과도 같다. 생명이 탄생하여 죽음으로 끝이 나는 유한한 여행, 이것이 우리의 인생이다. 내가 살고 있는 육체라는 집, 주거의 집은 나의 영원한 집이 아니다. 잠시 머무르다가 언젠가는 떠나야 하는 한때의 여인숙인 것이다. 내가 쓰고 있는 이 육체는 나의 영원한 몸이 아니다. 얼마 후 벗어놓아야 할 일시적인 육의 옷이요, 죽으면 썩어버리는 물질의 그릇에 불과하다. 우리는 지상의 나그네라는 사실을 잊어서는 안 된다.

바보는 방황하지만 현명한 사람은 여행을 떠난다. 고독한 여행, 행복한 여행, 괴로운 여행, 즐거운 여행을 하기도 한다. 여행은 떠나는 연습을 하는 것이다. 인생도 한낱 촌음 같은 여행이다. 일상생활도 토막을 내어 연결해보면 떠남의 연속이다. 막상 떠날 때는 가슴 설레고 가벼운 흥분으로 출발한다. 미지의 세계로의 탐험이기 때문이다. 내가 익숙해져 있는 반복적인 생활환경이 아닌, 먹고 입는 것, 기후 풍토까지 낯선 곳에 대한 호기심과 새로운 경험이 기대되기에 뜬 마음으로 여행을 떠난다.

그러나 먼 여행은 일상생활과는 다르다. 때로는 피곤하고 고생스럽기도 하다. 장시간 비행기를 타는 것이나, 목적지에 도착해서부터 빡빡한 일정에 따라 이동하면서 날마다 가방을 꾸렸다 풀어 헤쳤다 하기를 돌아오는 날까지 계속한다. 그런 여행은 힘들고 귀찮다. 길든 짧든 빈 몸으로 갔다가 빈 몸으로 돌아오는 그런 여행이었으면 싶다. 빡빡한 여행 스케줄대로 쫓아다니는 주마간산(走馬看山)식 여행은 사실 진정한 여행이라고 말할 수 없다. 하지만 여러 사람과 함께하는 여행은 즐거움이 있어 귀찮다는 마음은 잠깐이니 생각이 간사하다는 생각이 든다.

참된 여행은 삶의 터전을 고르고 닦는 데 더할 나위 없는 지혜와 용기를 준다.

여행은 탐험이요, 모험이다. 미지의 세계로 박차고 나아가는 개척자만이 공유할 수 있는 취미인 것이다. 서구의 역사와 문화발달의 원동력은 유목문화가 그 시초로, 중세기 때는 이미 목적을 가진 탐험과 탐사로 미지에의 동경과 소유욕을 마음껏 탐닉했다. 서구인들의 그러한 발상과 발자취는 금세기 들어 찬란한 문화 창조와

국가 발전에 더없는 영향을 끼쳤던 것이다. 우리는 이것을 남의 일로만 생각할 것이 아니다. 우리 민족은 탐험심이 빈약한 것 같다. 나의 부모님도 자식의 유학을 극구 말렸다. 누가 떠나라고 했느냐, 보장 없는 먼 길 여행을 왜 가려 하느냐, 불안해하시고 걱정만 하셨다. 그런 면에서 나는 유별나게 여행을 즐기는 편이다.

여행은 노는 시간이 아니라 쉬는 시간이 되었으면 좋겠다. 텅 빈 가슴으로 온갖 엉킨 일들을 놓아두고 훌쩍 여행을 떠난다는 것은 참으로 어려운 일이다. 생각이 꼬리를 물고 다니기 때문이다. 간혹 우리는 여행을 놀러간다는 등식으로 동일시하는 경향이 있다. 그러나 여행을 노는 시간이 아니라 쉰다는 개념으로 생각하면 얼마든지 의미를 찾아볼 수 있는 것이다. 예를 들어 섬 자연의 미를 추구하면서 자신을 그 속에 투영시켜 자연 속의 나를 보려 한다면 이 또한 가치 있는 여행길이 아닐 수 없다. 가령 여행이 집 안에서 집 밖으로 그 틀을 깨는 행사라고 여기고, 몸 안에 틀어박혀 있는 때 묻은 마음을 저 밑바닥에서부터 끄잡아내어 세척한다면 여행은 결코 놀기만 하고 낭비하는 시간은 아닐 것이다. 여행은 자아를 직시하고 스스로를 거울 앞에 세워 자신의 틀을 깨는 계기가 될 수도 있는 것이다.

어쩌면 여행은 모든 사람의 가슴속에 숨어 있는 향수 같은 것인지도 모른다. 누구나 다 떠나고 싶지만 떠나지 못하는 것이 우리의 삶이기도 하다. 하지만 어떤 일을 시작하면서 망설임이 클 때 극복하는 방법 중 하나가 또한 여행이다. 일이 막혀 풀리지 않을 때도 그렇다. 멀리서 전체를 보고 다시 그 일부분인 망설이는 일을 보면 그것이 전체에 비해 사소하고 작은 것임을 알게 되어 자신감을 갖게 된다.

"이왕이면 여행은 먼 곳으로 떠나라. 일이 더 작게 보이고 더 많은 부분이 한눈에 들어오고 조화를 이루지 못한 것들이나 균형을 이루지 못한 것들이 더 쉽사리 눈에 띄게 될 것이다."

다빈치의 말이다.

우주인이 지구 밖으로 나가 지구를 보면 지구가 우주의 일부이며, 작은 행성에 불과함을 알 수 있다. 먼 길을 떠나는 여행이 아니더라도 집과 직장을 떠나 가끔은 가까운 산 정상에 올라 자신이 살고 있는 도시 전체를 내려다보는 기회가 필요하다. 뒷산도 좋고, 바다도 좋다. 스스로 작은 일에 얼마나 매달려 있었는지, 시끌벅적하게 살아온 세월이 한심하게 여겨질 것이다.

인생 전체를 보면 부분은 쉬워진다. 여행이 여과의 시간이면 좋겠다. 작은 일에 옥신각신하면서 집착할 필요가 없으며 큰 것을 보고 자기를 초월하여 승화시킬 수 있는 계기라면 여행은 자주 할수록 좋다. 가슴속에는 변화가 있으나 실현하지 못하고 떠내 보내는 삶, 그것이 언제나 내 삶의 갈등으로 떠올라 나를 서성이게 할 때 여행을 권하고 싶다. 여행은 떠남이기 때문이다.

그러나 떠남이 꼭 몸의 떠남을 의미하지 않는다. 떠남에는 몸의 떠남과 마음의 떠남이 있다. 몸은 떠날 수 있어도 마음은 언제나 떠날 수는 없다. 마음의 떠남에 눈을 뜰 수 있다면 우리 삶의 모습은 얼마나 온화하고 자유로운 것이겠는가.

한편 여행이 마음에 창을 내는 계기가 되었으면 참 좋겠다. 그때 우리는 얼마나 아름다운 마음의 풍경들을 만나겠는가!

예전에는 여행이 즐겁기만 했는데 어느 순간부터 문득, 다시 돌아올 수 없는 영원한 떠남이 다가오고 있다는 감정이 든다. 이러한 느낌이 새삼스레 마음에 와 닿는 이유는 뭘까. 왠지 모르게 지난날의 회상이 자주 여울져오면서 삶이 많이 지나치고 있다는 느낌이 들기 때문일 것이다.

참된 여행이란 자칫 잊기 쉬운 자기 정체성을 되돌아보게 할 것이다. 아직 학창생활 중이거나 사회 초년생들에게는 인격수양과 아울러 봉사정신과 협동심 그리고 굳건한 리더십을 배우는 계기가 될 것이다.

올 여름 괌 여행 중 문득 도로를 오가는 차량 행렬을 보면서 왜 우리네 인생은 전진만 있는 일방통행인가! 탄식한 적이 있다. 그러나 이번 여행은 돌아온 여행이었다.

여행자는 교양이 있어야겠다는 생각이 참 많이 들었다. 그리고 배려 깊은 사람들끼리의 여행이었으면 좋겠다.

그렇다! 여행은 역시 떠나는 연습을 하는 것이다.

혼자 길을 떠나 나를 밖으로 던져보자. 그리고 느껴지는 감흥이 메아리쳐 되돌아올 때의 자기반성을 적어보자. 우리를 겸손하게 만드는 여행, 내가 차지하고 있는 시공간이 얼마나 왜소한지 두고 두고 깨닫게 하는 여행, 새로운 풍경보다 새로운 시야를 갖게 하는 여행, 태평양의 그 많은 물이 우주공간에 비하면 한 방울의 눈물에 불과하다고 느낀 여행…… 이러한 느낌을 주는 여행이라면 여행이 아무리 잦아도 낭비가 아닐 것이다.

공자 유적지 방문기

나는 전형적인 유교 집안에서 태어나 유년시절을 보내는 동안 『천자문』, 『계몽편』, 『명심보감』을 아버지에게 배웠다. 글자가 무슨 뜻인지도 모르고 무조건 한자 익히기에 전전긍긍하면서 "자왈(子曰), 위선자(僞善者)는 흥(興)하고 역천자(逆天者)는 망(亡)하느니라." 하면서 암기하던 기억이 생생하다. 하늘의 이치를 따르는 자는 흥하고, 하늘의 이치를 거역하는 자는 망한다. 회초리로 매를 맞으면서 한자를 익힌 덕분에 지금까지 공부하는 데 한자 암기는 특별히 필요하지 않아 큰 도움을 받았다.

2003년 중국 산동성 청도 공업단지 내 한국진출기업 공장견학을 마친 후 태산을 거쳐 공자의 출생지인 곡부를 방문하기로 일정을 조정하였다. 어려서 그토록 어렵게 공부하던 '자왈(子曰)'이 공자의 말씀이란 것을 알고부터는 언젠가 중국을 방문할 기회가 있으면 반드시 공자 유적지를 직접 가보고 싶었기에 곡부를 향하여 떠나는 여행길이 약간 흥분되기도 하였다.

인천공항에서 청도까지의 비행시간은 한 시간이며, 청도에서 곡부까지는 자동차로 열 시간 거리였다.

태산을 거쳐 곡부로 가는 고속도로를 주행하는데, 사고가 났는지 앞차가 꽉 막혀 움직이지 않고 있었다. 그런데 갑자기 우리 차

운전기사가 차를 되돌리는 것이 아닌가! 역주행을 하면서 빵빵거린다. 비키라는 말이다. 우리나라에선 상상도 못할 일을 연신 담배를 물고 폭주한다. 비켜주는 마주 오는 차가 고마웠다. 그런데 우리 차를 선두로 역주행하는 차가 줄줄이 미친 듯이 따라오고 있었다.

고속도로를 20km쯤 다시 빠져나와 샛길을 가면서 간간이 고속도로와 마주쳤는데, 세 시간이 지나도록 고속도로의 차들은 움직이질 않았다. 역시 선견지명(先見之明)이 있는 기사다.

태산(1535미터)은 능선이 짧아 평지에서 갑자기 솟아나 높고 험해 보이지만 생각보다는 낮은 산이라 실망했다. 그동안 "태산이 높다 하되 하늘 아래 뫼이로다", "일이 태산같이 밀려 있다", "티끌 모아 태산"이라는 말만 듣고 높은 산인 줄로만 알았다.

제남이라는 도시에서 저녁 식사를 하는데 너무 짜서 먹을 수가 없었다. 지역에 따라 식성이 가지각색이다.

밤 열 시경 곡부에 도착했다. 전력 사정이 나빠 거리가 어두운데 위험을 무릅쓰고 사람들이 대로로 뛰어나와 우리 차를 가로막고 여행객을 유치하려는 광경을 보면서, 적극적인 영업에 과감성을 배워야겠다고 오히려 긍정적으로 평가했다.

숙소는 3성급 호텔로, 인구 65만 정도의 관광도시임을 감안하면 시설이 빈약한 편이었다. 늦은 밤인데도 이름 모르는 음식으로 귀빈대접을 받았다. 다 먹으면 주문도 안 했는데 또 가지고 온다. 음식은 남겨야 손님이 부족이 없다는 뜻이란다. 예약을 해서인지, 안내자의 특별 주문 때문인지는 몰라도 요리는 한국 방문객을 위하여 중국 특유의 향료 대신 한국 사람의 입맛에 딱 맞게 나왔다.

밤거리를 보니 숲이 우거진 공자의 유적지가 호텔과 담 사이를 두고 있었다. 거리에는 밤 잡상인들로 인산인해를 이루고, 퀴퀴한 연기와 냄새가 길목을 가득 채우고 있었다. 길가에서 발 마사지 광고가 유독 눈에 띄었다. 한 시간에 60위안 정도니까 저렴하다. 이해할 수 없는 것 중 하나는 한창 공부해야 할 고등학교 1학년 정도 되어 보이는 청소년들이 늦은 밤에 아무 걱정도 없이 태연하게 발 마사지 일을 하고 있다는 사실이다. 그리고 영어는 중학교 때 배운다는데 정작 대화를 나누어보면 할 줄 아는 말은 기본적인 몇 마디가 고작이다.

안내자의 말에 의하면 호텔에서 종사하는 종업원들은 대우가 좋아 모두가 선호하기 때문에 경쟁이 치열하다는 것이다. 월급이 900위안이니까 160만 원 정도 되는 셈이다.

아침에는 한국 관광객 일행과 함께 식사를 하였다. 그들은 학술조사차 공자의 유적지를 답사하러 왔다며, 공자의 유적은 모택동의 문화혁명 시기에 많이 파손되었으나 이곳은 그래도 피해가 적었다고 설명해주었다. 문화혁명은 모택동이 중국 공산당 내부의 반대파들을 제거하기 위하여 사회주의에서 계급투쟁을 강조하는 일종의 권력투쟁으로, 모택동 사망 후 중국 공산당은 문화대혁명에 대해 "잘못된 판단이었다."는 공식적 평가를 내린 바 있다.

공자는 BC. 552~479년에 걸쳐 노나라에 살았던 중국 고대의 사상가이자 유교의 시조다. 최고의 덕을 인이라고 보고, 인은 '사람을 사랑하는 것'이라고 정의했다. 부모와 연장자를 공손하게 모시는 효제의 실천을 가르치고, 이를 인의 출발점으로 삼았다.

공자의 유적지를 거닐며 어렸을 때 회초리가 두려워 달달 외우던 부자유친(父子有親), 군신유의(君臣有義), 부부유별(夫婦有別), 장유유서(長幼有序), 붕우유신(朋友有信)의 기억을 가물가물 되살렸다. 그 옛날 그놈의 공자가 얼마나 위대한 인물이기에 놀지도 못하고 외워야 하나 생각하며 고생하던 추억들이 생각났고, 문득 돌아가신 아버지가 떠올랐다. 초등학교 교장선생님이셨던 아버지도 공자와 같은 교육자였기에 자녀에 대한 교육열정이 남과 차이가 있었다. 한문은 가르치셨지만 공부하란 말씀은 없으셨다. 즉, 가르쳐주었으니 다음은 너의 몫이란 뜻이었는데 그때는 그 뜻을 몰랐다.

아침부터 매표소 앞에는 관광객이 줄지어 있었고, 미국인도 섞여 있었다. 중국 말은 못 했지만 한자를 알기에 그렇게까지 답답하지는 않았다.

공자를 모신 사당을 중심으로 돌기둥 하나, 나무 한 그루 한 그루가 연륜을 말해주고 있었다. 멀리서 언뜻 보면 허전한 기둥 같았는데, 가까이 가서 자세히 살펴보니 나지막하고 섬세한 무늬의 돌기둥이 온전한(?) 데가 한 군데도 없었다. 어떤 나무는 천 년이 지났는데 그 자리에 다시 나무가 자라나서 그 나무가 또 천 년이 지났다고 설명서가 붙어 있었다.

다양한 필체로 쓴 한자를 보면 한결같이 명필에, 용처럼 글자가 살아 움직이는 것 같았고, 글씨는 방금 써서 붙여놓은 듯 보였다. 깨알같이 작게 쓴 한자들이 빼곡하게 차 있는 벽면을 보고 있는데, 한 사람이 일생을 쓴 것이라고 안내원이 설명하였다. 글을 쓴 사람의 이름과 연도가 없는데 무슨 근거를 가지고 조선족 안내원은 함부로 애매한 설명으로 궁금증을 자아내는 해설을 하고 있는가, 되물으려다 꾹 참았다. 이런 것을 보면 나도 성격이 좀 모난 데가 있는 것이 아닌가 생각도 해본다. 그냥 넘어가면 되는데, 따지고 들 필요가 전혀 없는데 말이다.

1994년 유네스코(국제연합교육과학문화기구)에 세계문화유산으로 등록된 유적지라서인지, 웅장한 위용이 광범위하여 자세히 볼 시간적 여유가 없어 반나절 보는 것으로 관광을 마쳤다.

그리고 공자를 모신 묘를 관광하였다. 공자림(孔子林)은 공자와 그 후손들의 묘지인데, 취푸 현성 북문에서 북쪽으로 1km 떨어진 곳에 있었다. 면적 2,000㎢에 이르는 경내는 나무가 울창하고, 제 76대에 이르는 후손들의 무덤 10만여 기와 비석들이 흩어져 있었다.

공자묘는 잡초가 무성한 숲 속에 같은 크기의 18개 무덤과 나란히 있는데 어느 묘가 진짜인지는 아직도 모른다고 하였다. 묘를 중심으로 움푹 파여 있고 물이 흐르게 되어 있어 묘에 가까이 가려면 다리를 건너야 했다. 공자를 흠모하는 사람들이 가까이 접근하지 못하도록 냇물이 있었으나 지금은 갈대숲으로 덮여 흔적만이 남아 있었다.

공자 유적지 관광을 마치고 떠나면서 불현듯 미국에서 유학을 마치고 귀국하여 모처럼 할아버지 제사를 지내러 시골에 가서 아버지에게 제사에 대하여 몇 마디 했다가 혼쭐난 일이 떠올랐다.

"제사는 유교의 유물인데 결국은 없어질 것이고 없어져야 한다. 역사만 길었지 선진국이 되지 못한 이유 중 하나도 바로 과거에 집착하는 제사 지내는 일 때문이다. 없는 살림에 먼 길을 오가며 어떤 가정은 일 년에 제사를 열세 번이나 지낸다. 이것은 낭비이며 미래 지향적이 아니다. 미국 사람들이 제사 지내는 것을 보면 미풍양속이 아니라 미신이라 생각할 것이다. 추석이나 설은 이해가 간다. 서양에서는 추모하고 추념하는 것으로 대신하지만 우리는 일 년에 몇 번을 생업에 지장을 주면서까지 먼 길을 오가며 제물을 준비하고 술잔을 올린다. 이러한 과거 지향적인 풍습은 구태의연한 악습으로 빨리 없어질수록 좋다."고 나는 말했던 것이다.

아버지로서는 당신 아버지의 제사인데 자식이 미국에서 겨우 몇 년 공부하더니 사람 버려가지고 왔다고 생각했을 것이고, 한탄스런 어조로 일장 훈계를 하셨다. 젊어서라면 한 대 맞아도 싸다.

아버지는 "수많은 외침에도 불구하고 오늘날까지 역사를 이끌어 오고, 최근까지 왜적의 대항에 맞선 정신적 원동력은 유교사상이 었는데, 서양 문화가 동양의 도덕사상을 무너뜨리려고 한다. 그렇게 되면 우리 사회는 위계질서가 무너져 대혼란을 가져오게 되므로 개방은 어쩔 수 없으나, 너 같은 애는 정신 똑바로 차리고 대학생들 똑바로 잘 가르쳐라." 말씀하셨다.

변화와 개혁을 추구하는 나로서는 어른이 하는 일이라면 말 한마디 못하고 '어른이 말씀하시는데 무슨 어린것이…….' 하면서 무조건 복종을 강요당하는 그런 시대는 이미 지났다고 본다.

물론 그 시대 어른들의 말씀은 그 시대에 맞는 말씀이었을 것이다. 그러나 다양한 의견을 수렴하고 토론을 통하여 의견을 주고받는 오늘의 현실에서 볼 때 그 당시의 교훈은 단지 참고사항일 뿐, 여과 없이 접목시키기에는 사회와 상황이 판이하기 때문에 마찰이 없을 수 없다.

예를 들어 공자는 일생을 회고하며 자신의 학문수양의 발전 과정에 대해 『논어』「위정편(爲政篇)」에서 이렇게 말했다.

"나는 15세가 되어 학문에 뜻을 두었고(吾十有五而志于學), 30세에 학문의 기초를 확립했다(三十而立). 40세가 되어서는 미혹하지 않았고(四十而 不惑), 50세에는 하늘의 명을 알았다(五十而知天命). 60세에는 남의 말을 순순히 받아들였고(六十而耳順), 70세에 이르러서는 마음 내키는 대로 해도 법도를 넘어서지 않았다(七十而從心所欲 不踰矩)."

이는 BC. 552~479년 그 당시의 사회, 문화, 교육, 환경 배경을 감안한 그 시대에 적절한 말이다. 요즈음 세상에선 60세에 남의 말을 순순히 받아들일 수는 없는 것이다.

가령 나보고 "너 60이 넘었으니 까불지 말고 입 닥치고 앉아만 있어라." 주문하면 난 못 참는다. 다만 귀를 귀 기울이고, 듣기를 많이 하고 말을 적게 하되, 겸양과 겸손의 자세로 경륜 있는 행동을 할 때가 되었으므로 나이 60이 되면 까불지 말고 얌전하게 있으라는 나대로의 해석을 할 뿐이다.

가만히 있기만 해도 본전치기는 되는 것이다. 괜히 앞서 나서고 수다를 떠니까 주책없는 추한 면모를 보이게 된다. 말마다 잔소리로 들리게 되니까 말을 삼가라는 것이다. 동서양 문화의 교차점에서 방향키를 잘 잡아야겠다.

한편 젊은이들의 고전 읽기는 중요한 것은 알지만 관심이 없으니 문제다. 시대가 변해도 큰 줄거리는 우리의 인생에 양념과 소금이 되는, 밑줄 칠 만큼이나 좋은 글귀가 많은데 말이다.

울릉도 울렁 멀미

삶의 배경을 틀 삼아 틀에 박힌 생활을 하다 보면 견디다 못해 마침내 권태에서 이탈하고 싶은 충동이 생기는데, 이것이 떠나고 싶은 동기가 될 수 있을 것이다. 더구나 여름처럼 무더위까지 가세하여 성가시게 시달리는 계절에는 더욱 그러하다.

어떻게 보면 우리의 생활도 일상생활이 아니면 여행, 여행 아니면 일상생활이 아닐까 한다.

여행이 일정한 목적을 지니고 자기 삶의 영역을 벗어나 다른 곳으로 이동하는 일이라면, 떠날 곳과 돌아올 곳, 즉 목적지와 귀착지가 있어야 한다.

여행이 산에 오르거나 바다에 가면 훨씬 더 광활한 자연이 우리의 시야를 넓혀주고 가슴도 시원스레 얼어준다. 더구나 바다가 보이는 산이라든가 섬의 산을 오르는 것은 더욱 매력 있는 산행이다. 섬 산행은 미지의 수평선을 볼 수 있기 때문이다. 내가 산도 좋아하지만 바다를 더 좋아하게 된 것은 인천여상 근무시절 교무실에서 바로 앞에 누워 있는 수평선과 저녁노을의 그 낙조에 붉게 물든 천진난만한 여고생들의 아름다운 홍안과 갯바람에 휘날리는 윤기 흐르는 검은 머릿결에 매료되어 그 순간을 아직도 잊지 못해서일 것이다.

이러한 추억을 회상할 수 있는 기회가 올 줄은 예상하지 못했다.

교수협의회에서 연수 일정으로 울릉도, 독도 답사를 간다기에 동해의 수평선을 마음껏 보기도 하고 섬 산을 오른다 하니 그야말로 일거양득이란 생각이 들어서 여행을 결정한 것이다.

매년 여름엔 여행이 행사였는데 금년 따라 차일피일하다가 여행 한번 못했는데 그것 참 잘되었구나 하는 생각이 들었다. 한편으로는 때는 가을을 여는 시기라 특히 어디론가 정처 없이 떠나고 싶은 마음도 들었다. 놀이도 동반자가 마음에 들어야 흥이 나듯이 여행의 동반자도 의심하는 마음을 지니고는 같이 떠날 수는 없는 것이다. 다행스럽게도 일행이 동료 친지들인지라 합숙, 합식하면서 대화로 친의를 돈독히 할 수 있는 시간을 가질 수 있다는 것은 더욱 큰 여행의 부산물로 의미가 있는 것이다.

묵호항에 대기 중인 울릉도행 배에 몸을 실었다. 옛날 젊은 시절에 배 요동을 즐겼던 호사스러움을 회상하게 하고 그때를 헤아려 보니 많은 세월이 지나갔음에도 그때나 지금이나 수평선의 잔잔한 파도만이 말없이 너울거리고 있음은 변함이 없었다.

예기치 않던 일은 삼십 분쯤 지나서부터 시작되었다. 그것은 뜻밖에 세 시간 동안 몸을 뒤틀어놓은 뱃멀미였다. 토할 것도 없는데 구역질이 나면서 쓴물까지 다 올라올 때에는 저 멀리 울릉도가 희미하게 보일 때였다. 이제는 살았구나! 생각하였는데 그것은 착각이었다. 삼십분 정도만 견디면 도착하겠지 계산해보았는데 그 순간부터 한 시간 이상 항해한 후에야 도동항에 도착하였다. 신기하게도 배에서 내리는 그 순간 뱃멀미가 감쪽같이 사라졌다. 마치 산모가 출산함과 동시에 산통이 가시듯이 말이다.

독도를 가게 되든 말든 너무나 배가 고파 점심은 우선 먹어치우고 볼 일이다. 위를 그렇게 고생시키고 쉴 틈도 없이 점심을 준다고 우적거리며 먹는 꼴을 스스로 생각해봐도 해도 너무하다는 생각이 들었지만 독도를 가는데 힘을 내려면 에너지가 필요할 것이라고 합리화하면서 특산물인 더덕, 명이나물을 맛있게 먹었다. 그러고 나서 약국에 들러 뱃멀미 약을 사먹었더니 같은 배로 왕복 세 시간을 항해해도 멀미를 전혀 느끼지 않았다.

나는 뱃멀미를 하는 동안 많은 것을 배웠다. 이러한 위 운동은 어떠한 경우라도 불가능하며, 위의 온갖 노폐물과 머릿속에 도사리고 있는 잡상과 망상까지 떨쳐낸다는 심정으로 시원시원하게 토함을 받아들였다. 그러면서 때로는 올라오기를 기다리기도 하였다. 그러니까 처음에는 뱃멀미에 쩔쩔매다가 나중에는 뱃멀미도 운동이라 생각하고 즐긴 것이다. 현실을 직시하고 현재 진행상황을 수용하는 자세가 현명한 판단인 것이다. 작은 배를 원망도 하였지만 큰 배는 거센 파도에도 출항하기 때문에 그때의 멀미는 더하다는 것이다.

독도에 갈 때는 뱃멀미에 철저하게 준비했었다. 그렇다! 인생에 있어 걸림돌도 디딤돌로 만들면 오히려 도약 발판이 되는 것처럼 어려운 순간을 조금만 다른 각도로 생각하면 그것도 배움의 기회가 될 수 있는 것이다. 사실 뱃멀미 고생은 승선 준비를 전혀 안 한 것을 감안하면 너무나 싼 대가를 치른 셈이다.

도동 항구 앞에서 본 울릉도가 수줍은 처녀가 치마폭을 펼쳐 보이며 반가운 손님을 맞이하는 모습이라면, 반대편 저동에서 바라본 산은 엄마의 뒷모습과 그 그림자의 자태였다. 그러나 전체적인 울릉도는 험하고 절벽과 비탈이 많아 케이블카도 있는 못생긴(?) 산이다. 언덕이나 고개라고는 볼 수 없는 46km 경사 길의 좁은 도로 2차선을 포장하는 데 경부선고속도로와 같은 건설비용이라면 짐작이 가리라.

　해맑은 돌섬, 독도를 안고 있는 잔잔한 바닷물에 비친 나의 모습을 보는 순간, 번뜩 스치는 무상(無常)의 애증이 나를 못내 가슴 아프게 하였다. 이 나이, 이 고귀한 시간에 진실로 이제는 어떻게 사느냐가 문제가 아니라 어떻게 가느냐 하는 문제에 심각하게 생각을 기울여야 하는데 도끼자루 썩어가는 줄도 모르고 아직도 허둥거리고 서성대며 방황하고 조바심하고 있는 모습이 나의 자화상이 아닌가!

　아! 떠남이 내가 되고, 내가 영원히 떠남이 되는 날은 언제일까?

　외로운 섬, 독도에서 그날을 상상해보았다.

고집

고집은 희랍어로 스클레로테스(sklerotes)로 '바짝 마른', '단단한', '구부러지지 않는' 이라는 뜻이다. '완고함', '무뚝뚝함', '무감각' 이라는 의미도 있다. 바른 뜻은 굽혀서는 안 된다. 그러나 대개의 사람들은 고집이라는 뉘앙스는 좋지 않은 뜻인 양 달갑게 생각하지 않는다. 우리가 대화할 때 고집이 있다고 표현하면 잘못된 주장을 철회하지 않고 계속하는 행위에 해당하기 때문이다.

나는 고집은 있어야 한다고 본다. 나는 언제나 고집을 '열정이 넘치는 의욕' 이라고 생각한다. 고집이 있어야 끈기가 있고 주관이 뚜렷하다. 고집 있는 사람이 결국은 사고도 치지만 일을 해낸다. 사실 생각이나 태도를 바꾸지 못하여 끝내 파멸하는 경우를 주변에서 많이 본다. 소신이 지나치면 고집이 되고, 고집이 지나치면 늙은이는 주책이 된다. 가정에서, 직장에서, 단체에서, 종교계에서 좌충우돌의 경우를 많이 보는데 원인은 타인을 설득하려고 들면서 자기주장이 강한 데 있다.

살다 보면 눈앞의 이익과 명예에 눈멀기 십상이다. 세상에서 누리는 하찮은 영예를 탐하는 사람은 마치 미끼를 탐내는 고기 떼나 부엌 칸을 엿보는 생쥐나 고양이와 다를 바 없는 것이다.

생각이나 태도를 바꾸지 못하여 끝내 파멸을 자초하게 된다.

모든 괴로움의 원인은 집착 때문이다. 애착이 클수록 소모가 커진다. 지붕이 엉성하면 비가 새듯이, 마음이 엉성하면 욕심과 번뇌가 스며드는 법이다. 노자는 "분수를 알면 욕되지 않고, 그칠 줄 알면 위태롭지 않다."고 했다. 내 것에 집착하게 되면 결국은 늪에 갇혀 흐름이 멈춘다. 사람은 원래 욕심이 많은 동물이다. 옛 말에 "바다는 메워도 사람의 욕심은 못 메운다."고 했듯이 한도 끝도 없는 것이 욕심이다.

삶에서 만족을 얻는 데는 두 가지 방법이 있다. 갖고 싶은 것을 모두 갖는 것, 혹은 현재 가진 것에서 가치를 찾고 감사하는 것.

시인 도종환은 「단풍 드는 날」에서 "버려야 할 것이 무엇인지를 아는 순간부터 나무는 가장 아름답게 불탄다."고 단풍을 노래했다. 나무는 버릴 줄 안다.

젊은 날을 아쉬워해서도 안 된다. 젊은이들이 누리고 있는 젊음을 우리는 이미 누렸으며, 그런 시절을 모두 겪었다는 사실에 만족하며 대견스러움을 가져야 한다.

인생이란 결국 혼자서 가는 길이므로 독립적인 존재라는 인식을 가지고 살아가야 한다. 나이가 들수록 그만큼 경륜이 쌓이므로 더 많이 이해하고 배려하고 너그러워져야 하는데, 오히려 아집만 늘어나고 집착은 커져만 간다. 우리가 버려야 할 욕심이 무엇인지를 아는 순간, 우리의 삶도 단풍처럼 아름답게 불타지 않을까. 지독하게 생각해볼 일이다.

노력

강의실마다 창 너머 산과 숲을 바라볼 수 있어 마음의 부드러움을 잃지 않고 아침엔 맑은 이슬, 저녁에는 엷은 노을과 밤의 정취를 맛보는 것은 얼마나 조촐한 복인지 모른다. 그래서 나는 첫 강의시간에 학생들에게 창밖 숲과 나무를 관찰하라고 한다. 앙상한 나무는 새싹을, 울창한 숲은 가을을 준비하고 있음을 알고 있는지 묻고 싶어서다.

숲이 무성함은 그들의 젊음과 같으며 나이테 늘이기를 게을리 하지 않는 부지런함을 젊은이들은 읽을 줄 알아야 한다. 울창한 여름 숲에서 상록수를 보기 어렵듯이 학생들에게 방학은 자신의 부족을 채우며 만회할 수 있는 절호의 기회임을 알고 촌음을 아끼며 정진해야 하는데 갈수록 아쉬움이 커져만 가니 안타깝다.

나는 특히 방학기간에 도서관에 자주 들른다. 많은 학생들이 계절과 싸우면서 책장 넘기는 모습이 가르치는 이의 마음을 흐뭇하게 하기 때문이다. 그리고 나의 방학은 그들을 위한 재충전의 좋은 기회이기도 하다.

운동경기는 상대가 있다. 그리고 결과는 이기고 지는 것으로 판가름 난다. 비기는 경우는 싱겁다. 예를 들어 경기 전에는 승자도 패자도 아니다. 마라톤을 봐도 경기 출발점에서는 1등도 없고 꼴찌도 없다. 모두가 같다. 그러나 시간이 흐름에 따라 잘 뛰는 사람과 못 뛰는 사람 사이에 간격이 생긴다. 누구는 1등을 하여 월계관을 쓰는가 하면, 누구는 꼴찌를 한다.

꼴찌인 사람을 인생의 낙오자로 낙인찍으려는 의도가 절대 아니다. 꼴찌라도 그가 얼마나 최선을 다하여 전 구간을 뛰었는가를 묻고자 하는 것이다. 그것이 만약 최선을 다하여 얻은 자신의 최고기록이요, 최선을 다하여 질주하였는데도 꼴찌를 하였다면 그 결과에 만족해야 하고 누구나 박수를 보내야 할 것이다.

넘어지지 않고 달리는 사람에게는 박수를 보내지 않는다. 넘어졌다 일어나 다시 달리는 사람에게 사람들은 박수를 보낸다. 넘어지는 것을 두려워해서는 안 된다. 오히려 그것을 변명하려고 하는 태도가 더 두려운 것이다. 99%는 우승할 수 있는 체력을 가지고 있었으나 평소에 준비를 소홀히 했거나 자만했거나 아니면 컨디션 조절에 실패하여 꼴찌를 하는 경우가 허다하다.

누구나 우승할 수 있고 성공할 수 있다. 단지 노력을 안 했을 뿐이다. 『풀잎』의 시인 휘트먼(Whitman, 1819~1892)은 "추위에 떤 사람일수록 태양의 따스함을 느낀다."라고 했다. 노력해본 사람은 그 과정을 이해한다. 무한한 가능성도 노력과 실험과 시도를 통해서만 가능할 뿐이다.

한 인간은 평생을 살아가는 동안 숱한 고난과 시련을 겪게 된다. 어떤 이들은 고난 앞에 무릎을 꿇고 쓰러지는가 하면, 어떤 이들은 오히려 약진의 발판으로 삼아 그 고난을 헤쳐 나가 마침내 다이아몬드처럼 빛을 발하게 된다.

아브라함 매슬로우(Abraham Maslow, 1908~1970)라는 심리학자가 있다. 그가 다음과 같은 글을 썼다.

"그 사람이 얼마나 위대하느냐는 그가 얼마나 많은 고난을 이겨 왔느냐와 비례한다."

노력하여 얻은 지식은 의미 없이 사라지지 않는다.

그런 점에서 우리는 고난 없이 위대하게 된 사람을 생각하기 어렵다. 가장 중요한 일들은 대부분 가망이 없는 것처럼 보이는 일에 끝까지 포기하지 않고 노력하는 사람에 의해 이루어졌다. 개인만 그러한 것이 아니다. 고난의 시기를 거치지 않고 훌륭한 역사를 이루어낸 나라나 민족은 없다.

매독 특효약인 살바르산(Salvarsan)은 파울 에를리히(Paul Ehrlich, 1854~1915)가 다수의 비소 화합물을 합성하는 과정에서 606번이나 실험하여 만들었다 하여 606호라는 별명도 갖고 있다. 라이트 형제(W. Wright, 1867~1912, O. Wright, 1871~1948)는 805번의 실패 끝에 비행기를 만들 수 있었고, 에디슨(Edison, 1847~1931)도 174번의 실험 끝에 전구를 발명해냈다. 사도 바울은 감옥에 갇힌 자리에서 「빌립보서」를 기록했고, 존 번연(John Bunyan, 1628~1688)도 긴긴 옥살이에서 『천로역정』을 지었으며, 존 밀턴(John Milton, 1608~1674)은 눈이 멀게 된 후에야 영적인 눈이 열려 『실낙원』을 썼다. 베토벤(Beethoven, 1770~1827)은 청각장애를 극복하면서 오히려 작곡에 열중하였고, 김대중(1924~2009) 전 대통령도 감옥에서 옥중일기를 썼는데 그 분량이 엄청나다. 김연아는 이렇게 말했다. "나는 한 동작을 익히기 위해서 만 번을 연습합니다." 노벨 문학상을 수상한 조지 버나드 쇼(George Bernard Shaw, 1856~1950)가 쓴 글을 읽어보던 그의 아내가 "이거 완전 쓰레기네요."라고 말하자 그는 "지금은 쓰레기가 맞소. 하지만 일곱 번째 수정원고가 나올 때는 달라질 거요."라고 했다.

포기하지 않고 힘든 순간을 견디고 이겨낸 사람만이 별처럼 우뚝 솟아 빛을 낼 수 있다. 나도 박사학위 논문 실험에 일 년 동안 결과가 하나도 없었다. 그러니까 당구 치고 술 마시고 놀았던 사람과 꼭 같다. 노력을 했는데도 결과가 없기 때문이다. 결과가 없는 것은 아무 소용이 없다. 그러나 실패의 값진 경험이 성공의 자산이 된다는 것을 우리는 안다.

서두르지 말고 은근과 끈기로 마라톤 하듯 꾸준히 노력하면 좋은 결과를 얻기 마련이다.

인생에서 성공하는 비결 중 하나는 장애물을 도약대로 삼는 것이다. 우리는 고난을 통하여 성숙해지며 인생사도 비상하게 된다.

대학 신입생의 실력은 그 차이가 거의 없다. 무시해도 좋을 정도로 미미하다. 그러나 졸업할 때의 실력 차는 엄청나다. 이러한 현실을 어떻게 설명해야 하는가. 노력은 마치 우물을 파는 것과 같다. 처음에는 흐려져 마실 수 없지만 파다 보면 차차 맑아진다.

청춘에서 대학 4년이라는 기간은 노년의 같은 4년에 비교하면 중요한 시간이다.

도산 안창호(1878~1938) 선생은 젊은이가 다짐해야 할 두 과제는 '놀지 말자' '속이지 말자' 라며 젊은이들에게 "책임이 있는 곳의 주인이 되라."고 말씀하셨다.

입학할 때 장학생이 4년 동안 장학금을 타면서 다니는 경우는 드물다. 그러나 간신히 합격한 학생들이 장학금을 타면서 장학생으로 졸업하는 경우를 많이 보았다.

잠수함이 하루아침에 떠오를 수도 없고, 가라앉을 수도 없다. 4년 동안 서서히 떠오르는 학생이 있는가 하면, 그렇게 부진할 바에는 차라리 불합격되어 일찍 다른 길로 가는 것이 인생에 도움이 되었을 걸 하는 생각이 드는 안타까운 학생들도 적지 않음이 애석하다.

옳은 길은 좁고, 험난하고, 고달프다. 남이 가지 않은 길을 걷노라면 외롭고 쓸쓸한 법이다. 고자락지모(苦子樂之母, 고생은 즐거움을 낳는다)의 뜻을 새겨볼 일이다. 젊었을 때는 사서라도 고생을 해야 한다. 결코 낭비의 시간이 아니고, 값진 투자의 시간인 것이다.

프로이트(Freud, 1856~1939)는 그의 저서 『꿈의 해석』에서 자신이 위대한 사람이 되려고 노력했던 것은 "너는 장차 위대한 인물이 될 것이다."라는 어머니의 믿음 때문이라고 말했다.

친구들로부터 따돌림을 당하고 엉뚱한 실수를 저지르기 일쑤인 레오나르도 다빈치(Leonardo da Vinci, 1452~1519)에게 그의 할머니는 항상 이렇게 말했다. "넌 무슨 일이든 해낼 수 있어. 할머니는 너를 믿는다." 위대한 일을 해낸 사람 곁에는 언제나 그를 믿어준 사람이 있었다. 한 사람의 믿음이 또 한 사람을 위대하게 만든다.

물 위에서 바라보는 백조는 참으로 우아하고 평화로워 보인다. 하지만 그 우아한 자태를 유지하기 위해서는 물 밑에서 끊임없이 물갈퀴질하며 발버둥을 쳐야 한다. 더구나 흘러가는 물 위에 떠 있으려면 더욱 세차게 물갈퀴질해야 한다. 도도히 흘러가는 물을 보노라면 그처럼 평화롭게 보일 수가 없다. 그러나 그 밑바닥에서는 모래와 자갈과 바위와 부딪치면서 굽이치고 용솟음치면서 깎이고, 부서지고, 소용돌이치고 있음도 볼 줄 알아야 한다. 우리네 모습도 백조의 모습과 다를 바가 없다. 백조처럼 수많은 노력이 있어야 아름다운 삶의 모습을 그려낼 수 있는 것이다.

성공한 사람을 보면 마치 높이 솟아 오른 산, 아니면 살며시 떠 있는 작은 빙산 같이 보일 때도 있다. 그러나 우리는 보이지 않고 숨어 윗부분을 떠받들고 있는 비대칭의 엄청난 부분도 볼 줄 알아야 한다. 볼 수 있는 것은 보이는 것의 극히 일부에 해당하기 때문이다.

나는 김연아의 눈물을 이해한다. 4분도 채 안 되는 연기를 위하여 자신과 싸우면서 그 많은 연습을 한 것이다. 그러니까 자기를 이긴 것이다. 거둔 성공은 정성과 투자에 비해 당연히 작은 것이다. 일하지 않고는 달콤한 휴식을 알 수 없으며, 인생의 참의미와 마주치는 기쁨 또한 맛볼 수 없다.

영어를 공부할 때 한 문장을 외우면서 그 현장을 목격하고 '아, 그렇다. 나도 하면 된다.'고 다짐한 것이 오늘의 나를 있게 해준 동기가 되었다. 그 문장은 "A drop hollows the stone not by the forces but by the frequencies(물방울이 돌에 구멍을 내는 것은 힘이 아니라 잦음 때문이다)."이다. 한 방울의 빗방울이 무슨 힘이 있겠는가. 그러나 그 횟수를 거듭하면 작은 힘이 모인 결과가 결국 돌을 둥글게 하고, 단단한 돌까지도 움푹 파이게 한다. 시골집 장독대 밑바닥은 시멘트였다. 소나기를 피하느라 추녀 밑에서 낙숫물을 무심코 바라보는데 시멘트 밑바닥이 파여 있는 놀라운 현장을 보았던 것이다. 방금 전에 읽은 책 내용을 여기서 확인한 셈이니 이보다 더 생생한 산 교육장이 어디 있는가!

거슬러 헤엄치는 자가 강물의 세기를 안다. 천재란 노력하는 사람의 별명이다. 아무 생각 없이 이돌 저돌 찾아다니면서 고기를 잡던 어린 시절에는 무심했었다. 그러나 점점 나이가 들면서 둥근 돌 모양을 보면 물의 힘이 커서가 아니라 그 긴 세월과 꾸준함에 감탄했다. 이보다 더 좋은 삶의 체험과 경험은 돈으로도 살 수가 없는 것이다. 시냇가의 둥근 돌을 보고 나도 물과 같이 꾸준히 노력하면 저렇게 돌까지도 모양을 다르게 할 수 있다고 생각했었다.

“근면하지 않고 성공한 사람은 없다.” 벤저민 프랭클린의 말이다.

“무쇠도 갈면 바늘이 된다.” 우리 속담이다.

그렇다. 행불행은 노력 여하에 달려 있다. 오늘은 노력의 대가를 보상받으면서 사는 것이다.

오르지도 않고 정상에 오를 수는 없다. 우승이나 성공은 아무나 하는 것이 아니다. 철저한 자기관리와 노력에서 비롯된다. 오늘 걷지 않으면 내일은 뛰어야 한다.

공부가 인생의 전부는 분명 아니다. 그러나 인생의 전부도 아닌 공부 하나도 정복하지 못한다면 과연 무슨 일을 할 수 있겠는가. 젊어서 공부는 필연이다. 그러니까 피할 수 없는 고통이라면 즐기면서 이겨내는 인내가 필요하다. 노력도 안 하고 대가를 바라는 것은 뿌리지도, 가꾸지도 않고 열매를 거두려는 심보인 것이다. 인생살이에 공짜는 단 하나도 없다. 러시아 속담에 “공짜 치즈는 쥐덫에나 있다.”는 말이 있다. 이게 공짜인가?

자신감이 없어도 열심히 노력했다면 반드시 자신감이 생긴다. 별다른 노력도, 경험도 없다면 자신감이 없는 것이 지극히 당연한 일이다. 직접 내 손으로 쌓아올리고 경험할 때 비로소 자신감을 가질 수 있다. 그러니까 노력은 자신감을 심어준다.

삶도 그렇다. 노력의 대가에 만족하면서 사는 사람이 더욱 활기차다. 가장 행복한 사람은 자기가 하고 싶은 일을 하면서 사는 사람이다. 그런 삶이 재미있고 신나는 삶이다. 누구나 이러한 삶을 누리면서 살 수 있다. 단지 차이는 노력 여하에 달려 있다. 아무런 연습 없이 무대에 오른 가수가 자신감을 가질 수는 없다. 피나는 노력, 산전수전의 경험들이 자신감을 갖게 한다.

또 하나 있다. 주변 사람들의 격려와 칭찬, 따뜻한 말 한 마디가 자신감을 키워주고 목적을 달성하기 위하여 노력하게 만든다.

또 다른 문제는 자신에 대한 관심이다. 많은 사람은 괜히 이웃을 기웃거리듯이 남을 엿본다. 그것도 남의 장점을 보고 자신에게 적용시켜보려고 하는 것이 아니라 단점만 족집게같이 끄집어낸다. 자신에 대한 관심을 가져야 한다. 자신의 초라한 이력, 경력을 가지고 어디에 원서를 낼 수 있을까, 자기반성해보면 스스로 얼굴이 붉어질 때가 있다. 그동안 너무 대책 없이 무심했다는 것을 느낄 것이다.

소기의 목적을 달성하기 위해서는 세 박자가 맞아 떨어져야 한다. 그것은 시간과 건강과 금전이다. 젊은이들은 세 가지를 다 갖추고 있다. 난 그들이 부럽다.

꿈은 지식보다 중요하다. 사람의 능력은 별 차이가 없다. 다만 얼마나 끈기와 열정을 가지고 자신을 몰고 가느냐 하는 조그만 차이가 연속적으로 일어날 때 차이가 나게 되는 것이다. 한 가지 목적을 위하여 전심전력하여 이루어낸 성취가 자신감을 키워주며, 크고 작은 성취가 이어질 때 결국 그 인생은 성공한 인생사가 될 것이다.

태어날 때부터 남달리 뛰어난 재능을 지닌 사람들도 물론 있다. 날 때부터 안다고 자부하는 사람이 있을 것 같지는 않지만 모차르트(Mozart, 1756~1791)는 세 살에 악기를 다루고, 여섯 살에 연주여행을 떠났고, 아홉 살에는 교향곡을 작곡하였다니 과연 천재는 천재다. 하지만 그런 사람은 몇 안 되고 99.9퍼센트는 모두 평범한 재능밖에 갖고 있지 않다. 다소의 개인차는 있지만 후천적이지 선천적은 아니라는 것이다. 천재도 타고나는 것은 1퍼센트에 지나지 않고 나머지는 땀을 흘리는 노력으로 된다고 하지 않던가. 안 될 이유가 있으면 될 이유도 있는 것이다. 사행심으로 요행을 바라며 대박을 노리다가는 쪽박을 차게 되는 법이다.

평범하게 태어나 평범하게 살아가는 자연스러움을 고마워할 줄 알아야 하는데 많은 사람은 불평한다. 불평은 스스로를 파괴시키는 폭탄과도 같은 것이다. 그러므로 우등생이 아닌 것을 안타까워할 까닭도 없다. 한 반에서 1등은 한 명밖에 없는데 그 많은 아이들이 모두 1등을 할 수 있겠는가.

링컨은 이렇게 물었다. "하나님이 어떤 사람을 가장 사랑하는 줄 아느냐." 그렇게 묻고 스스로 이렇게 대답하였다. "하나님은 평범한 사람들을 가장 사랑하신다."

가장 많은 사람들이 평범한 사람들이다. 만리장성도 벽돌 하나로 시작되었다. 처음에 너무 작다고 실망할 것 없다. 시작이 아무리 작고 미약해도 그 나중은 심히 창대하게 되는 것이다. 지금부터 이십년 뒤 분명한 사실이 있다면, 잘못하고 후회할 일보다 하지 않아서 후회하는 일이 많을 것이라는 것이다.

"There is a will, there is a way(의지가 있으면, 길이 있다)." 새겨둘 말이다. 가장 중요한 상품은 바로 자신인 것이다. 꿈을 키우기 위한 한때의 노력은 자신에 대한 가장 값진, 지상 최대의 투자인 것이다. 지금 잠을 자면 꿈을 꾸지만 지금 공부하면 꿈을 이룬다. 눈이 감기는가? 그러면 미래를 향한 눈도 감긴다. 성공은 아무나 하는 것이 아니다. 철저한 자기관리와 노력에서 비롯된다. 지금 흘린 침은 내일 흘릴 눈물이다.

석가(B.C.563?~B.C.483?)는 운명하면서 제자들에게 이렇게 최후의 말을 남겼다. "게으르지 말고 노력하라." 말하자면 살아 있는 동안 부단한 정진을 강조한 것이다. 허송세월한다면 삶은 마치 흩날리는 바람에 불과할 뿐이다.

또 다른 관점

산의 모습을 무심코 바라보면 무뚝뚝하기 이를 데 없다. 소리쳐 불러보면 단지 메아리로 되돌아올 뿐이다. 그런데 그 산을 둘러보면 보는 방향에 따라 그 생김생김이 어쩌면 그렇게 다른지, 전혀 다른 산 같다. 뾰쪽하게 생긴 것이 옛날 시골에서 풍물이나 머리에 쓴 고깔같이 세모난 모양으로 보이다가도, 90도 다른 방향으로 바라보면 마치 암소 등허리를 보는 듯 펑퍼짐하게 보여 능선 따라 마치 파도치는 듯한 착각을 하게도 한다. 그러다가 다시 정반대 방향에서 바라보면 어쩌면 산의 뒷모습이건만 아름다운 자태가 뿔같이 숨어 있어 등산하지 않을 수 없는 모양으로 유혹하고 있다. 수줍은 듯한 모습은 가을에 보면 영락없는 처녀의 홍안이다.

"산을 보고 인생을 배우라."는 말이 어떤 뜻인지를 이제야 알 것만 같은 생각이 든다. 사람도, 아니 남이 본 나도 마찬가지가 아니겠는가! 정면으로 마주 볼 때와 옆모습 그리고 뒷모습이 제각각이다.

뒷모습에 반했다가 얼굴 보고 실망했다는 둥, 얼굴보다 몸매가 아름답다는 둥, 외모로 우선 평가하는 모순이 최근 굵은 선으로 대두되고 있다. 그러나 이 모든 것은 단지 눈에 들어오는 망막에 비친 그림의 해석 차이가 아니겠는가 하는 생각이 든다. 눈 내린 산마루에 올라 설경을 감상하고 있는데 옆에 있던 부부가 말한 상반

된 견해만 봐도 그렇다. 남편은 "참 아름답다." 하는가 하면 부인은 "삭막하고 을씨년스럽다." 하는 것이었다. 인생도 이와 유사하여 삶이 라이프니츠(Leibniz, 1646~1716)와 같은 낙천주의자나 쇼펜하우어(Schopenhauer, 1788~1860) 같은 염세주의자가 공존 공생하고 있는 것은 그래도 무슨 인연이 있어서다.

모든 사건이나 이루어지고 있는 일들을 관조해보면 극과 극으로 나누어져 있다. 행복-불행, 양극-음극, 남극-북극, 동서-남북, 시작-끝, 밝음-어둠, 낮-밤, 기쁨-슬픔, 즐거움-괴로움, 집념-잡념, 대박-쪽박, 합격-불합격, all-nothing, 플러스-마이너스, 빛-그림자, 탄생-죽음, 유죄-무죄, 부패-발효, 채움-비움, 입학-졸업, 입구-출구, 빈(貧)-부(富), 하늘-땅과 같이 어떠한 경우라 해도 냉정한 철리가 적용된다. 동일한 범죄 사건에 대한 판결도 판사에 따라 판결 내용과 형량에 차이가 있는 것은 서로 다른 시각으로 해석하기 때문이다.

낙천적인 삶의 해석이란 존재하는 모든 것이 행복을 위하여 있고, 일어나고, 사라진다고 믿으며, 모든 것은 악보다 선이 지배한다고 생각하는 관점이다. 예를 들어 그림의 어두운 부분만을 보면 침울하고 보기 흉할지는 모르나 전체를 한눈으로 보면 어두운 면이 있기에 전체가 살아나는 명화가 될 수 있는 것이다. 그러므로 고난과 고통도 인생의 전 과정에서 보면 불가결한 요소이며, 반드시 필요한 것은 아니지만 삶의 과정에서 있을 수 있다는 긍정적인 마음의 자세가 준비되어야 슬기로운 생활을 할 수 있다고 본다.

엄청난 재난이 왜 하필이면 나한테만 오는가 하는 염세주의적 사고만 한다면 우리의 삶은 어둡고 우울하며 희망과 기대가 설 공간이 없게 된다. 나의 짧은 삶을 돌이켜 보면 즐겁고 우습기도 하

216

고 재미난 일들은 분명 많았지만 그것은 순간으로 느껴지고, 어렵고 고통스럽고 괴로운 일들은 그 그림자가 너무나 크고 길고 오래 간다. 이러한 느낌이 드는 것은 부정할 수 없는 사실이다. 하지만 그것은 감정과 느낌에서 오는 착각일 수 있다. 삶이 괴롭다고만 생각하고 하루하루가 죽음을 향한 뜀박질이라 생각한다면 사실 그것이 진리이긴 하지만, 그 하루하루의 삶이 얼마나 괴롭고 고뇌에 찬 생활이 되겠는가 말이다.

인생의 기본 요소가 고통이요, 쾌락을 고통이 끝났다는 소극적 상태로만 여긴다면, 행복의 유일한 길은 죽음밖에 없을 것이다. 여기에서 우리는 긍정적 관점과 부정적 관점을 가질 수 있는데, 어떤 관점을 받아들이느냐에 따라 정반대의 엄청난 차이를 가져온다. 여기서 우리는 발상의 전환이 필요한 것이다. 손짓도 출발의 기준을 어디에 두느냐에 따라 맞이한다는 뜻과 나가라는 뜻이 될 수 있다.

어느 시골의 할머니가 장사를 하는 두 아들을 두고 있었는데 큰아들은 우산 장사를 하고 작은아들은 소금 장사를 하고 있었다. 할머니는 두 아들의 장사 때문에 매일 근심과 걱정만 하고 살아가고 있었다. 갠 날에는 우산을 파는 큰아들을 걱정하고, 궂은 날에는 소금 파는 작은아들을 걱정해야 했다. 그러니 해가 떠도 걱정, 비가 와도 걱정, 하루 한시라도 근심과 걱정이 끊이지 않았다.

생각의 전환과 관점의 차이가 얼마나 큰 변화와 희망을 주는가는 발상의 근원적 쇄신이다. 할머니가 만약 정반대로 햇볕이 나니 소금 파는 데 걱정이 없고, 비가 내리니 우산 또한 더 잘 팔리겠지 하고 생각했다면 비가 와도 해가 떠도 걱정이 없게 되는 것이다. 이 이야기는 한 가지 일에 대한 긍정적인 사고의 접근이 얼마나 다른 결과를 가져오는가를 말해준다.

장미에 가시가 있다고 사람들은 부정적으로 투덜대지만 사실은 가시나무에 아름다운 장미꽃이 달린 것이다. 멋있는 생각이다!

2차 대전 때 한 병사가 부상한 뒤에 한쪽 팔을 잃어야만 하는 수술을 받았다. 수술은 잘되었으나 병사는 한쪽 팔이 없어진 것이다. 그러나 병사는 "아닙니다. 저는 한쪽 팔을 잃은 것이 아니라 조국에 바쳤습니다."라고 했다. 팔을 절단한 수술결과에 대하여 안타까이 생각하게 될 병사의 심정을 헤아려볼 때, 잃은 것과 바친 것은 엄청난 차이다.

또 다른 관점이 희망과 용기를 북돋아준다. 우리는 팔 없는 병사가 얼마나 당당하게 나머지 삶을 낙심하지 않고 살아갈 것인가 가히 짐작하고도 남는다. 더구나 조국을 위하여 목숨까지 바쳤다면 이보다 더 큰 나라 사랑은 없을 것이다.

시인 밀턴은 40세에 불행하게도 장님이 된 사람이다. 그러나 그는 "주님께서 내 눈을 멀게 하심으로써 오직 하나님만을 볼 수 있는 속눈을 열어주셨다."고 말했다는 유명한 일화가 있다.

학생들은 대학에 들어와 학과를 결정한다. 그러다가 한참 지난 후에 자신의 성격이나 취미, 적성에 안 맞는다 하여 방황을 한다.

누구나 조금씩은 선천적으로 재주와 소질을 갖고 태어난다. 그러나 우리 인간은 습관의 동물이요, 개발하면 얼마든지 숨은 능력을 발휘할 수 있다. 통계에 의하면 인간은 자기 능력의 60%만 발휘하면서 일생을 살아가며 나머지는 잠재의식 속에 사장한 채로 지낸다니, 우리는 얼마나 게으른 동물인가를 반성해본다.

그래서 우리 개인은 소우주와 같은 존재이다. 무한한 가능성을 가진 존재이며, 작은 하나의 핵폭탄과도 같이 큰 위력을 발휘할 수 있는 힘을 가지고 있다. 노력에 의하여 개발하고, 자기 발전을 통하여 이룩할 수 있는 일은 무한대이다.

나 자신의 경우도 마찬가지다. 일생 동안 화학을 전공으로 하라고 명령을 내린 사람도 없고, 더구나 중고등학교에 다닐 때 화학 교과에서 두각을 나타냈던 것도 전혀 아니었다. 영어나 수학을 다른 과목보다 잘했고, 화학은 시험공부 마지막 자투리 시간에 공부하던 과목이었다. 대학에 들어와 적성에 맞지 않아 적지 않은 갈등이 있었으나 4년을 공부하다 보니 전공인 화학보다 많이 아는 학문이 없었다. 나도 모르게 전공이 되어버린 것이다.

자갈밭 같은 빈 머리에 화학을 심은 것이다. 빈 밭에 보리를 심으면 보리밭이 되고, 사과를 심으면 사과밭이 되는 것이다. 자기계발은 나이나 학벌과는 전혀 관련이 없다. 순전히 스스로의 의지와 신념, 굳건한 믿음을 가지고 인내와 끈기로 달성할 수 있는 것이다. 하면 된다는 긍정적인 생각이 자신을 변모시킨다.

과일 한 상자를 사서 먹는 방법에도 두 가지가 있다. 한 사람은 매일 신선한 과일을 골라 먹는가 하면, 다른 한 사람은 과일이 썩을까봐 상태가 나쁜 과일을 골라 먼저 먹는다. 두 사람 모두 결국 한 상자의 과일을 다 먹었을 것이다. 그런데 한 사람은 나는 매일 가장 좋은 신선한 과일을 먹었다고 생각하게 될 것이고, 다른 한 사람은 한 상자의 과일을 먹어 치우기까지 매일 가장 나쁜 과일을 먹었다고 생각하게 될 것이다. 180도 차이다. 과일 한 상자를 다 먹기까지 발상의 차이가 이러한 결과를 초래하게 된다.

신발공장 사장들이 새 시장을 개척하기 위하여 아프리카를 방문하였다. 피복공장 사장이라면 원주민의 의복을 보았을 것이나, 신발공장 사장들이니 당연히 발을 보고 의견을 내놓았다.

"모두가 맨발이니, 아프리카의 신발시장은 무궁무진하다."

"모두가 맨발이니, 신발이 필요 없다."

또 하나의 극단적인 예가 있다. 선조(宣祖)는 1590년에 통신사로 황윤길을 일본에 파견하여 도요토미 히데요시(豊臣秀吉, 1536~1598)를 접견하게 하였다. 황윤길은 이듬해 귀국하여 장차 일본이 반드시 내침(來侵)할 것이므로 대비하여야 할 것이라고 보고했다. 그러나 조정은 동인세력이 득세하던 때라 서인인 그의 의견을 묵살하였다. 1592년 봄, 그의 예견대로 임진왜란이 일어나자 선조는 그의 말을 듣지 않았음을 크게 후회하였다.

이런 일화도 있다.

1975년 여름 어느 날, 박정희(1917~1979) 대통령이 현대건설의 정주영(1915~2001) 회장을 청와대로 급히 불렀다.

"달러를 벌어들일 좋은 기회가 왔는데 일을 못하겠다는 작자들이 있습니다. 지금 당장 중동에 다녀오십시오. 만약 정 회장도 안 된다고 하면 나도 포기하지요."

정 회장이 물었다.

"무슨 얘기입니까?"

"1973년도 석유파동으로 지금 중동국가들은 달러를 주체하지 못하고 있습니다. 그 돈으로 여러 가지 사회 인프라를 건설하고 싶은데, 너무 더운 나라라 선뜻 일하러 가는 나라가 없는 모양입니다. 우리나라에 일할 의사를 타진해왔습니다. 관리들을 보냈더니 2주 만에 돌아와서 하는 얘기가 너무 더워서 낮에는 일을 할 수 없고, 건설공사에 절대적으로 필요한 물이 없어 공사를 할 수 없다는 겁니다."

"오늘 당장 떠나겠습니다."

정주영 회장은 5일 만에 돌아와 박 대통령을 만났다.

"지성이면 감천이라더니, 하늘이 우리나라를 돕는 것 같습니다."

박 대통령이 놀라 물었다.

"무슨 얘기요?"

"중동은 이 세상에서 건설공사를 하기에 제일 좋은 지역입니다."

"아, 그래요!"

"일 년 열두 달 비가 오지 않으니 일 년 내내 공사할 수 있고, 모래와 자갈이 현장에 있으니 자재 조달이 쉽고, 물은 어디서 실어오면 되고, 더우니 천막을 치고 낮에는 자고 밤에 일하면 됩니다."

정 회장 말대로 한국 사람들은 낮에는 자고, 밤에는 횃불을 들고 건설공사를 해냈다. 세계가 놀랐다. 달러가 부족했던 그 시절, 삼십만 명의 일꾼들이 중동으로 몰려나갔고 외화를 벌어들였던 것이다. 우리나라의 경제 발전이 그냥 이루어진 것이 아님을 우리는 알아야 한다.

이렇게 똑같은 사실을 두고 보는 관점이 하늘과 땅 차이다. 컵에 물이 절반 차 있는 것을 보고 "물이 반이나 차 있다."고 표현하는 사람이 있는가 하면 "컵에 물이 반밖에 없다."고 표현하는 사람이 있다. "정년이 일 년이나 남았다."고 나는 말하지만 같은 나이의 친구는 "정년이 일 년밖에 안 남았다."고 말한다. 앞의 경우를 긍정적인 표현을 하는 사람이라 부르고, 뒤의 경우를 부정적인 표현을 하는 사람이라 부른다.

얼마 전 옛 친구를 오랜만에 만났는데 나를 보고 "얼굴은 좋아졌다.”고 말하기에 상식과 교양을 의심하였다. 이왕이면 “야, 너 얼굴도 좋아졌다.”라고 하면 돈 한 푼이라도 더 들어가나. 친구의 기분을 상하게 말할 필요가 뭐 있는가 말이다.

‘nowhere’를 띄어 읽으면 ‘now here’이 된다. ‘no’를 반대로 하면 ‘on’이 되고, ‘stressed’는 ‘desserts’가 되고, ‘자살’은 ‘살자’가 된다. 나폴레옹은 유럽을 제패한 황제였지만 내 생애 행복한 날은 단 6일밖에 없었다고 고백하였다. 반면 시청각 장애자인 헬렌 켈러 여사는 내 생애에 행복하지 않은 날은 단 하루도 없었다고 회고하였다. 마음먹기에 따라 행불행이 극과 극으로 갈라진다.

우리가 인생을 낙관적으로만 생각하는 것이 좋은 것만은 아나나 그렇다고 비관적이거나 부정적으로만 생각하는 것 또한 큰 문제다. 인생이 즐겁다면 그 인생은 희극이요, 일이 꼬이기만 하는 비애의 연속이라고 생각하면 비극의 주인공이 된다. 태양을 향하여 걸어가면 그림자가 날 따라오지만, 태양을 등지고 가면 따라잡을 수 없는 어두운 그림자만을 안고 걸어간다. 이왕 흘러가는 인생이라면 이글거리는 태양을 향하여 걷는 모습이 훨씬 아름답지 않은가!

불행과 실패를 오히려 기회로 삼아 좌절하지 않고 이를 슬기롭게 극복하여 전화위복의 계기로 삼는 것이 지혜로운 사람이다. 그러므로 우리 인생을 어떤 태도, 어떤 관점으로 볼 것인가, 그리하여 어떻게 대처할 것인가 깊이 숙고해볼 일이다.

욕심

언젠가 캘리포니아 선박이 난파했을 때 그 선박에 있던 승객 가운데 한 광부가 금괴 2백 파운드를 넣은 띠를 두른 채 해저에 가라앉아 죽어 있는 것이 발견되었다. 그렇다면 그가 금을 가지고 있었던 것인가, 아니면 금이 그를 가지고 있었던 것인가.

무거운 옷이 움직임을 둔하게 하듯이, 지나친 재물은 삶의 활동을 방해하기 마련이다.

알티비데스라는 부자가 소크라테스(Socrates, B.C.470~B.C.399)에게 자신의 땅이 얼마나 넓은지 자랑했다. 그러자 소크라테스는 소형 세계지도를 꺼내놓고 "당신의 땅이 이 지도의 어디에 있습니까?"라고 물었다. 알티비데스는 "농담이 지나치십니다. 내 토지가 아무리 넓다 해도 세계지도에 나와 있을 리가 있습니까?"라고 대답했다. 그러자 소크라테스는 "지도에 그 흔적도 찾아볼 수 없는 땅을 가지고 누가 알아준다고 자랑한답니까?" 하였다. 소크라테스의 말에 알티비데스는 얼굴이 빨개져 자리를 떠났다.

노자(老子, ?~?)는 『도덕경』「죄악」에서 "탐욕보다 더 큰 죄악은 없고, 만족할 줄 모르는 것보다 더 큰 재앙이 없으며, 욕망을 다 채우려는 것보다 큰 허물은 없다."고 말했다. 그러니까 탐욕이 재앙의 근원임을 말하고 있다.

인간의 본능을 좌우하는 기관은 귀, 눈, 입, 코, 살갗, 이 다섯 감각기관이다. 불가에서는 이를 오화근(五禍根)이라 하며, 이를 다스리면 열반에 오르고 그렇지 않으면 타락에 빠진다고 하였다.

순자(荀子, B.C.298~B.C.238)는 성악설에서 다음과 같이 말한 바 있다.

"생이유이목지욕(生而有耳目之欲), 유호성색언(有好聲色焉), 순시고음란생(順是故淫亂生), 이예의문리망언(而禮儀文理亡焉)."

(사람은 나면서부터 귀와 눈에 욕망이 있어 아름다운 소리와 빛깔을 좋아한다. 그러므로 음란한 행동이 생기고 예의와 아름다운 형식이 없어진다.)

귀는 좋은 소리를 들으려고 하며, 눈은 아름다운 것을 보기 원하며, 입은 맛있는 음식을 먹기 바라며, 코는 향기로운 냄새를, 그리고 온몸을 둘러싼 살갗은 알맞은 온도를 바란다. 그 본능대로 쫓아간다면 음란이 일게 되고, 결국은 오욕(五欲)의 기관이 바라는 궁극의 목적은 부귀에 연결된다는 것이다.

노자는 "있으면서 이를 가득히 채우려고 하면 그것을 그만두느니만 못하고, 두들겨서 예리하게 벼른 칼은 오래 보존할 길이 없으며, 금과 옥이 집 안에 가득 차면 이를 지킬 길이 없으며, 부자가 되고 귀하게 되면 교만하게 되어 스스로 재앙을 불러일으키게 되는 것이니, 어떠한 자리이건 공을 이룬 다음이라면 몸은 미련 없이 그 자리를 물러나야 함이 하늘의 참된 도이다."라고 하였다.

자기가 아니면 해가 뜨지 않고, 철따라 피는 꽃도 자기 아니면 안 핀다고 생각하면 큰 오산이다. 행복은 곧 마음의 여유를 느끼는 데서 존재한다. 욕심이 크면 보이는 것이 없게 되어 사람이 작아 보이게 되는 법이다. 남이 열 가지 가진 것을 부러워할 것이 아니라 가진 하나에 만족하고 다행이라 생각하면 행복해지는 것이다.

224

사촌이 땅을 사면 배가 아프고 이웃집이 부자라서 이를 부러워할 것이 아니라, 나는 내 식대로 살아가면서 만족을 느낄 줄 안다면 바로 거기에 행복의 근원이 있다고 하겠다.

사실 사는 데 필요한 것은 생각보다 많지 않다. 그러나 몸이 요구하는 대로 쫓다 보면 끝이 없다. 욕망의 보따리가 클 때 좌절감과 실망이 큰 것을 알 수 있다. 돈이 없어 겪는 어려움보다 돈이 많아서 일어나는 재앙이 너무도 크고 엄청난 결과를 가져오는 경우를 많이 보았다. 오히려 돈 많은 사람이 외롭고 고통이 더 큰 경우도 많다. 적은 것에서 만족을 느끼며 사는 지혜가 오늘날 필요한 것이다. 더구나 나이 들어 욕심을 갖는 것은 마치 여행 막바지에 다시 준비물을 챙기는 것처럼 어리석은 일이다.

재물의 욕심에서 벗어난 사람은 마치 협곡에서 벗어난 사람처럼 새롭다. 이는 마치 야산의 들꽃과도 같이 청아하고 아름다운 사람이라 하겠다. 행복을 먹고 사는 사람, 그런 사람은 과연 누구인가. 어려운 질문이다.

욕심과 의욕은 확연하게 다르다. '욕심'은 남이야 어떻게 되든 관계없이 그저 자기만 취하고 이득만을 추구한다. '의욕'은 하고자 하는 뜻, 다시 말하면 의지를 가지고 바른 일을 추진해 나가고자 하는 자세라고 할까, 어떤 목표를 향하여 의지가 능동적으로 발동하여 적극적으로 움직이는 마음을 말한다. 의욕이 열정과 정열의 에너지를 낳는다.

끼니를 걱정하는 사람이 지조가 한결같고 맑은 정신을 갖는가 하면, 살찐 고기에 흰쌀밥을 배불리 먹는 사람이 탁한 피에 흐릿한 정신을 갖기 쉽다. 사람의 욕심이 불행의 근원이다. 욕심이 많으면 돈을 많이 벌어도 부족을 느끼고, 온갖 하고 싶은 일을 다 해도 죽기까지 만족하지 못한다. 끝이 없는 것이 물욕(物慾)이다. 이웃을 모르고, 사회를 모르고, 국가를 모르고, 오로지 자기만을 챙기는 생각으로 가득할 때 협조와 협동과 조화는 찾을 길이 없는 것이다.

"괴로움의 본질은 욕망이다." 석가의 말이다.

만족할 줄 아는 사람은 진정한 부자이고, 탐욕스러운 사람은 진실로 가난한 사람이다.

사람은 멈출 줄 알아야 한다. 강하면 부러지기 쉽고, 꽉 채우면 터지기 쉽다. 나는 과연 어디에 있고, 어디로 가고 있는가. 자신의 삶을 음미해보는 것은 건강한 삶을 위해 바람직한 일이다. 이따금 자신의 얼굴을 바라보며 명상을 해보는 것은 자신의 육체와 정신을 보기 위한 참 삶의 과정이라 말할 수 있다.

먹고 싶은 음식을 먹지 않으려고 할 때, 하고 싶은 짓을 참으려고 할 때, 갖고 싶은 물건을 사지 않고 마음을 비워갈 때, 빈 것은 차게 되어 육체와 정신이 탈(脫)의 세계로 나아가게 될 것이다. 속이 가득 차면 소리를 낼 수 없다. 악기는 비어 있기 때문에 울리는 것이다.

아파 봐야 아픈 사람 마음을 이해할 수 있고, 굶어 봐야 가난한 이들의 애환을 알 수 있다. 울어본 사람은 피 맺힌 한이 서린 두견새의 울음에 눈물 젖을 것이다. 사랑을 모르는 이는 감옥살이하는 춘향이의 절개를 이해하지 못할 것이다. 그 옛날 충신들의 우직한 충절을 생각하면, 오늘날의 해바라기 정객이나 졸개들의 업적(?)은 너무나 초라하여 후손들에 조롱거리밖에 되지 않는다.

굶음은 사실 비움이다. 채움이 아니라 버리는 행위이다. 이러한 상태에서 만물을 보면 마치 높은 데서 먼 아래를 내려다보는 남다른 눈을 갖게 된다. 독수리가 높이 나는 것은 그래야 시야가 넓게 보이기 때문이다. 고고하고 고매할수록 더럽고 추한 것은 희미하게 보이게 마련이다.

고려의 마지막 보루로서 이성계의 신진세력과 대결하여 고려를 지키려 했던 강용(剛勇)·청렴(淸廉)한 명장 최영(催瑩, 1316-1388)의 부친은 아들 최영 장군에게 이렇게 말했다.

"황금을 보기를 돌같이 하라."

이 시대의 공직자들에게 들려주고 싶은 말이다.

대통령에서부터 말단 공무원에 이르기까지 뇌물로 구속된 사례를 보면 이 시대에 그들과 공기를 공유하고 호흡을 같이하며 살아가는 나 자신이 서글프다. 후세인들이 만약 우리의 현대사를 사극으로 방영한다면 시청자들에게 참 좋은 볼거리가 되어 몇 년을 방영해도 흥미진진할 것이다.

인간으로 이 세상에 태어났으면 무언가 뜻있는 일을 하고 가야 한다. 이것이 탄생의 의미이다. 죽도록 고생해서 겨우 잘 먹고 잘 사는 정도의 수준에 머문다면, 그것은 남과의 차별화에서 얻는 자기만족에 불과하다. 또 돈을 벌었다는 사람들의 재산 규모를 보면 별것 아닌데도 티를 내고 과시하면서 마치 억만장자나 되는 것처럼 행세하고 치장한다. 참으로 가관으로, 볼 것 없는 졸부다. 민도(民度)가 이 정도이니 선진국으로 가는 길은 아직도 요원하다는 느낌이 든다. 선진국 국민들은 티를 내지 않는다.

돈 자체는 하나의 종이쪽지에 불과하다. 돈의 힘은 교환 가치로서 나타나는 것이다. 쓰지 않고 가지고만 있다면 파워를 생산해낼 수 없다. 따라서 자신의 안락함만을 위해 돈을 쓰는 사람은 진정한 의미의 부자라고 할 수 없다. '머니파워'를 생산해낼 줄 아는 사람,

그 사람이 진실한 부자다. 돈을 버는 것은 기술이지만, 돈을 쓰는 것은 예술이다.

"머니 머니해도 머니가 최고야."

나는 이 말이 무슨 뜻인 줄 처음엔 몰랐다. 돈이 과연 이 세상 최고인가?

"돈은 최선의 종이요, 최악의 주인이다." 프랜시스 베이컨(Francis Bacon, 1561~1626)의 말이다.

사람들은 흔히 돈이 많아야 부자인 줄 안다. 그러나 그렇지가 않다. 지식, 명예, 친구, 인격도 재산이다. 지적재산권인 특허가 황금알을 낳는다. 특히 돈 있는 사람이라 해도 인격이 없으면 천해 보인다. 돈 있는 사람들에게서 가장 흔히 찾아볼 수 있는 영양 결핍증이 있다면 바로 인격 부족이다. 그들은 뭐든지 돈으로만 기준을 삼기 때문에 사람들에게 불쾌감을 준다. 돈 많은 사람들이 일반적으로 친구가 없는 까닭은 다른 데 있지 않다. 삶을 보는 시각의 차이, 가치기준과 판단이 너무나 다르기 때문이다.

돈을 어떻게 벌 것인가도 중요하지만 돈을 어떻게 쓸 것인가는 더욱 중요하다. 이 부분에 대해 연구하지 않으면 친구는 물론 형제들까지 잃는 결과를 초래한다. 돈을 벌었기 때문에 불행해질 수도 있다는 말이다. 돈 번 사람은 돈 쓰는 것을 본 후 평가를 받게 된다.

욕심 부리면서 억척같이 일하다가 그만 건강을 잃은 후 깨닫는 것은 "욕심을 버리고 나니 모든 게 감사해. 밥 먹는 것, 산보하는 것, 하다못해 빨래 개는 일까지 일상의 어느 것 하나 하찮은 게 없고 감사하지 않은 게 없어."라는 것이다.

아이러니하게도 건강을 잃고 나니 그 빈자리에 감사와 행복이 찾아들었다.

　명예, 돈, 향락 등은 탐욕, 미움, 분노, 시기, 질투, 대립, 방탕에서 비롯된다. 모든 불행은 스스로 만족함을 모르는 데서 비롯된다. 잔을 가득 채우면 술이 오간 데 없이 사라져버리고, 오직 7할쯤 채워야 따른 술이 그대로 있다는 진기한 잔 계영배(戒盈杯). 달도 차면 기우는 진리를 볼 줄 알아야 한다.

　과유불급(過猶不及)은 "지나치면 부족함보다 못하다."는 말이다. 적당하다는 말. 말하기는 쉬우나 실천하기는 어려운 말이다. 남은 인생 '적당' 이란 두 글자 꼭 붙잡고, 욕심 버리고 의욕 가지고 살려는데 부질없이 글방아만 찧는 기분이니 정말 걱정이다.

진정한 의미의 박사

'무식한 박사'라는 말을 가장 많이 들을 때는 옛 친구들의 모임인 동창회에서다.

"너 인마, 박사 맞어?"

"박사가 무식하게 그것도 몰라."

그것까지도 좋다.

"야, 신문에 가끔 가짜 박사 판친다고 하는데 너 혹시 가짜 아녀?"

동창의 말을 가만히 음미해보면 부정하기보다는 오히려 적당한 표현이 아닐까 수긍이 가기도 한다. 그들에 비하여 알고 있는 것보다 모르는 것이 더 많기에 말이다.

순진한 마음에 서점에 가서 그동안 논문 쓰느라 이 핑계 저 핑계 대고 읽지 못했던 참고서들을 몇 권 샀다. 그러나 제대로 읽은 기억이 없다.

공부는 과연 제대로 하였는지 스스로 평가해보면 많이 배운 것은 사실이다. 5년 반 동안에 배운 것은 지식뿐만이 아니라 삶 전체였다. 은근과 끈기를 배우고, 겸손과 공손을 배웠다. 원숙의 과정을 배웠고, 참고 견디고 꾸준히 캐낼 수 있는 무궁한 인내력을 길렀다.

난 처음에 왜 철학박사(Ph. D. degree of philosophy)를 수여하는가

의아해했는데 그 칭호에 대하여 이제 이해가 된다. 정말이지 이학박사가 아니다. 철학박사라고 해서 철학에 관한 것을 알 필요가 없다. 자연과학, 순수과학은 물론, 논리학을 비롯한 모든 학문의 원뿌리는 철학으로 귀결된다.

화학을 전공으로 하고, 소정의 시험을 통과하고, 그 분야에 연구를 하여 논문을 써서 심사 받아 인정하는 것으로 학위과정은 끝난다. 철학 공부는 대학입학 첫 학기에 철학개론을 배운 것이 전부다. 그럼에도 불구하고 화학을 전공하여 철학박사 학위를 인정한다는 스스로의 말은 괴리가 있고 어폐가 있다. 그러나 마지막 순간 이학박사인가 철학박사인가, 과연 어느 쪽이 진실에 가까운가를 따져 보면 철학박사가 옳다는 게 내 생각이며, 이는 그 과정을 이수한 모든 사람의 공감일 것이다.

강의와 연구, 실험과 논문 등의 준비과정은 다분히 철학을 배경으로 한 것으로, 그 일부가 마치 빙산의 일각같이 표출된 한 학문이 화학이라 볼 수 있다. 끊임없는 교수의 허위논문이나 연구비 유용, 실험결과 조작, 총리 인준과정에서 불거진 동일논문 이중게재 시비 등은 그 원인을 위로 거슬러 올라가보면 철학이라는 학문까지 도달하게 된다.

결국 이 사건을 재해석해 보면 '연구자의 철학 부재'에서 비롯된 것이라 단정 지을 수 있는 것이다. 얻지도 못한 결과를 사실인 양 표를 조작하고, 있지도 않은 물질을 존재한다고 말하는 파렴치한 사람은 인생철학도 없고 과학자의 양심도 저버리는 사람이다.

지금까지 살아오면서 가장 기쁜 날이 언제냐고 물으면 누구나 망설일 것이다. 나에게는 생일, 대학 합격, 창사기념일, 유학시험 합격, 박사과정 종합시험 통과 등 순간순간의 굵직한 일들이 있으나 이제 와 생각해 보면 가장 보람 있었던 날은 박사학위를 받은 날인 것 같다. 그러나 한편으로는 가장 허망한 날이면서 중압감을 느낀 날 또한 그날이다.

16절지 한 장에 뭐라 뭐라 적혀 있는 그 종이 한 장을 얻으려고 38년 동안 인간의 가장 고귀한 세 가지 액체인 피, 땀, 눈물을 흘렸는가를 생각해보면 과연 그만한 가치가 있는가 하는 생각에 허무함을 느끼기도 한다.

한 가지 분명한 사실은 5년 반 동안 팽창한 지식은 말로 다 표현할 수 없을 만큼 질적으로, 입체적으로 방대했다는 것이다. 11개월 동안의 실험에서 아무것도 얻지 못한 결과가 오히려 지금 생각해보면 가장 높은 고개를 넘긴 어려운 순간으로 귀착되어 나에게 많은 교훈을 주었다. 실험에 대한 회의, 천만 번 그만두고 싶은 충동, 꼬리를 물고 상상되는 온갖 부정적인 생각들을 잠재우면서 넘겨야 하는데, 인간적으로 성숙하지 않은 철학 부재의 사람은 끈기로 버티기에는 한계가 있다.

선진국의 교육 연구를 직접 체험해보겠다는 순진한 생각으로 유학을 떠났지만, 막상 박사학위를 받고 돌아오는 솔직한 심정은 모르는 것을 배우고 '이것이로구나' 하고 알아냈다는 것보다는 오히려 모르는 것이 더 많아지고 궁금한 것이 엄청나게 증가했다는 것이다. 그래서 겁을 내기도 했다. 그러니까 박사가 다 안다고 하여 그 증서를 준 것이 아니고 학문을 하는 데 그 자질을 갖추었다고 판단되기에 격려 차원에서 주는 것이 박사학위 증서인 것이다. 그러니 자랑할 것도 없고 더구나 뽐낼 일도 아닌 것이 박사라는 칭호다.

나는 이따금 첫 강의 시간에 화학이라는 학문에 가장 무식한 내가 화학을 강의한다는 사실에 죄송하다는 생각이 든다. 왜냐하면 나는 학생들보다 모르는 것이 더 많은 무식한 사람이기 때문이다. 이 말은 정말로 진실이다.

요즘은 지식폭발 시대라서 하나를 이해하면 모르는 것은 기하급수적으로 많아진다. 혹 떼러 갔다가 혹 붙이고 온 셈이다. 학문은 그토록 끝이 없다. 마치 수렁에서 움직이는 것과 같아서 움직일수록 점점 더 빠져 들어가는 듯한 기분이다.

누군가 학문을 하는 자세를 흐르는 물에 거슬러 올라가는 배에 비유하기도 하였다. 노를 저어도 물살을 가르고 역으로 올라가려면 세차게 노를 저어야 한다. 그렇지 않으면 떠밀려가게 되는 것이다. 꾸준히 쉴 사이도 없이 연구할 수 있는 저력이 있음을 확인하였기에, 이에 그 증서를 수여하는 것이 바로 학위증이다. 그러나 사회의 많은 사람은 박사학위가 마치 학문에 있어서 최고의 꽃인 것처럼 인식하고, 본인도 이제는 배울 것이 없다고 여겨 학위수여받은 날이 바로 책을 놓는 날로 기록된다면 그것은 박사의 진정한 의미에서 동떨어진 것이며 철학박사라는 원래의 취지에도 맞지 않는 처사다.

어떤 사람은 박사학위 가지고 평생을 우려내는데, 썩은 생선 냄새처럼 짜증스럽게 하는 일도 이제는 제발 사라지기를 염원한다. 그까짓 박사가 뭐 그리 자랑거리라고 궁금하지도 않은 미국 이야기며, 원하지도 않은 명함 돌리면서 게거품 물고 의미 없는 넋두리나 늘어놓는지, 그런 쭉정이들을 보면 무엇을 배웠나 한심하다.

아는 것도 많지만 모르는 것은 더 많은 무식한 사람이 '박사'라는 칭호를 얻은 자다.

딸의 행복

딸이 미국에서 인천공항에 도착한 2005년 6월 7일은 초여름 날씨에도 유난히 무더웠다. 한국에서 고등학교를 다닌다고 1개월 남짓 다니다가 도저히 적응하지 못하고, 다시 미국으로 건너가 고등학교를 마치고 귀국한 것이다. 내가 일리노이대 교환교수로 있을 때 중학교 2학년을 마치고, 변변치 못한 학비를 마다않고 바로 고등학교로 진학하여 졸업한 것이다.

떠날 때는 언제 오는가 하였는데 벌써 1년 2개월이 흘러 다시 돌아온 것이다. 난 미국에서 화학박사 학위를 받았지만 고등학교나 대학을 졸업하라면 도저히 할 수 없다. 한국에서 국어, 고전에 해당하는 영어나 역사, 사회과목 등은 나로서는 못할 일이다.

아버지를 잘못 만난 것인지는 두고 봐야 알 일이지만, 공교롭게도 딸에게는 중요한 교육시기에 배려도 없이 박사 후 과정, 연구교수, 교환교수로 미국을 오가며 딸에게 초등학교, 중학교 과정을 다니게 했기에 부모로서는 할 말이 없다. 교육의 연속성을 사정없이 파괴하고 아무런 준비과정 없이 "알아서 해 봐."라는 식이니, 이게 자칭 선진교육을 받은 애비가 자식에게 해도 되는 처사인가 자책감이 들어서이다. 그럼에도 딸은 불평 없이 우수한 성적으로 고등과정을 이겨냈으니 너무나 고맙고 감사할 따름이다.

한편 내가 유학시절 뼈 시리게 사무친 것은 언어 장벽이다. 표현

234

을 자유롭게 못하니 크나큰 고통이었다. 그래서 소수민족인 내 자식이 혹시나 미국에 살게 된다면 원어민 영어를 할 수 있도록 언어 하나는 해결해주어야겠다는 것이 나의 소망이었던 것이다.

딸애가 졸업 기념으로 외할머니와 함께 프랑스 파리에 간다고 하기에 비행기 표만 구해주었다. 나머지 여행 경비는 딸애가 그동안 영어 과외로 모아왔기에 내가 비용을 전액 부담하지는 않았다. 이것은 딸과의 약속이기도 했다.

십일 간의 여행은 아마 인생에서 가장 즐거운 여행이었으리라. 궁금하던 차에 여행을 잘 다니고 있다는 이메일이 왔기에 내가 쓸데없는 걱정을 했구나 하는 생각이 들었다.

엊그제 떠난 딸인 것 같았는데, 여행 탓인지 집에 들어서는 모습은 무척 피곤해보였다. 여행은 즐거웠느냐고 물어보니 딸은 태연하게 "내가 얼마나 행복한가를 이번 여행에서 확인할 수 있었다."고 대답하는 것이었다.

나는 재미있었다, 구경 잘했다, 건물이 웅장했다, 음식이 맛있었다, 거리가 인상적이었다 등등 일상적인 여행 후에 나도 그랬듯이 그러한 소감을 기대했었다. 사실, 여행 중에 행복함을 느낀다는 말은 엉뚱한 대답인 것이다. 남다른 즐거운 여행이었기에 평범한 대답을 바라고 기대하였지만 딸아이는 의외의 대답을 한 것이다.

무엇이, 어떠한 것이, 이 아이를 '행복' 하게 만들었다는 것일까? 그 대답이야말로 궁금하였다.

나의 마음을 진동시킨 딸의 대답은 나의 좌우명이 되기엔 너무나 벅찬 말이었다.

"내가 걸어 다닐 수 있고, 아름다운 색과 빛으로 조화를 이룬 그림을 볼 수 있고, 또 감상할 수 있다는 것이 너무나 고맙고, 새삼 감사함을 느꼈다.”

누구나 할 수 있는 지극히 평범한 말이다.

사람들은 자신이 갖고 있는 것에 대하여 고마움을 잊고 지낸다. 하지만 다리가 불편한 사람은 정상적으로 걸어 다니는 사람이 그 얼마나 부러울까 말이다. 앞을 보지 못하는 장님의 심정을 헤아려 본 적이 있느냐 말이다. 발이 있어 양말과 신발을 신을 수 있고, 손이 있어 가려운 곳을 긁을 수도 있고, 소리를 듣고 말할 수 있어 행복하다고 느낀 적이 나는 단 한 번도 없었다. 나는 이러한 고마움을 잊고 살아온 지 오래다.

다리가 불편한 사람은 일생의 단 한순간이라도 마음대로 걸을 수 있기를 바랄 것 아닌가! 우리가 망각하고 있는 심각한 문제는 지금 우리 자신이 얼마나 감사할 것이 많은가를 모르는 채 채우기 위해 발버둥치는 것이다.

지난겨울, 대만에 다녀오면서 차창에 스쳐가는 광경을 지켜보면서 남다른 생각이 들었다. 고속도로에 오가는 차량은 양방향으로 오가는데, 짧은 우리 인생은 왜 일방통행일까?

아파트 문을 열면서 ‘여행은 집 떠나는 연습을 하는 것’이라는 쓸쓸한 감정이 들어 머뭇거리며 집 안에 들어섰던 기억이 있다.

나는 여행 중에 딸이 말한 ‘행복함’을 까마득하게 잊고 있었던 것이다. 문득 딸의 여행 소감이 떠오르며 딸이 존경스러웠다.

딸과는 여행도 다니고, 대화도 많이 하였다. 그러나 대학교수인 아버지로서 자식인 딸에게 너무나 무법적인 면을 보여주어 나 스스로 부끄러움이 많아 자성을 많이 했다.

차를 타면서 안전띠를 매는 것을 습관화하지 못하였거나, 강의

시간을 정확하게 지키지 못하여 그것을 탓하는 딸에게 무어라 말할 수 있겠나!

소리 내며 식사하는 버릇도 지적당한 지 오래되었건만 아직도 완전하게 습관화하지 못하였다. 운전 시 주행속도나 교통규칙을 준수하지 못하거나, 멈추거나 주차할 때 딸의 마음을 조마조마하게 한 내가 교육자라는 생각을 하면 부끄럽기 짝이 없다.

주차 면적이 부족한 우리나라 실정에서 언제나 교통법규를 철저하게 지키면서 주차하기란 어려운 것이 사실이다. 원칙을 그대로 따라 지키면서 살아갈 수 없는 사회구조가 합리화는 아니지만 아쉽다. 사거리에서의 '사거리 멈춤(four way stop)' 같은 신호는 우리나라에는 없으며, 건널목 신호등에 단추시설이 없어 보행자도 없는데 신호등이 바뀔 때까지 쓸데없이 멈춰서 기다려야 하는 불편함이 있다.

미국의 교육은 법을 배우고, 그대로 준수하고, 공중도덕을 지키는 것을 근간으로 한다. 불법이 허용되지 않는 것이 보편화되었기에 딸아이는 아버지의 불법적인 일면을 이해할 수가 없는 것이다.

더욱 한심한 것은 나 자신이 조금의 노력함도 없이 철면피처럼 태연하게 살아가고 있는 대책 없는 인간이라는 것이다. 약속이나 시간을 정확하게 지킨 것이 몇 번이나 되는가. 물론 불가항력의 경우도 사실 있긴 했다. 그러나 딸의 입장에선 약속을 번복하는 것은 이해가 안 가는 행위인 것이다.

"아빠는 젊은이들을 가르칠 자격이 없어요." 딱 맞는 말이다. 이런 경우 해명은 변명이 된다. 잘못은 분명하게 잘못했다고 말해야 한다. 잘못을 말하는데 지위고하가 어디 있겠는가. 체면이나 권위를 앞세우면 스스로 무너진다. 자존심은 누구 앞에서든 세우지 말아야 한다.

변한 세상에 사는 부녀간의 대화라 생각하니 나는 지금 정말로 딸이 고맙고, 상식이 소통되니 행복하다. 그러나 아직도 수직적인 관계에 있으면서 수평적인 관계를 유지하려고 싸우고 있으니 앞날이 걱정이다. 밤사이 돋아난 고집이나 자존심을 싹둑 자르고 아침을 열겠다고 다시 한 번 다짐해본다.

딸의 말대로 이러한 글을 쓸 수 있고, 읽을 수 있고, 이러한 글을 보여줄 수 있기에 행복하다. 행복은 어디에 있는가. 내가 걸어 다닐 수 있고, 그 아름다운 색과 빛으로 조화를 이룬 그림을 볼 수 있어 행복하다는 지극히 소박한 마음이 행복을 낳는다. 바로 내 안에, 내 옆에, 저 낮은 곳에, 행복과 희망이 있지 않은가!

그렇다. 낮은 곳에 물이 스며들지 않는가! 알찬 씨앗을 이고 수줍게 굽어 있는 가지를 보아라! 이 모두가 마음먹기에 달려 있다. 어느 구석인가 비어 있는 듯한 기분이 들기에 생의 희망과 의욕이 북돋고, 그리하여 분수를 알아 거품이 빠지고, 조출한 욕망이 샘솟고, 아름다운 설계가 삶을 순조롭게 한다. 비어 있고 부족하여 무엇을 채우려는 과정이 위대한 것이다. 다 채워진 그릇에 무엇을 더 담을 수가 있나 말이다.

욕망으로 넘치게 채워진 배의 항해는 포식한 이의 팽만과도 같아 기우뚱거리기 마련이지만, 땀 흘려 조금씩 채워진 만선은 노력으로 채워진 만족에의 진정한 행복을 낳는다. 결국 비어 있는 마음의 바구니를 채우는 아리따운 모습이 아름답고 거룩한 것이다. 행복은 감사하는 마음과 한 몸이다. 갖고 있는 모든 것에 감사한 마음으로 오늘을 살고 있으므로 나는 진정 행복한 사람이다.

어느덧 대학을 우등으로 졸업한 딸이 지금은 취직보다는 자기투자를 더 할 시기라고 대학원에 진학하기 위하여 일시 귀국하였다. 그런데 아버지가 말도 잘 안 되는 그 영어 가지고 영어 강의를 한다니 무척 궁금하였던 모양이다.

사실 딸과 나의 영어실력을 비교한다는 것은 장난이다. "아빠는 좀 가만있어." 미국 백화점에서 내가 한 말을 점원이 잘 못 알아듣고 어리둥절하고 있을 때 딸이 나에게 한 말이다.

제2외국어인 영어를 이 정도 한다는 자부심을 가지고 뻔뻔스런 마음으로 지껄이다 보면 자연스럽게 영어회화 실력이 향상되는 것이다. 나는 이런 철학을 가지고 영어 말하기를 정복하려고 지금도 외국 영화를 보면서 배운다.

때마침 학기가 시작되어 딸애가 내 영어 강의를 청강하게 되었다. 딸이 강의실에 앉아 있어 마음이 편하지는 않았지만, 딸이 비록 영어는 잘하지만 화학은 무식하다고 생각하니 마음이 편해져 그런대로 수업을 마쳤다. 고개를 내내 숙이고 있던 딸이 깨알같이 쓴 메모는 하나같이 다음 영어 강의를 위한 참고 내용이었다. 지적들이 모두가 일리가 있었다. 지식인, 교양인으로 성장한 딸이 고맙고 너무나 감사하다. 딸의 성공을 빌고 또 빈다.

신앙심이 깊은 아이에게는 신앙심이 없는 아버지가 크나큰 아쉬움일 수도 있다. 다시 딸이 오면 교회에도 함께 가려고 한다. 아직까지도 성경이 전 세계에서 가장 많이 읽혀지고 있는 까닭을 깨닫고 싶다.

딸은 떠났지만 딸로부터 너무나 많은 것을 배웠다. 딸이 보고 싶다.

바보는 방황하지만

현명한 사람은 여행을 떠난다.

– 본문 중에서